젊은 베르테르의 슬픔

Die Leiden des jungen Werthers

젊은 베르테르의 슬픔

Die Leiden des jungen Werthers

요한 볼프강 폰 괴테 지음 | **김설아** 옮김

가련한 베르테르의 이야기에 대해
내가 찾을 수 있는 모든 것을 찾아
여기에 내놓습니다.
여러분은 나의 이러한 노력에 감사하리라 생각합니다.
여러분은 그의 정신과 성품에 대해 감탄과 사랑을,
그의 운명에 대해 눈물을 아낄 수 없을 것입니다.
선한 영혼을 가진 이여!
만약 당신이 베르테르와 같은 충동을 느낀다면
그의 슬픔에서 위안을 얻으십시오.
여혹 당신이 운명적으로
또는 자신의 잘못으로
가까운 벗을 얻을 수 없다면
이 작은 책을 당신의 벗으로 삼아주십시오.

제1부

1771년 5월 4일

자네와 작별하고 이곳에 온 것이 얼마나 잘한 일이었는지! 친구여, 사람의 마음이 이처럼 변덕스러운 것인 줄은 미처 몰랐네. 자네와 함께 하는 것을 그토록 좋아하며 이별을 꺼려했던 내가, 그 곁을 떠나온 지금 이런 기쁨을 느낄 수 있다니 말일세. 하지만 자네는 나를 용서해 주리라 믿고 싶네. 그동안 자네를 제외한 다른 여러 사람들과의 관계들은 나와 같은 사람을 불안에 떨게 하기 위해 운명적으로 만들어진 것이 아니었을까?

딱한 레오노레를 생각하면 미안한 생각이 앞서는군. 하지만 그건 결코 내 잘못이 아닐세. 내가 그녀의 동생에게 서서히 호감을 느껴가는 동안 레오노레의 가슴속에 나를 향한 사랑이 싹 트게 된 것이니 난들 어쩌겠나? 그렇지만 내게 전혀 책임이 없었다고는 말할 수 없을지도 모르네. 혹시 내가 생각 없이 무시로 그녀 마음을 흔드는 행위를 한 것은 아닐까 해서 말일세. 나는 그녀의 꾸밈없고 자연스런 감정 표현에 대해 곧잘 웃고는 했었는데, 그때 내 자신은 정말 즐거워했던 것이 아니었을까? 그런데…… 이제 와서 내가 나 자신에 대해 이러한 트집과 변명을 토로하다니…… 인간이란 참으로 알다가도 모를 구석을 가진 존재인가 보네.

이제 자네에게 약속하겠네. 나의 마음가짐을 고쳐먹겠다고 말이야. 나는 앞으로 운명이 만든 하찮은 불행들을 다시는 되씹지 않겠네. 나는 내 앞의 현재를 있는 그대로 즐기겠네. 과거는 과거일 뿐이니. 그 점에 대해서는 확실히 자네의 말이 옳았네.

친구여!

인간이 — 어찌하여 이렇게 생겨 먹었는지는 모르지만 — 여러 가지 상상력을 발휘해 지난날의 불행했던 추억만을 되새기는 것에서 벗어나 현재를 충실히 살아간다면 삶의 괴로움은 훨씬 줄어들지 않겠나?

미안하지만 우리 어머니께 부탁하신 일일랑 잘 처리하여 가능한 한 빨리 결과를 알려드리겠다고 전해 주게나. 숙모님을 만나뵈었는데 우리가 생각했던 것처럼 그렇게 나쁜 사람은 아니었네. 오히려 쾌활하고 시원시원한 성격으로 아주 좋은 분이셨지. 숙모님이 유산 분배 몫을 보내주지 않아 우리 어머니께서 몹시 힘들어 하신다는 얘기를 전했네. 그러자 숙모님은 여러 이유를 댄 뒤 몇 가지 조건을 내놓으면서 그것을 들어준다면 모든 것을, 아니 우리가 원하는 것보다 훨씬 더 많은 몫을 주겠다고 하셨네. 그 문제는 다음에 또 얘기하겠네. 다만, 어머니께는 모든 일이 잘될 것 같다고 전해 주게.

친구여, 나는 하찮은 이번 일을 겪으며 책략이나 악의보다는 오해나 게으름이 세상에 더 많은 물의를 일으킨다는 것을 알게 되었네. 책략이나 악의 때문에 물의가 일어나는 것은 오히려 드문 경우라고 생각이 드네.

아무튼 나는 지금 잘 지내고 있네. 낙원과 같은 이곳에서 고독은 내 마음을 소중한 향유(香油)처럼 진정시켜 주지. 그리고 지금 한창 무르녹는 봄이 자칫 위축되기 쉬운 내 마음을 한결 부드럽게 해주네. 온갖 나무들과 생울타리에 꽃이 만발하다네. 나는 풍뎅이가 되어 이 향기의 바다를 떠다니며 삶에 필요한 모든 양분을 그 속에서 찾고 싶은 충동마저 느낀다네.

이 도시 자체는 그다지 좋은 곳이라고 말하기 어렵지만 주위의 자연은 말로 표현할 수 없을 만큼 아름다워. 수많은 언덕은 더할 나위 없이 아름다운 변화 속에서 서로 엇갈리며 멋진 골짜기를 이루고 있네. 이미 고인이 된 M 백작이 이 언덕에 정원을 꾸몄던 것도 그 아름다움에 마음이 이끌렸기 때문이라네.

그 정원은 소박하고 일단 발을 들여놓으면 누구나 그곳이 전문적인 정원사의 설계로 이루어진 것이 아니라 주인 자신의 여유와 감수성에 의해 만들어진 것임을 쉽게 알 수 있을 정도일세. 나는 벌써 몇 번이나 그곳의 낡은 벤치에 앉아 고인을 생각하며 눈물을 흘렸는지 모르네. 고인이 좋아했던 그 벤치가 지금은 나 역시 좋아하는 장소가 되었다네. 이제 얼마 후면 나는 그 정원의 구석구석까지 알게 될 것일세. 이곳 정원사와 사귄 지는 며칠 안 되었지만 내게 호의를 가지고 대해 준다네. 앞으로도 그가 나를 싫어하지는 않을 것 같네.

5월 10일

이상하리만큼 명랑한 기분이 내 영혼을 송두리째 사로잡고 있다네. 말하자면 요즘 내가 마음껏 즐기고 있는 감미로운 봄날 아침 같은 기분이라고나 할까. 비록 나는 혼자 있지만 나 같은 사람에게 알맞은 이 고장의 생활을 한껏 누리고 있다네.

친구여!

나는 정말 행복하네. 이곳 생활의 아늑하고 정겨운 감정 속에 푹 빠져 내 예술은 거의 질식해 버릴 정도일세. 지금 같아서는 도통 화필(畫筆)을 잡을 수가 없을 것 같아. 선도 하나 제대로 그을 수 없는 상태지만 나는 일찍이 이 순간보다 더 위대한 화가였던 적이 없었던 것 같네.

나를 감싼 골짜기에는 노을에 물든 저녁 안개가 자욱이 서려 있고, 높다랗게 뜬 태양은 제가 들여다보기 어려운 숲의 어둠 바깥에서 서성이며 내가 사랑하는 나무 꼭대기를 희미하게 빛내 성스러운 숲 속에 몇 줄기 빛살만이 조용히 비쳐 든다네.

살같이 빠르게 흐르는 계곡물 옆 풀밭에 누워 대지로 얼굴을 돌리면 풀과 꽃의 개성(個性)을 보게 된다네. 조그마한 풀포기 사이의 세계에서―바글거리는 곤충들의 모습, 즉 땅벌레나 날벌레들의 수많은 모습들을―볼 수 있지. 그리고 자신의 모습을 본떠 우리 인간을 창조한 절대자의 존재와 우리를 영원한 환희

속에 떠돌게 하며 보살펴주시는 대자대비한 신의 숨결을 느끼
게 된다네.

친구여!

이윽고 사방이 어둠 속에 잠겨 들기 시작하면 나를 에워싼 하
늘과 땅은 연인의 모습처럼 내 영혼 속에서 고요히 깃들게 된다
네. 그럴 때면 나는 그리움에 벅차오르는 마음으로 이런 생각을
하지. '아아, 내 맘속에 이렇게 풍부하게, 이렇게 따뜻이 숨 쉬고
있는 것들을 표현할 수는 없을까? 화폭에 생명을 불어넣어 나의
영혼을 비추는 거울이 되게 할 수는 없을까?' 하고 말일세.

나의 친구여!

하지만 나는 그러한 생각만으로도 무너져버리고 말아. 그 생
명 현상의 위대한 힘에 의해 하릴없이 압도당하고 마는 것이라
네.

5월 12일

이 고장에는 사람을 현혹하는 정령(精靈)이 떠돌아다니는지
아니면 이 세상의 것이 아닌 듯한 아름다움에 내 상상력이 나의
마음을 사로잡기 때문인지 정말 주위의 모든 것이 천국처럼 보
인다네.

시내를 조금 벗어난 곳에 있는 샘은 멜루지네[1]와 그 자매들처

---

1) 중세 독일 전설에 등장하는 물의 요정이다. 인간과 결혼하였으나 물을 잊지 못해 정해진
   날이 되면 상반신은 인간, 하반신은 물고기의 모습을 한 인어가 되어 자매들을 만나러 갔
   다고 한다 - 옮긴이

럼 나를 매혹시켰지. 작은 언덕을 내려가면 아치형 문이 나오는 데, 그 문을 지나 스무 계단쯤 내려가면 맑은 샘물이 대리석 바위틈으로 솟아나오는 샘터에 다다른다네. 위쪽에는 야트막한 돌담이 둘러져 있고 그 주변으로 아름드리나무들이 우거져 샘터 주변은 말할 수 없이 시원하다네. 이 모든 것들이 무언가 모르게 사람을 매혹시켜 가슴을 뭉클하게 한단 말일세.

그래서 나는 날마다 그곳에 가 한 시간씩 앉아 있다 오지. 그러는 동안에 이 고장 아가씨들이 와서 물을 길어 가는 모습을 보게 된다네. 그것은 인간의 삶에서 매우 순박하고 또 중요한 일이 아니겠나? 옛날에는 왕의 딸들도 손수 물을 길었을 테니 말일세. 거기에 앉아 주위를 살펴보노라면 옛 족장(族長)들의 시대가 생생하게 되살아나네. 우리의 옛 조상들이 우물가에서 서로를 알게 되어 구혼하는 장면 말일세.

그리고 우물가나 샘 근처를 떠도는 인자한 정령이 눈에 보일 것만 같다네. 아아, 이런 감정을 느끼지 못한다면 그는 무더운 여름철의 나그네 길에서 시원한 샘물 몇 모금으로 기운을 되찾은 경험이 없는 사람이 분명하네.

5월 13일

내 책들을 이곳으로 보내주겠다는 것인가? 친구여, 제발 부탁이니 그것만은 말아주게나. 나는 이제 남의 가르침이나 고무(鼓舞)와 격려 따위를 받는 일은 하고 싶지 않네. 내 심장은 저 혼자서도 얼마든지 들끓고 있어서 지금 나에게 필요한 것은 그것을 잠재울 자장가일 뿐이네. 그리고 그런 자장가는 지금 가지고 있는 《호메로스》속에서 얼마든지 찾아볼 수 있네. 나는 그 자장가로 끓어오르는 나의 피를 얼마나 자주 달랬는지 모르네. 아마도 자네는 나의 마음처럼 변덕스럽고 갈팡질팡하는 것은 보지 못했을 걸세.

그러나 친구여, 내가 이런 말을 새삼스레 자네한테 할 필요가 어디 있겠나? 자네는 번민에서 방종으로, 달콤한 우울에서 위태로운 정열로 곧잘 변해 가는 내 모습을 벌써 여러 번 보아왔을 뿐 아니라 이미 그런 일로 자네에게 여러 차례 걱정을 끼쳤으니 말이네.

사실 나는 내 마음을 병든 어린아이 다루듯 하고 있다네. 그래서 무엇이든 제멋대로 하게 내버려두고 있는 것일세. 이런 말을 다른 사람에게 하지는 말아주게. 혹시 나쁘게 생각하는 사람이 있을는지도 모르니까.

5월 15일

이 고장의 서민층이랄 수 있는 사람들은 벌써 나와 친해져 내게 호의를 보이고 있네. 특히 어린아이들이 그렇다네. 처음에는 내가 다가가서 이것저것 정답게 말을 건넬 때 간혹 내가 자기들을 조롱하는 줄 알고 퉁명스럽게 외면해 버리는 사람도 있었네. 그러나 그럴 때에도 나는 별로 불쾌하게 생각지 않았네. 다만,

지금까지 종종 눈치채고 있던 일을 새삼 통감했을 따름이네. 즉, 다소 신분이 높다는 사람들은 흔히 신분이 낮은 사람들을 언제나 매정하게 대하면서 거리를 두려고 하거나, 그들과 가까이 하면 손해라도 볼 것처럼 믿고 있는 사실 말이네. 뿐만 아니라 세상에는 겸손한 척하면서도 실은 그들에게 자기의 우월함을 나타내려는 경박한 자들이나 질 나쁜 허풍선이들도 있는 법이라네.

나는 모든 인간이 평등하지 않으며 또 평등해질 수도 없다는 것을 잘 알고 있네. 그러나 존경받기 위해 신분이 낮은 사람들을 멀리해야 한다고 생각하는 자는 패배가 두려워 적을 보고 몸을 피하기만 하는 비열한 자와 마찬가지로 몹쓸 인간이라고 생각하네.

얼마 전에 그 샘터에 갔다가 한 어린 하녀를 만났네. 그녀는 물동이를 맨 아래쪽 계단에 올려놓고는 자기 머리 위에 물동이이는 걸 도와줄 누가 없나 사방을 두리번거리고 있었네.

"내가 도와줄까, 아가씨?"

나는 그렇게 물었네. 그러자 그녀는 얼굴이 새빨개져서 대답했어.

"아, 아니에요. 괜찮아요, 나리!"

"사양할 것 없어."

내가 말하니까 그제야 그녀가 똬리를 머리 위에다 고쳐 얹었네. 나는 물동이를 들어 그녀의 머리 위에 이어주었고, 그녀는 고맙다는 인사를 남기고 계단을 올라갔다네.

5월 17일

나는 여러 사람들을 사귀었지만 아직 마음에 드는 진정한 친구는 한 사람도 찾아내지 못했네. 나의 어떤 점이 사람들로부터 호감을 사게 되었는지는 알 수 없지만, 꽤 여러 사람들이 나를 따르며 호의를 베풀어주고 있네. 하지만 그러면 그럴수록 우리가 함께 할 수 있는 것은 잠시 동안의 동행에 불과할 뿐이라는 사실에 서글픔을 느낀다네. 자네가 이 고장 사람들의 기질이 어떠냐고 묻는다면 나는 어느 고장이나 인간은 마찬가지라고 대답할 수밖에 없네. 인간이란 족속은 어디를 가나 거의 엇비슷한 것 아니겠나?

대다수의 사람들은 생계를 위해 대부분의 시간을 열심히 보내고 있네. 그러다가 조금이라도 남아도는 자유로운 시간이 있으면 오히려 안절부절못하고 그것에서 벗어나려 갖은 궁리를 다해 발버둥을 치는 것이네. 아아, 이것도 인간의 운명이던가!

그러나 이곳 사람들은 좋은 사람들이네. 나는 때때로 모든 것을 잊고 그들과 함께 깨끗이 준비된 식탁에 둘러앉아 터놓고 진솔하게 즐거운 이야기를 나눈다네. 때로는 마차를 타고 함께 나들이를 가기도 하며 같이 어울려 춤을 추기도 하지. 그러한 즐거움을 그들과 함께 나눈다는 것은 무척 유쾌한 일이네. 다만 나의 마음 한구석에는 또 다른 많은 힘이 깃들어 있는데, 그것을 제대로 발휘하지 못하고 썩히고 있다는 초조한 생각에 사로잡힐 때도 있다네.

아아, 그런 것들을 생각하면 가위눌린 듯 가슴이 답답해진다네. 그러나 오해를 받는다는 것은 피할 수 없는 인간의 운명이 아니겠는가?

아아, 내가 어린 시절부터 가까이 사귀던 그 여자 친구가 세상을 떠났다니! 차라리 그녀와 사귀지 않았더라면, 그녀를 몰랐더라면 지금 이처럼 고통스럽지 않을 텐데 ― '너는 바보야. 이 세상에서 찾을 수 없는 것을 찾고 있으니까.'라고 나 자신에게 일깨워주어야 할 것이네. 나는 그녀를 소유했으며 그녀의 마음과 그녀의 아름다운 영혼을 내 안에서 느꼈었네. 그녀의 영혼을 접할 때마다 나는 실제의 나보다도 더 위대하다고 느끼고는 했어. 왜냐하면 나는 스스로 가능한 한도까지의 나 자신이 될 수 있었으니 말일세. 그때 내 영혼 중 단 하나의 힘이라도 발휘되지 않고 그대로 남은 일이 있었던가?

그녀 앞에 서면 내 마음은 온통 신비스러운 떨림으로 넘쳐흘러 대자연을 휩싸 안는 그 불가사의한 감정을 모두 표현할 수 있었다네. 우리의 교제는 지극히 섬세한 감정과 날카로운 지성이 빚어내는 영원한 직물(織物)이었기에, 그 변화무쌍한 무늬는 대담함까지 겹쳐져 모두 천재적이라는 낙인이 찍히기에 부족함이 없지 않았던가 말일세. 그런데 이제는 ― 아아, 나보다 나이가 많았던 만큼 그녀는 나보다 먼저 세상을 등진 걸세. 나는 결코 그녀를 잊을 수 없네. 그녀의 굳은 마음씨와 거룩한 인내심을 나는 결코 잊을 수 없네.

며칠 전에 나는 V라는 젊은이를 만났네. 그는 시원스러운 용모에 솔직한 성격의 청년이었네. 대학을 갓 나온 그 청년은 자신을 특별히 현명하다고 생각하지는 않았지만 자신이 다른 사람보다는 박식하다고 믿고 있었네. 사실 그는 여러 모로 보아 공부를 제법 한 듯싶었네. 아무튼 아는 것이 많은 청년이었네. 내가 그림을 많이 그려온 화가일 뿐 아니라 그리스어를 할 줄 안다고 해서—그 두 가지 사실이 독일에서는 유성(流星)과 같이 남의 이목을 끌기 마련이지만—나를 찾아와서는 여러 가지 지식을 있는 대로 꺼내놓았네. 그는 와토[2]로부터 우드[3]에 이르기까지, 드 필레[4]로부터 빙켈만[5]에 이르기까지 모두 알고 있음을 과시했고 또한 줄처[6] 이론의 제1부를 완전히 독파하였을 뿐만 아니라 고대 연구에 대한 하이네[7]의 강의 원고도 가지고 있다고 했네. 나는 잠자코 듣고만 있었어.

나는 또 한 사람, 아주 훌륭한 분을 알게 되었네. 그는 공국(公國)의 법무관으로 매사를 정직하고 성실하게 처리하는 분이네. 그분이 아홉이나 되는 자녀들에게 둘러싸여 있는 광경은 보기만 해도 즐겁다는 소문이 있네. 더구나 그분의 큰 따님에 대해서는 소문이 자자하지.

나는 그분의 초대를 받았으므로 가까운 시일 내에 한번 그 댁을 찾아보려고 하네. 그분은 여기서 1시간 30분쯤 걸리는 공작(公爵)의 수렵 별장에서 살고 계신다네. 부인이 별세한 뒤 이 마을의 관사에서 지내는 것이 괴로워 허가를 받고 그곳으로 이사를 했다더군.

---

2) 와토(Warteau, 1684~1721). 프랑스의 화가이다—옮긴이
3) 우드(Wood, 1716~1771). 영국의 평론가이다—옮긴이
4) 드 필레(de Filet, 1716~1771). 프랑스의 화가이다—옮긴이
5) 빙켈만(Winckelmann, 1717~1768). 독일의 미학자이다—옮긴이
6) 줄처(Sulzer, 1720~1779). 독일의 철학자이다—옮긴이
7) 하이네(Heine, 1729~1812). 독일의 언어학자 겸 고전 문헌 학자이다—옮긴이

그 밖에 괴짜 몇 사람도 알게 되었네. 그 친구들의 행동은 모두가 눈에 거슬려 참기가 어려운 지경이라네. 무엇보다도 못 참겠는 것은 억지로 친절한 척하는 그들의 어색한 태도일세.

다시 소식을 전할 때까지 잘 지내게! 아마도 이 편지는 자네 마음에 들 것이라 믿는다네. 모두 사실적으로 쓴 것이니 말일세.

5월 22일

인생이 한낱 꿈과 같다는 것은 지금까지 많은 사람들이 느껴 왔던 것이지만, 그 느낌이 내게도 집요하게 따라붙어 도무지 떨쳐버릴 수가 없네. 인간의 활동력이나 탐구력이란 것도 어떤 한계 속에서 제약을 받기 때문에 그것에서 벗어날 수는 없다는 생각, 그리고 인간의 모든 활동이 결국은 욕망을 충족시키기 위해 집약되고 있으며 그 욕망이란 것 자체에도 우리의 가엾은 생존을 연장시키는 것 외에 다른 목적이 없다는 생각, 그뿐만 아니라 여러 가지로 삶에 이유를 붙여 마음의 안정을 얻으려는 노력도 단지 체념 속에서 보는 꿈이며 인간은 자기가 갇혀 있는 감옥 사방에 밝은 풍경과 온갖 형상들을 그려 놓고 기뻐하고 있는 것에 지나지 않는다는 생각 – 이 모든 생각들을 통해서 볼 때 빌헬름, 나는 그만 말문이 막혀버린다네.

나는 다시 나 자신의 내부로 되돌아가 그곳에서 하나의 세계를 발견하지. 그러나 그 세계 역시 명확하게 드러내 보일 수 있거나 생생한 힘을 지닌 것이 아니라 막연한 예감이나 몽롱한 욕구 속에서 나타날 뿐이네. 거기에서는 모든 것이 내 감각 주변에서 어른거리는 것처럼 보여. 그래서 나는 꿈꾸듯 미소 지으며 그 세계 속에 빠져들어 가는 것이라네.

어린아이들은 무엇인가를 원하면서도 자기가 왜 그것을 원하는지 모른다고 하더군. 그것은 박식한 교사나 가정교사들의 한결같은 견해라네. 그러나 어른들 역시 어린아이와 마찬가지로 이 대지 위를 정처 없이 비틀거리고 헤매며, 도대체 자신들이 어디에서 와 어디로 가는지조차 모르는 채 진정한 목적에 따라 행동하지 않는 그들 역시 비스킷이나 사탕, 흰 자작나무 회초리에 의해 움직이는 것과 다를 바 없어. 그런 사실은 아무도 인정하려 들지 않겠지만 나에게는 너무나 명백한 사실이라네.

이러한 내 견해에 대해 자네가 어떤 답변으로 응해 올지 이미 알고 있기에 나는 그 주장을 솔직히 인정하겠네. 마치 어린아이처럼 아무 생각 없이 빈둥거리며 하루하루를 보내는가 하면, 인형을 이리저리 끌고 다니며 옷을 벗었다 입혔다 하기도 하고, 어머니가 과자를 넣어둔 찬장 언저리에서 조바심하며 맴돌다가 드디어 원하던 과자를 손에 넣게 되면 입 안 한가득 물고서는 '더 주세요!' 라고 외치는 그런 인간들이 가장 행복하다고 말할 수 있겠지. 그들이야말로 행복한 인간들이네. 자신의 보잘것없는 일이나 혹은 정열에 대해서까지 무슨 요란스러운 이름을 붙이고 인류의 행복과 복지를 위한 큰 사업이라고 자랑하는 자들도 역시 행복하네. 그렇지, 그렇게 할 수 있는 자들에게 복이 있을지니!

그러나 그런 일들이 결국 어떤 의미를 가지고 있고 어떤 결과를 가져오는지 겸허한 마음으로 꿰뚫어보는 사람들도 있다네. 또한 만족하는 마음으로 살아가는 시민이라면 누구나 자기의 자그마한 정원을 가꾸어 아름다운 낙원으로 만들려 하고, 불행하다고 여겨지는 사람들이라도 무거운 삶의 짐을 등에 지고 끈기 있게 자기의 길을 가며, 이 모든 사람들이 동일하게 단 1분이라도 더 이 세상의 햇빛을 바라보고 싶어 한다는 사실을 잘 이해한다면 – 바로 그런 사람들은 많은 말을 하지 않지만, 자신의 내부에서 자기 세계를 창조해 가는 것이네. 그리고 그들 역시 인간으로 살고 있기에 행복할 수 있는 걸세. 그리하여 그들은 아무리 여러 가지 제약을 받는다 해도 마음속에 언제나 자유라는 즐거운 감정을 가지고 있다네. 자기가 원할 때는 언제라도 이 삶이라는 감옥을 벗어날 수 있다는 그런 자유로운 정신 말일세.

5월 26일

자네는 오래전부터 내가 어떤 방식으로 살고 싶어 했는지 잘 알고 있으리라 생각하네. 어디든지 정이 들 만한 곳에 작은 오두막을 짓고 그곳에서 될 수 있는 한 검소하게 살고 싶다는 것 말일세. 나는 이곳에서도 마음에 드는 장소를 찾아냈다네.

시내에서 도보로 한 시간쯤 걸리는 곳에 발하임[8]이라는 마을이 있네. 비탈진 언덕에 자리 잡은 위치부터 매우 흥미로운 곳이야. 그 마을에서 빠져나와 언덕 위 오솔길을 따라가노라면 골짜

---

8) 편지의 원문에 있는 원 지명을 부득이 변경하였으므로 독자는 이 편지에 나타난 지명을 지도에서 찾으려고 헛되이 애쓰지 말기 바란다

기 전체를 한눈에 내려다볼 수 있지. 거기에 주점이 하나 있는 데 나이에 비해 애교 있고 친절하고 쾌활한 여주인이 포도주와 맥주, 커피 등을 따라준다네.

그러나 무엇보다도 보기 좋은 것은 그곳에 서 있는 보리수 두 그루라네. 그 보리수들은 사방으로 가지를 길게 뻗어 교회 앞 조그만 광장을 뒤덮고 있어. 그 주위를 농가와 창고 그리고 앞마당이 둘러싸고 있는데, 나는 이렇게 정겹고 아늑하여 마음이 끌리는 곳을 일찍이 보지 못하였네. 나는 주점 안의 식탁과 의자를 그곳으로 내오도록 해 커피를 마시며 내가 좋아하는 《호메로스》를 읽는다네.

어느 맑게 갠 날 오후에 우연히 그 보리수 아래를 처음으로 찾아갔을 때, 그 광장은 매우 적막했었네. 사람들이 모두 들에 나가고 없었던 것일세. 네 살쯤 되어 보이는 사내아이가 땅바닥에 앉아 생후 6개월쯤 되는 갓난아기를 자기 양쪽 다리 사이에 앉히고, 두 팔로 자기 가슴에 품어 마치 안락의자 같은 역할을 해주는 광경을 그때 보았네. 그 사내아이는 검은 눈을 초롱초롱 굴리며 광장을 바라보는 게 영락없는 장난꾸러기 모습이었으나 그래도 제법 오랜 시간을 의젓하게 앉아 있는 것이었네. 그 광경이 내 마음에 들었네. 그래서 나는 그 건너편에 놓인 쟁기 위에 걸터앉아 아주 흐뭇한 마음으로 신이 나 그 형제의 모습을 그렸지. 그 곁의 울타리며 창고 문 그리고 부서진 마차 바퀴 한두 개를 곁들여서 눈에 보이는 그대로 그려 나갔네. 그렇게 한 시간쯤 걸려 완성한 그림을 들여다보니 내 주관을 넣지 않았어도 짜임새가 좋아 매우 재미있는 스케치가 되어 있었지.

그것을 계기로 나는 앞으로 자연에만 의지하리라는 생각을 더욱 굳게 가졌다네. 오로지 자연만이 무한히 풍부하며 자연만이 위대한 예술가를 낳을 수 있는 것이라네. 예술 창작상의 여러 규칙이 지닌 이점에 대해서는 다각도로 말할 수 있을 것일세. 그것은 마치 시민사회를 예찬하는 말을 얼마든지 할 수 있는 것과 마찬가지라고 생각하네. 규칙에 따른 수업을 받은 사람이라면 무미건조하거나 졸렬한 작품은 절대 그리지 않을 걸세. 그것은 마치 법률이나 예의에 벗어나지 않게 행동하는 사람은 결코 남의 손가락질 받는 행위를 한다거나 지독한 악인이 될 수 없는 것과 마찬가지라네.

반면에 모든 규칙은 어떻든 간에 자연의 진실한 느낌과 사실적인 표현을 훼손하기 마련이네. 아마 자네는 그 점에 대해 '그것은 너무 지나친 말이다. 규칙은 다만 작품에 어떤 제약을 가함으로써 불필요한 덩굴을 잘라버리는 역할을 할 뿐이다.' 라고 말할 테지.

친구여, 내 자네에게 한 가지 비유를 들어 얘기하겠네. 즉 그것은 연애의 경우와 마찬가지라고 할 수 있네. 가령 어떤 아가씨에게 애정을 품은 한 청년이 날마다 아침부터 저녁까지 그녀의 곁을 떠나지 않고, 자기는 오직 그녀를 위해 모든 것을 바치고 있다는 것을 보여주려고 모든 힘과 모든 재물을 쏟아 부으며 정성을 다했다고 하세. 그때 어떤 공직에 종사하는 관리(官吏) 따위의 속물이 나타나서 이렇게 말했다고 가정해 보게나.

"여보게 젊은이, 내 말 좀 들어보오. 사랑도 사람의 일인지라 인간다운 사랑을 해야 한다오. 그대의 시간을 쪼개어 그 한 쪽은 일에 충당해 보오. 그리고 나머지 한 쪽 즉 남는 시간을 사랑하는 일에 바치란 말이오. 그대의 가진 것을 헤아려보고 꼭 필요한 경비 외에 여유가 있다면 사랑하는 이를 위하여 선물한다해도 말리지는 않겠소. 하지만 그것도 지나치게 자주 해서는 안되고 가려 가면서 해야 한다오. 이를 테면 여자의 생일이나 축일(祝日)에 한해서 말이오."

만일 그 청년이 이런 충고를 받아들인다면 그를 유능한 인물로 간주해도 틀림없을 것이네. 그런 청년이라면 나도 어떤 영주(領主)한테든 채용해 달라고 추천할 용의가 있네. 그러나 그의 사랑은 그것으로 끝나는 것일세. 그리고 만일 그 청년이 예술가라면 그 예술 역시 별 볼일 없어질 테지.

오오, 친구여! 둑을 허물고 터져 나온 천재의 물줄기가 도도히 흘러내려 세상 사람들의 영혼을 일깨워주는 일이 어째서 이다지도 힘겹고 희귀하단 말인가? 친애하는 친구여, 그것은 그 둑양쪽에 무심하고 속된 신사들이 살고 있기 때문이라네. 그들은 자기 뜰과 정자, 튤립이 가득 핀 꽃밭이나 채소밭이 홍수에 휩쓸려 못쓰게 될까 봐 서둘러 둑을 쌓고 물고랑을 내, 앞으로 닥쳐올 위험에 대비할 뿐일세.

5월 27일

이제야 깨달았지만, 나는 지나치게 흥분했던 나머지 비유와 열변을 늘어놓느라 어제의 그 아이들이 그 후 어떻게 되었는지 이야기하는 것을 까맣게 잊어버렸네그려. 어제 편지에서 단편적으로 이야기한 바와 같이 회화적(繪畫的)인 분위기에 젖어 그럭저럭 두 시간 가까이 그 쟁기 위에 앉아 있었네. 그러다 저녁때가 되자 어떤 젊은 부인 하나가 팔에 바구니를 건 채 그동안 제자리를 지키며 조용히 앉아 있던 아이들을 향해 종종걸음으로 달려왔어. 그녀는 멀리 떨어진 곳에서부터 소리를 쳤다네.

"필립스! 정말 착하기도 해라."

그녀가 나에게도 가볍게 인사를 하기에 나도 고개를 끄덕여 답례를 해보이고, 가까이 다가가서 아이들의 어머니냐고 물어보았지. 부인은 그렇다고 대답하며 큰 아이에게 흰 빵을 한 조각 주고는 갓난애를 들어 품에 안고 어머니다운 애정을 가득 담아 입을 맞추었네.

"필립스한테 아기를 맡기고 저는 큰애와 시내에 나갔다 돌아오는 길이에요. 흰 빵과 설탕 그리고 수프 끓일 냄비를 사야 했거든요."

아닌 게 아니라 덮개가 벗겨진 틈 사이로 바구니 속을 들여다보니 그런 물건들이 들어 있었네.

"한스(이것이 그 어린애의 이름이었네)에게 저녁 수프를 끓여주려고요. 우리 큰애가 보통 말썽꾸러기가 아니랍니다. 어제도 남은 수프를 가지고 필립스와 싸우다가 그만 옹기 냄비를 산산조각 냈지 뭐예요."

나는 그 말썽꾸러기 큰 놈이 어디에 갔느냐고 물어보았지. 아마도 풀밭에서 거위들을 쫓아다니고 있을 거라는 그 어머니의 말이 채 끝나기도 전에 그 녀석이 헐레벌떡 뛰어오더니 둘째 놈에게 개암나무 가지를 선물로 갖다주는 것이었네. 나는 거기에서 그 부인과 한동안 이야기를 나누었네. 그리하여 그녀가 어떤 학교 선생의 딸이며 남편은 사촌 형이 남긴 유산을 받으러 스위스에 가 있다는 사실을 알게 되었어.

"친척들이 모두 작당을 해서 제 남편을 속이려고 해요. 제 남편이 편지를 했는데도 답장조차 해주지 않았어요. 그래서 그이가 직접 그곳으로 가게 된 거죠. 혹시 그곳에서 무슨 일이라도 생기지 않았을까 걱정이에요. 지금껏 감감무소식이어서 애가 타지 뭐예요."

나는 그대로 그냥 헤어지기가 멋쩍어서 두 꼬마들에게 각각 1크로이처[9]씩 쥐어주고, 막내에게 수프에 넣을 흰 빵이라도 사다 주라며 부인에게도 1크로이처를 맡기고는 발길을 돌렸네.

친구여, 솔직히 말하자면 나는 스스로의 마음을 도저히 가눌 길이 없을 때 그런 사람들을 보면 마음의 모든 불안이 조용히 가라앉는 것을 느낀다네. 그들은 자신의 궁색한 생활 테두리 안에서 행복하고 편안한 마음으로 만족해 하며 하루하루를 그럭저럭 지내고 나뭇잎이 떨어지면 겨울이 왔다는 것 외에는 별다른 생각을 하지 않는 사람들이라네.

그 후로 나는 자주 그곳을 찾아가게 되었네. 그 아이들은 나와 정이 들었어. 내가 커피를 마실 때면 언제나 나에게 와서 설탕을 받아먹고 저녁이면 버터 빵이나 요구르트를 나눠 먹기도 한다네. 그리고 일요일에는 어김없이 그 애들에게 1크로이처씩을 주고 있지. 혹시 저녁 기도 시간이 지나도록 내가 나타나지 않

---

9) 옛 독일의 화폐 단위이다 – 옮긴이

을 때는 내 대신 그 돈을 주도록 주점 여주인에게 부탁해 놓았다네.

아이들은 이제 나와 아주 친해져서 여러 가지 이야기를 해준다네. 무엇보다 재미있는 것은 이 마을의 다른 아이들까지 모두 모였을 때의 광경이야. 그 아이들의 어린애다운 감정 표시라든지 단순한 욕구 표현은 정말 흥미롭지 않을 수 없다네.

아이들이 내게 너무 귀찮게 굴지나 않을까 걱정하는 그 어머니의 염려를 덜어주느라 오히려 내 쪽에서 무던히 애를 써야만 했네.

5월 30일

일전에 내가 그림에 대하여 말한 것은 문학에도 똑같이 적용되리라 생각하네. 결국 핵심적인 것을 파악하고 그것을 솔직히 표현하는 일이 중요하단 말일세. 그렇게 하면 당연히 짧고 간단한 말이라도 많고 깊은 뜻을 나타낼 수 있다네.

오늘 내가 목격한 정경이야말로 그것을 그대로 표현하면 세상에서 가장 아름다운 전원시가 될 것이네. 그러나 문학이니 정경이니 전원시니 하는 것들이 대체 무엇이란 말인가? 우리는 그저 자연현상 그 자체에 흥미를 가지면 되는 것이지, 굳이 그것을 이리저리 손질해 뭔가로 빚어낼 필요가 뭐 있겠나?

이렇게 써내려 가다 보니 자네는 나로부터 아주 고상한 얘기가 나올 것으로 기대할지도 모르겠다는 생각이 드네만 그렇다면 자네는 곧 실망하게 될 걸세. 아무튼 지금 내가 커다란 관심을 가지고 있는 대상은 한낱 농촌의 머슴에 지나지 않는 젊은이라네. 말주변이 없는 나는 필경 이 이야기를 제대로 적어 내려가지는 못할 것이고 자네는 언제나 그랬듯이 또 내가 과장하고 있다고 생각할지도 모르겠군. 이 역시 발하임에서 있었던 일이라네. 이런 희귀한 일이 일어나는 곳은 어김없이 발하임이기 마련이니 말일세.

하루는 몇몇 사람이 그곳 보리수 그늘 아래에 모여 커피를 마시고 있었네. 그런데 거기에 모인 사람들에 대해 별로 달갑게 생각하지 않았으므로 나는 적당한 핑계를 대고 그들과 떨어져 있었다네.

그때 마침 이웃집에서 한 젊은 농부가 나타나 일전에 내가 걸터앉아 그림을 그렸던 쟁기를 열심히 손질하기 시작하였네. 나는 그의 그런 모습이 무척 흥미로웠기에 몇 마디 말을 걸어 그의 신상에 대해 물어보았네. 우리는 금세 마음이 통했고―하기는 나는 이런 소박한 사람들과는 언제나 그렇지만―아무튼 곧 친밀해지게 되었네. 그의 얘기를 들어보니, 그는 어떤 미망인의 집에서 머슴살이를 하고 있는데 대우를 상당히 잘 받고 있다고 했네. 그가 자신의 여주인에 대해 여러 이야기를 늘어놓으면서 많은 찬사를 곁들이는 것으로 미루어 나는 그 친구가 자기 여주인에게 홀딱 빠져 있다는 사실을 단박에 알아차렸지.

"마님은 이제 젊은 나이도 아닙지요. 첫 남편한테 어찌나 시달림을 받았는지 재혼 같은 것은 엄두도 내지 않는다고 말씀하셨어요."

머슴이 말했네. 그가 여주인을 얼마나 아름답고 매력적이라고 생각하는지 내 눈엔 훤히 들여다보였네. 그리고 그 여주인이 첫 남편에 대한 쓰라린 기억을 지워버리기 위해서라도 자기를 택해 주기를 간절히 바라는 눈치가 뚜렷했네.

그의 순수한 연정(戀情)과 성실한 사랑을 자네에게 생생하게 전달하려면 그가 나한테 했던 말을 한마디 한마디 그대로 되풀이하는 수밖에는 없을 것이네. 만일 나에게 천재적인 시인의 자질이 있다면 나는 그의 몸짓과 표정, 감미로운 목소리의 울림 그리고 아무도 모르는 불길을 간직한 그 눈초리를 그대로 표현할 수 있을 텐데……. 그러나 그의 부드러운 태도나 표정에 깊이 깃들어 있는 섬세한 감정을 내가 무슨 재주로 표현한단 말인가? 내가 아무리 뛰어난 글로 묘사를 한다 해도 그것은 결국 졸렬하기 짝이 없는 것이 되고 말 것이네.

특히 내가 감동받은 것은 내가 혹시 자기와 여주인과의 관계를 부적절한 관계로 생각하지 않을까, 또 내가 그 여주인을 행실이 좋지 않는 여자로 의심하지나 않을까 하고 걱정하는 점이었네. 비록 젊음의 매력은 이미 상실했을지 모르지만 그 친구의 마음을 강렬하게 사로잡은 여주인의 몸매와 육체에 대해 이야기할 때의 그의 모습은 얼마나 매력적이었던지, 나는 그것을 오직 마음속 깊은 곳에서 되새겨보는 수밖에 없네.

나는 지금까지 그토록 간절한 정열과 뜨거운 연모를 그렇듯 순수하게 표현하는 사람을 본 적이 없다네. 아니, 그렇게 순수하게 표현될 수 있다는 것 자체를 생각해 본 일도 없고 꿈꾼 일도 없어. 자네에게 이렇게 말하는 나를 책망할는지도 모르지만 그의 순수한 사랑과 열정을 떠올리면 내 영혼의 밑바닥에서부터 불길이 활활 타오르는 것을 막을 길이 없네. 그토록 성실하고 사랑에 넘치는 그의 진정(眞情)은 어디를 가나 내 머릿속에서 지워지지 않으며, 마치 나 자신도 그 불길에 휩싸인 듯 뜨겁게 갈망하며 허덕이고 있다네. 그렇다고 해서 나를 나무라지는 말아주게.

그래서 나는 되도록이면 빨리 그 여주인을 한번 만나볼까 하는 생각을 하다가도 한편으로 달리 생각하면 만나지 않는 것이 좋을 것이라는 생각이 들기도 하네. 오히려 그녀를 사랑하는 사람의 눈을 통해 그녀를 바라보는 편이 훨씬 나을 것 같다는 생각 때문이지. 막상 그녀를 내 눈으로 바라본다면 지금 내 마음속에 자리하고 있는 여자와 전혀 다른 사람으로 보일지도 모를 일 아니겠나? 무엇을 위해 이 아름다운 느낌을 내 머릿속에서 깨뜨려버리겠는가 말일세.

6월 16일

왜 편지를 쓰지 않느냐고? 그런 질문을 하다니. 그러고도 자네는 스스로를 학자라고 자부할 텐가? 내가 건강히 잘 지내고 있다는 것쯤은 자네도 잘 알고 있을 텐데. 하지만 그것뿐만이 아니지. 한마디로 말하자면 나는 어떤 사람을 알게 되었는데, 현재 나의 모든 관심이 그 사람에게 쏠리고 있다네. 나는 말일세…… 이 심정을 어떻게 얘기해야 할지 알 수가 없네.

더없이 사랑스러운 그녀를 어떻게 사귀게 되었는지 자네에게 조리 있게 이야기하기란 실로 어렵네. 나는 지금 얼마나 흐뭇하고 행복한지 모른다네. 그래서 나는 지난 일을 시시콜콜 사실 그대로 죄다 이야기할 수가 없네.

　천사! 아니, 아니지! 그런 말은 누구라도 자기의 연인에 대해 흔히 쓰는 말이겠지, 안 그런가? 어떤 말로도 나는 그녀가 얼마나 완전무결하며 또 어떤 점이 그리 완전무결한 것인지 자네에게 표현할 수가 없네. 어쨌든 그녀가 내 마음을 송두리째 사로잡은 것만은 분명한 사실일세.

　그녀는 매우 총명하면서도 아주 순진하고 그토록 꿋꿋하면서도 상냥하고 착하며 그처럼 쾌활하고 활동적이면서도 참으로 침착한 마음의 여유를 겸비하고 있다네. 아무리 내가 그녀에 대해 말한다 해도 결국에는 모두 혀 짧은 소리에 지나지 않을 뿐이네. 그녀의 됨됨이를 조금도 나타내지 못하는 부질없고 추상적인 말에 불과할 따름이라네.

　나중에…… 아니 나중으로 미룰 것이 아니라 지금 당장 얘기하겠네. 지금 얘기하지 않으면 영원히 그럴 기회가 없을 것만 같으니 말일세. 왜냐하면 사실 자네니까 하는 말이지만, 나는 이 편지를 쓰기 시작하고 나서 벌써 세 번이나 펜을 던지고 말에 안장을 얹어 그녀에게 달려가려고 했었다네. 오늘 아침에는 가지 않겠다고 스스로 맹세까지 했는데도 나는 수시로 창가에 달려가 해가 얼마나 높이 떠올랐는지를 확인하려고 바깥을 내다보곤 했네. 그러다가 나는 끝내 참을 수가 없어 그녀에게 가고 말았네.

빌헬름, 나는 방금 전에 집으로 돌아와 버터 빵으로 저녁 식사를 마치고 자네에게 편지를 쓰는 중이라네. 그녀가 귀엽고 활발한 여덟 명의 동생들에게 둘러싸인 모습을 보는 것이 내 영혼에 얼마나 큰 기쁨이 되는지 나는 헤아릴 길이 없다네.

그렇지만 이런 식으로 그녀에 대한 이야기를 써내려 간다면 자네는 뭐가 뭔지 몰라서 어리둥절해지기 십상이겠지. 그러니 내 이야기에 귀를 기울여 잘 들어보게. 되도록 상세히 이야기할 터이니.

얼마 전에도 자네에게 편지로 알렸듯이 나는 S라는 법무관을 알게 되어 며칠 내로 그의 은신처―라기보다는 오히려 그의 작은 왕국이라고 하는 편이 정확하겠지만―를 방문해 달라는 초대를 받았다네. 나는 그 방문을 미루고 있었네. 만일 그곳에 숨겨져 있는 보물을 우연히 발견하지 못했더라면 아마 나는 그곳을 끝내 찾아가지 않았을지도 모르네.

이곳의 젊은 친구들이 무도회를 연다기에 나도 기꺼이 참석하기로 했던 것일세. 나는 상냥하고 아름답기는 하지만 별로 개성이 없는 이 고장의 어느 아가씨에게 파트너가 되어 달라고 부탁했었네. 그리하여 나는 마차 한 대를 빌려 나의 파트너와 그녀의 사촌 언니를 태우고 무도회장에 가는 길에 S. 샤를로테라는 아가씨도 함께 태워 가기로 약속을 했다네. 마차가 그 수렵 별장을 향해 나무를 베어 넓게 터놓은 숲길을 지나갈 때 내 파트너가 이런 말을 했어.

"곧 아름다운 여성을 만나실 거예요."

그러자 그 사촌 언니라는 아가씨가 덧붙여 말했네.

"홀딱 빠지지 않도록 조심하세요."

"그건 왜요?"

나는 반문했네.

"이미 약혼을 한 아가씨니까요. 그 약혼자는 아주 훌륭한 분으로 아버지가 돌아가시고 난 뒤 집안일을 정리하고 뭔가 상당한 지위를 얻기 위해 여행하고 있대요."

사촌 언니라는 아가씨가 대답했네. 그러나 나는 그런 이야기를 들으면서도 아무런 흥미를 느끼지 않았어.

우리 마차가 그 별장 문 앞에 도착했을 때는 해가 서산으로 넘어가려면 아직 15분쯤 더 있어야 할 시각이었네. 매우 무더운 날씨였으므로 여자들은 소나기가 오면 어쩌나 걱정을 하고 있었지. 아닌 게 아니라 저 멀리 지평선에는 비를 머금은 회백색 구름이 뭉게뭉게 피어올라서 당장이라도 소나기를 몰고 올 듯한 기세였네. 모처럼의 즐거움이 기대되는 파티가 엉망이 되지나 않을까 하여 은근히 염려되었지만 나는 엉터리 기상학 지식을 들먹이며 여자들의 불안을 덜어주었네.

내가 마차에서 내릴 때 한 하녀가 문 앞에 나와 말을 했네.

"로테 아가씨가 곧 나오실 겁니다. 잠시만 기다려주세요."

나는 앞마당을 지나 훌륭하게 지은 본채 쪽으로 발길을 옮겼네. 그리고 그 집 앞 계단을 올라가 현관 안으로 들어서자마자 나는 지금까지 보지 못했던 매혹적인 광경을 목격하였다네. 그 현관홀에 두 살에서 열한 살 정도로 보이는 어린아이 여섯 명이 한 아가씨를 중심으로 둘러싸고 있었네. 팔과 가슴에 연분홍색 리본이 달린 단정하고 청초한 하얀 옷을 입고 있는 그 아가씨는

크지도 작지도 않는 중키에 얼굴이 아름다운 아가씨였어.

그녀는 흑빵을 들고 자신을 둘러싼 아이들 하나하나에게 나이와 식욕에 알맞은 크기로 한 조각씩 잘라서 다정하게 나누어 주고 있었네. 아이들은 아가씨가 빵을 자르기도 전부터 작은 손을 높이 쳐들어 기다리고 있다가 빵 조각을 받으면 저마다 천진스럽게 "고맙습니다!"라고 소리치는 것이었네. 빵을 받아들자마자 흐뭇한 표정으로 곧장 달려가는 아이가 있는가 하면, 성격이 차분한 아이는 조용히 그 자리를 떠나 로테 누나가 타고 갈 마차와 손님들을 보려고 대문 쪽으로 걸어가기도 했네.

"어머나, 죄송해서 어쩌죠? 선생님을 여기까지 들어오시게 하다니……. 여자 분들도 오래 기다리시게 해서 정말 죄송합니다. 옷을 갈아입고 제가 집을 비우는 동안 해두어야 할 자질구레한 일들을 하다 보니 동생들에게 저녁 빵 나눠주는 것을 깜빡 잊었지 뭐예요. 제 동생들은 제가 빵을 잘라주지 않으면 받으려 하지 않는답니다."

나는 그저 덤덤하게 몇 마디 인사치레를 했지만 내 마음은 어느덧 그녀의 모습과 목소리와 몸놀림에 완전히 매혹당해 버렸다네. 그녀가 장갑과 부채를 가지러 방으로 달려갔을 때에야 나는 비로소 놀라움으로부터 벗어나 제정신을 차리게 되었지. 아이들이 조금 떨어진 곳에서 나를 쳐다보고 있었다네. 내가 그중 제일 귀여운 얼굴의 막내 꼬마에게 다가갔더니 그 꼬마는 슬금슬금 뒷걸음질로 물러섰네. 그때 마침 로테가 방에서 나와 말을 했다네.

"루이야, 이 분은 친척이야. 악수를 해야지."

그 꼬마는 제 누나가 시키자 서슴없이 손을 내밀어 나와 악수를 했네. 콧물이 흘러나와 조금 지저분했지만 나는 그 꼬마에게 진심으로 키스하지 않을 수가 없었다네.

"친척이라니요?"

나는 그녀에게 손을 내밀며 말하였네.

"정말로 당신의 친척이 된다면 더없이 기쁜 일이겠지만……."

"어머나!"

그녀는 가볍게 미소를 지으며 말했네.

"저희의 일가친척은 그 범위가 상당히 넓답니다. 선생님이 그중에 들지 않는 분이라면 정말 유감이에요."

그녀는 집을 나오면서 열한 살쯤 되어 보이는 바로 아래 동생인 조피에게 아이들을 잘 보살피고, 아버지가 승마에서 돌아오시면 잘 말씀드려 달라고 부탁했네. 그리고 다른 동생들에게는 조피의 말을 자기 말과 마찬가지로 잘 들어야 한다고 이르더군. 모두 그렇게 하겠다고 약속을 하는데, 그 가운데에서 여섯 살쯤 되어 보이는 야무진 금발 소녀가 이렇게 이의를 제기했네.

"하지만 조피 언니는 로테 언니가 아니잖아. 우리는 로테 언니가 제일 좋은걸……!"

그러는 사이에 큰 남자아이 둘이 어느새 마차 뒤로 올라탔다네. 내가 그 애들을 야단치지 말아 달라고 부탁하자, 로테는 두 아이에게 장난치지 않고 마차를 단단히 붙잡고 있겠다는 다짐을 받아낸 후에야 숲 앞까지만 태워주는 것을 승낙했어.

마침내 우리가 자리를 잡고 앉자마자 여자들은 서로 인사를 나누며 옷과 특히 모자에 관한 의견을 주고받더군. 또 그날 밤

파티에서 만날 사람들에 대한 여러 가지 이야기가 화제에 올랐네. 그사이 로테는 마차를 세우게 한 다음 동생들을 내리게 하였네. 그 동생들은 또다시 누나 손에 키스하고 싶다면서 열댓 살쯤의 큰 아이는 제법 소년다운 애정이 넘치는 태도로 부드럽게, 작은 아이는 아주 씩씩한 태도로 슬쩍 입술을 스치는 식으로 키스를 했다네. 로테는 동생들에게 다시 한 번 몇 가지 당부를 하였고 우리가 탄 마차는 다시 달리기 시작했네.

내 파트너의 사촌 언니가 로테에게 전에 보낸 책을 다 읽었느냐고 물어보았어.

"아뇨, 별로 마음이 끌리지가 않아서…… 그냥 돌려드려야겠어요. 먼젓번 것도 마찬가지로 별반 나을 것이 없더군요."

로테가 대답했네. 나는 그 책 제목이 무엇인지 물어보았다가 그 책이 《○○○○》[10]라는 로테의 대답을 듣고는 놀라지 않을 수 없었네. 그녀가 하는 모든 말에서 나는 뚜렷한 개성을 엿보았네. 나는 그녀가 입을 열어 말할 때마다 신선한 매력과 새로운 지성의 빛이 그녀에게서 주변으로 퍼져나가는 느낌을 받았네.

그녀는 내가 자신의 이야기를 잘 이해한다는 것을 알아차렸는지 얼굴에 만족한 기색을 띠더니 표정이 점점 더 밝아졌다네.

"제가 어렸을 때는 그 무엇보다도 소설을 더 좋아했었어요. 일요일에는 어디든 한구석에 틀어박혀…… 이를 테면 미스 제니[11]와 같은 인물들의 행복이나 불행에 흠뻑 빠져들어 책을 읽고는 했었어요. 그럴 때마다 얼마나 재미있었는지 몰라요. 지금도 그

---

10) 어떤 작가라 할지라도 한 소녀나 청년의 설익은 비평에 신경을 쓰지는 않을 테지만, 공연히 폐가 되는 일을 피하기 위해 이 부분을 삭제하기로 한다
11) 요한 티모테우스 헤르메스의 소설 《판니 빌케스 양의 이야기》의 주인공이다 — 옮긴이

런 소설에 매력을 느끼고 있기는 매한가지지만 바쁜 나머지 손에 책을 들 틈이 별로 없어요. 그래서 저는 제 취향에 딱 들어맞는 소설이 아니면 읽게 되지 않네요. 제가 주로 좋아하는 작가는 저희가 살아가는 것과 비슷한 세계를 다루고 제가 체험하는 것과 흡사한 환경 그리고 저희 가정생활처럼 재미있고 정다운 이야기를 쓰는 작가예요. 물론 저희 가정이 천국은 아니지만 그런대로 끝없는 행복이 샘솟는 원천(源泉)인 것만은 사실이니까요."

나는 그녀의 말에 깊은 감명을 받았지만 그것을 표정에 나타내지 않으려고 애썼네. 하지만 오래 지속하지는 못했어. 왜냐하면 그녀가 이야기 끝에 《웨이크필드의 시골 목사》[12]나 《△△△》[13]에 대하여 정확히 핵심을 찔러 언급할 때, 나는 그만 완전히 넋을 잃고 내가 알고 있는 것을 모조리 지껄여버렸기 때문일세.

얼마 후 로테가 마차에 같이 타고 있는 다른 두 아가씨에게로 화제를 돌렸다네. 비로소 나는 그때까지 그녀들이 거기에 있다는 사실조차 무시당한 채 눈을 휘둥그렇게 뜨고 앉아 있었다는 것을 알아차리게 되었네. 사촌 언니라는 아가씨는 몇 번이나 비웃는 듯한 표정을 지으며 나를 쳐다보곤 했지. 그러나 나는 그런 시선은 조금도 아랑곳하지 않았네. 곧 화제가 춤의 즐거움으로 옮겨갔고 로테가 입을 열었다네.

"지나치게 춤에 열중하는 것은 별로 바람직하지 않겠지만 솔직히 말해서 춤처럼 즐거움을 주는 것은 없는 것 같아요. 뭔가

---

12) 영국 작가 골드스미스의 작품으로 괴테도 한동안 애독하였다 - 옮긴이
13) 여기에서는 몇몇 독일 작가들의 작품명을 생략하였다. 로테와 같은 취향의 독자라면 틀림없이 이 대목을 읽으며 그것이 어떤 작품인지 알았을 것이며, 그렇지 않은 사람이라면 그 작품명이 무엇인지 굳이 알 필요조차 없을 것이다

속상하고 언짢을 때에 조율(調律)도 제대로 안 된 우리 집 피아노로 대무곡(對舞曲)[14]을 한바탕 치고 나면 어느새 마음속까지 후련해지거든요."

로테가 이런 이야기를 하고 있는 동안에도 나는 그녀의 새까만 눈동자를 얼마나 정신없이 바라보았는지 모르네. 싱그러운 입술과 생기가 가득 피어나는 귀여운 두 뺨이 내 마음을 온통 사로잡았던 걸세. 나는 흠 잡을 데 없이 훌륭한 로테의 이야기에 도취된 나머지 그녀의 말을 몇 번이나 헛들었는지 모르겠네. 자네는 나라는 사람을 잘 알고 있을 테니까 얼마든지 짐작을 하고도 남을 것이라 생각하네.

마차가 무도회장 입구에 도착했을 때 나는 마치 꿈결에 잠긴 사람처럼 얼이 빠진 상태로 마차에서 내렸네. 주위를 물들인 황혼 속에서 나는 정말로 몽유병자처럼 넋을 잃고 있었기에 불이 켜진 위층에서 울려오는 음악 소리조차 제대로 듣지 못할 정도였네.

아우드란 씨와 또 다른 신사─내게 그런 이름 따위를 제대로 기억할 여유가 어디 있었겠나?─그러니까 로테의 파트너와 내 파트너 사촌 언니의 파트너인 두 신사가 마차 앞까지 마중을 나와 저마다 자신의 파트너들을 이끌었네. 나도 내 파트너를 이끌고 위층으로 올라갔네.

우리는 음악에 따라 이리저리 엇갈려 빙빙 돌면서 미뉴에트를 추었네. 나는 차례차례 파트너를 바꿔 가며 춤을 추었는데, 별로 달갑지 않은 상대일수록 내가 그만두려 하는데도 나를 놓

---

14) 17세기 무렵 영국의 전원에서 시작해 유럽에서 유행했던 춤곡이다─옮긴이

아주지 않았어.

로테는 자기 파트너와 영국식 춤을 추기 시작하였네. 그들이 나와 같은 줄에 끼어들어 아주 가까운 거리에서 함께 원을 그리며 돌기 시작했을 때 내가 얼마나 기뻐했을지 자네는 아마 짐작을 하고도 남을 걸세.

로테가 춤을 추는 모습은 참으로 대단하였네. 그녀는 혼신의 힘과 온 마음을 다하여 몸 전체가 하나의 조화를 이루게 하며 춤을 추었네. 지극히 자연스러워 그 무엇에도 구애받지 않고 마치 춤추는 것만이 전부며, 춤을 추는 것 이외에는 아무것도 생각지 않고 느끼지도 않는 듯한 모습이었네. 로테가 춤추는 그 순간에는 확실히 모든 사물이 로테의 눈앞에서 사라져버리는 것 같았네.

나는 로테에게 두 번째 곡의 춤을 신청했다네. 그녀는 세 번째 곡까지 함께 추기로 약속하면서 참으로 귀엽고 솔직한 태도로, 자기는 독일식 왈츠를 정말 좋아한다고 분명하게 운을 떼고는 이렇게 말하였네.

"이 지방의 관례대로라면 독일식 왈츠를 출 때는 첫 파트너와 끝까지 짝을 지어 춘답니다. 하지만 오늘 저의 파트너는 왈츠가 서툴러 제 춤 상대를 면제해 주면 도리어 고마워할 거예요. 선생님의 파트너도 왈츠를 출 줄 모르고 또 좋아하지도 않는답니다. 방금 전 선생님께서 영국식 춤을 추는 모습을 보며 왈츠 솜씨가 능란하다고 생각했어요. 만일 저와 왈츠를 출 생각이시라면 지금 제 파트너에게 그 뜻을 전하고 양해를 구하시는 것이 좋을 거예요. 그렇게 하시면 저도 선생님의 파트너에게 양해를 구하겠어요."

그녀의 말에 나는 선뜻 찬성을 표시했네. 그래서 나는 로테의 파트너에게 가서 우리가 춤추는 동안 내 파트너와 환담이라도 나누어 달라고 부탁했지.

이윽고 로테와 춤이 시작되었네. 우리는 다양한 형태로 서로의 팔을 엇갈려 끼면서 한참 동안 춤을 즐겼네. 로테의 춤 동작이 얼마나 맵시 있고 경쾌했는지 모르네! 더구나 왈츠가 시작되고 우리가 마치 하늘에서 반짝이는 별들처럼 빙글빙글 돌기 시작하였을 때는, 그 춤을 출 수 있는 사람이 드물었기 때문에 모두 잠시 뒤죽박죽이 되어 가벼운 혼란이 빚어졌다네. 우리 두 사람은 현명하게 그들이 허우적거리는 사이를 요령껏 피해 가며 혼란이 가라앉기를 기다렸다네. 이윽고 춤에 서툰 무리들이 자기 자리로 물러나고 우리는 또 다른 한 조인 아우드란 쌍과 함께 본격적으로 춤을 추었네.

나는 일찍이 그때처럼 경쾌하게 춤을 추어 본 일이 없네. 그 순간 나는 이 세상 사람이 아니었네. 비길 데 없이 사랑스러운 아가씨를 팔에 안고 번개처럼 돌아치다 보니 주위의 모든 것이 눈앞에서 사라져버리는 것 같았어.

빌헬름, 솔직히 말해서 그때 나는 마음속으로 굳게 다짐했다네. '내가 사랑하고 마음에 품은 그녀를 나 아닌 다른 사람과는 왈츠를 못 추게 할 테다.' 라고 말일세. 설령 내가 그것 때문에 어떠한 비난을 받더라도 좋다는 심정으로. 자네는 부디 나의 심정을 이해해 주게나.

춤을 끝낸 우리는 차오른 숨을 고르기 위해 홀 안을 한두 바퀴 천천히 걸으며 돌았네. 그러고 나서 로테는 자리에 앉았네. 나는 간직해 두었던 ─ 하나밖에 남지 않았던 ─ 오렌지를 그녀에게 주었고 그녀는 그것을 몹시 반기며 받아들였네. 그러나 그녀가 그것을 여럿으로 쪼개어 옆자리의 염치없는 여자들에게 나눠주는 것을 보고, 나는 그 한 조각 한 조각을 줄 때마다 가슴이 바늘에 찔리는 것처럼 안타까웠네.

세 번째 곡인 영국식 춤이 시작될 때 로테와 나는 두 번째 짝이 되었네. 그녀와 함께 사람들 사이를 누비며 춤추는 말할 수 없는 기쁨에 젖어 로테의 팔을 잡고 찰랑찰랑 넘칠 듯이 순수하고 티 없이 맑은 즐거움에 빠진 그녀의 순진한 눈동자에 마음을 빼앗기고 있다가, 마침 어느 부인 곁을 스쳐 지나게 되었네. 그 부인은 젊지는 않았지만 꽤 귀여운 얼굴이어서 나 역시 아까부터 눈여겨본 여자였네. 그런데 그 부인이 미소 띤 낯으로 로테를 바라보며 마치 위협이라도 하듯이 손가락을 세우고 우리가 옆을 스쳐 지나갈 때에 두 번이나 의미심장하게 '알베르트' 라는 이름을 입에 올리는 것이었네.

"실례지만 알베르트가 누구입니까?"

나는 로테에게 물어보았네. 그녀가 막 대답을 하려고 했을 때 우리는 커다랗게 8자를 그리는 스텝에 따라 서로 떨어져야만 했네. 계속 춤을 추며 서로 스치고 엇갈리게 되었을 때 로테의 표정이 어딘가 편치 않아 보였네. 그녀는 프롬나드 스텝에 맞춰 춤추기 위해 내게 손을 내밀며 말을 해주었네.

"선생님께 숨길 일은 아니에요. 알베르트는 훌륭한 사람이죠. 저와는 약혼한 사이나 다름없어요."

그 말이 내게 새로운 소식은 아니었네(그곳으로 가는 도중에 벌써 아가씨들이 그런 말을 했었으니까). 그런데도 그 말은 어쩐지 처음 듣는 것만 같은, 전혀 새로운 느낌이 들게 했네. 그도 그럴 것이 나는 이렇듯 짧은 시간에 나에게 그토록 소중한 존재가 된 그녀와 그 일을 관련시켜 생각해 본 적이 없었기 때문이었네.

나는 갑자기 닥쳐온 그 상황에 당황해 나도 모르게 정신이 아득해지고 말았네. 그 바람에 다른 쌍이 춤추는 한가운데로 끼어들어가 버렸어. 잠시 춤이 헝클어져 뒤죽박죽이 되었지만 다행히 로테가 침착하게 이끌어주어 곧 본래의 위치를 되찾을 수 있었네.

아까 전부터 지평선 위에서 번갯불이 번쩍이는 것을 보고도 나는 그저 마른번개에 지나지 않을 것이라고 생각했었네. 그러나 무도회 도중에 번개가 점점 심해지더니 급기야 요란한 천둥소리가 음악을 압도할 지경이 되었네. 그러자 세 여성이 줄에서 빠져나갔고 파트너들도 그 뒤를 따랐다네. 장내는 어수선해졌고 음악도 중단되었어. 한창 즐거울 때 갑작스런 재앙이나 무서운 일이 닥치면 평소보다도 한층 더 강한 인상을 받게 마련 아니겠나. 그것은 그 두 가지가 아주 뚜렷한 대조를 이루어 한층 더 절실하게 느껴지기 때문이기도 하지만 그보다는 우리의 활짝 열려진 감각이 극히 예민한 상태에 놓여 있기 때문에 더욱 강한 인상을 받는 것이라고 생각한다네. 몇몇 여성이 갑자기 얼굴을 찌푸린 것도 그런 이유 때문이었을 걸세.

어떤 영리한 여자는 방 한구석에 앉아 들창 쪽에 등을 대고 양손으로 귀를 틀어막고 있었네. 그러자 그 앞에 꿇어앉아 얼굴을 무릎에 파묻는 여성도 있었네. 그런가 하면 또 한 여자는 그 두 사람 사이에 끼어들어 동생이라도 껴안듯이 두 사람을 부둥켜 안고 눈물을 찔끔거렸다네. 한편에서는 이제 그만 집으로 돌아가자며 나서는 여자도 있었지.

그렇게 갈팡질팡하며 정신을 가다듬지 못하는 여성들은 그 틈을 타 날치기 키스를 하려고 덤벼드는 신사들의 엉큼한 장난 조차 막아낼 여유가 없었네. 뜨거운 피의 젊은 사내들은 그 아름다운 수난자들이 절박한 공포심에 휩싸여 하늘에 바치는 기도를 그녀들의 입술로부터 빼앗으려는 듯이 호시탐탐 기회를 엿보고 있었다네.

두서너 명의 신사는 담배라도 피우려는지 자리에서 일어나 아래층으로 내려갔네. 그리고 나머지 사람들은 그 집 안주인이 기지를 발휘하여 덧문을 닫고 커튼을 친 방으로 안내하겠다고 제의하자 사양하지 않고 따라나섰네. 그 방에 들어서자 로테는 의자를 둥글게 늘어놓고 모두에게 앉으라고 권유하더니, 뭔가 재미있는 놀이를 하자고 제의했네. 좌중의 어떤 친구들은 키스 라는 달콤한 벌이라도 받을 것을 기대했는지 입을 삐죽이 내밀며 신바람 난다는 표정을 짓기도 하더군. 로테가 입을 열었어.

"숫자 세는 놀이를 할 거예요. 자, 정신들 차리세요. 제가 오른쪽에서 왼쪽으로 돌 테니 자기 차례가 돌아오면 순서대로 숫자를 말씀해 주세요. 불붙은 도화선이 타들어 가듯 빨리 말씀하셔야 돼요. 자기 숫자를 얼른 말하지 못하거나 틀린 분은 따귀를 한 대씩 맞기로 해요. 자, 1부터 1000까지 해보는 거예요."

그리하여 보기만 해도 흥미진진한 일이 벌어졌네. 로테는 한

쪽 팔을 올리고 빙빙 돌기 시작했네. 처음 사람이 "하나!" 하면 그다음 사람은 "둘!", "셋!" 하는 식으로 진행되는 놀이였네.

로테가 점차 빠른 속도로 돌자 진행도 점점 더 빨라졌네. 그러다 한 사람이 수를 잘못 세어 '찰싹!' 하고 따귀 한 대를 얻어맞았네. 그 광경을 보고 웃었던 그다음 사람도 또 '찰싹!'. 돌아가는 속도가 더욱더 빨라졌네. 나도 두 번이나 뺨을 맞았지만 징벌자였던 로테가 다른 사람들보다 나를 더 세게 때린 것 같아 자못 마음이 흐뭇했다네. 모두 박장대소를 하면서 웃고 떠드는 바람에 미처 1000까지 세기도 전에 놀이는 끝이 났네. 서로 가까운 사람들끼리 어울려서 놀이 자리에서 떨어져 나가는 파장 분위기였고, 천둥치며 쏟아지던 소나기의 기세는 어느새 약해졌었지. 나는 로테를 따라 우리가 춤추던 홀로 되돌아갔네. 도중에 그녀는 이렇게 말했네.

"숫자 세는 놀이에 정신이 팔려서 모두 소나기고 뭐고 다 잊어버렸어요."

나는 아무 대꾸도 하지 않았네.

"저도 실은 굉장한 겁쟁이지만, 다른 분들에게 용기를 주려고 애쓰는 동안 저도 모르게 정말 용기가 솟아났어요."

로테가 말했네.

우리는 창가로 다가갔네. 천둥소리는 먼 곳으로 물러갔고 시원한 빗줄기가 대지 위에 조용히 내리고 있었지. 비길 데 없이 싱그러운 향기가 훈훈한 대기에 가득 담겨 우리가 있는 곳으로 흘러왔네. 로테는 창턱에 팔꿈치를 짚어 몸을 지탱하고 바깥 풍경을 차분하게 바라보고 있었어. 이윽고 하늘로 향했던 눈길을 돌려 나를 바라보았는데, 그때 그녀의 눈에는 눈물이 가득 괴어 있었다네. 그녀는 내 손에 자기 손을 얹었네.

"저 클롭슈토크[15] 말이에요."

그녀가 말머리를 꺼내었네. 나는 번개처럼 로테의 머릿속에 떠오른 그 아름다운 송가(頌歌)를 생각해 내고는 그녀가 암호처럼 얘기한 시인의 이름이 내게 불러일으킨 벅찬 감정의 소용돌이 속에 정신없이 휩쓸려 버렸다네. 나는 더 이상 참을 수가 없었다네.

나는 몸을 굽혀 기쁨에 넘치는 눈물에 젖은 채 그녀의 손등에 입을 맞추었네. 그러고는 다시 그녀의 눈을 쳐다보았네. — 오오, 고귀한 시인이여! 나는 그녀의 눈망울 속에 담겨진 그대에 대한 존경심을 보여 드리고 싶습니다. 나는 이제 너무나도 자주 세상 사람들의 입에 오르내리던 당신의 이름을 로테 이외의 다른 누가 부르는 것을 다시는 듣고 싶지 않습니다.

6월 19일

앞서 보낸 편지가 어디에서 끝났는지 기억할 수가 없군. 내가 지금 기억하고 있는 것은 잠자리에 들었을 때가 새벽 2시였다는 것뿐이네. 만약 내가 편지를 쓰는 대신 자네에게 직접 이야기를 했더라면 아마도 날이 샐 때까지 자네를 붙잡아두었으리라는 생각이 드네.

---

15) 클롭슈토크(F. C. Klopstock, 1724~1803). 독일 계몽주의 시대의 시인이다 — 옮긴이

아직 자네에게 그날 무도회에서 돌아오는 길에 일어난 일들을 전하지 않았는데, 오늘도 그것에 대해 잘 쓸 수 있을 것 같지는 않네.

그날 아침 해가 떠오르는 동녘 하늘의 모습은 참으로 장관이었네. 주위에는 온통 이슬이 맺혔다가 떨어지는 숲과 싱싱하게 소생하여 새로운 생기에 넘치는 들판이 있었네! 동행했던 여성들은 꾸벅꾸벅 졸기 시작했고, 로테는 나에게 졸립지 않느냐며 자기를 신경 쓸 필요는 없으니 그녀들처럼 잠시 눈을 붙이지 않겠느냐고 물었네.

"당신이 눈을 뜨고 있는 동안……."

나는 이렇게 대답하며 그녀를 뚫어지게 바라보았다네.

"그동안에 제가 잠드는 일은 없을 겁니다."

나는 이렇게 말을 했네.

그렇게 우리는 마차가 로테의 집 앞에 도착할 때까지 끝내 눈을 붙이지 않고 견딜 수 있었다네. 하녀가 나와 조용히 문을 열어주었어. 로테의 묻는 말에 하녀는 아버님과 아이들 모두 별일이 없으며 아직 잠들어 있다고 대답했네. 나는 그곳에서 로테에게 작별을 고하며 그날 중으로 그녀를 다시 한 번 더 만나고 싶다고 청했다네. 그녀는 내 청을 받아주었네.

그 이후로 나는 해와 달과 별들의 운행에도 아랑곳하지 않고 낮인지 밤인지 분간조차 할 수 없게 되었다네. 마치 온 세계가 내 주위에서 멀리 사라져버린 것만 같았다네.

6월 21일

나는 하나님께서 성자에게 베풀어주신 듯한 복된 나날을 보내고 있네. 미래가 어떻게 펼쳐질지 알 수 없는 일이지만 내가 이미 기쁨을, 인생의 가장 순결한 기쁨을 맛보지 않았다고 말할 수는 없을 거라네. 아마 자네도 내가 좋아하는 발하임이라는 마을 이름을 이미 잘 알고 있으리라 믿네.

나는 이제 그곳에 아주 뿌리내린 것이나 다름이 없다네. 거기에서 로테의 집까지는 불과 30분밖에 걸리지 않는단 말일세. 나는 그곳에서 인생의 보람을 절실히 느끼며 인간에게 주어진 모든 행복을 맛보게 되었다네.

내가 처음에 발하임을 산책지로 정했을 때만 하더라도 그곳이 이처럼 천국에 가까운 곳이 될 줄은 생각하지도 못했었네. 산책을 나갈 때마다 나는 산 위나 평지에서, 강 건너로 나의 모든 소망이 깃들어 있는 그 수렵 별장을 몇 번이나 바라보았는지 모르네.

친애하는 빌헬름, 나는 인간 내부에 감춰져 있는 욕망에 대해 여러 각도로 생각을 해보았네. 끊임없이 자기 자신을 확장해 나가며 새로운 발견을 하고 싶어 이리저리 헤매는 인간의 욕망에 대하여 말일세. 그런가 하면 우리 인간은 스스로 제한과 속박에 충실하고 습관이라는 궤도를 따라가며 절대로 이탈하지 않으려는 내적 충동도 지녔기 마련이네. 나는 그 모든 것을 깊이 생각해 보았다네.

이 언덕 위에서 골짜기를 내려다보면 주위 경치가 신기할 정도로 한없이 내 마음을 잡아끄는 것을 느낀다네. 저쪽으로 건너 다보이는 저 작은 숲-그 숲 그늘 속으로 헤치고 들어갈 수 있다면……! 저기에 보이는 저 산봉우리-아, 저 산봉우리에 올라 이 일대 전체를 한눈에 내려다보았으면……! 연이어 내리뻗은 구릉과 그리움을 자아내는 저 골짜기들-오오, 그 속으로 이 몸을 담글 수만 있다면……!

나는 매번 발길을 재촉하여 그곳까지 갔다가 다시 되돌아오고는 했네. 그곳에서 내가 바라던 것을 결코 찾을 수 없었기 때문일세. 아아, 아득히 먼 저곳은 마치 미래와도 같구나! 어렴풋하고 크나큰 하나의 전체가 우리 영혼 앞에 가로놓여 있네. 우리의 감정도 우리의 눈길도 가뭇없이 그 속으로 빨려 들어 사라진다네. 아아, 우리는 우리의 존재 모두를 바쳐 단 하나의 위대하고도 아름다운 감격이 가져다주는 환희를 누리기 위해 한없이 소망하며 애를 태우지.

그러나 우리가 막상 그리로 성급히 달려가 '거기'가 '여기'로 바뀌고 나면 결국 달라지는 것은 아무것도 없어 모든 것은 본래대로의 상태가 되고 마네. 우리는 여전히 부족함과 제약 속에 얽매인 신세인 걸세. 그래서 우리의 영혼은 밤낮없이 어디론가 행방을 감춘 소생(蘇生)의 비밀스런 약을 구하려고 허덕거리는 것이라네. 그리하여 아무리 정처 없이 돌아치기만 하던 방랑자라도 결국에는 자기의 고향을 그리게 마련이며 조그만 자기집에서, 아내의 품 안에서, 어린 자녀들의 어리광 속에서 그리고 그들을 먹여 살리기 위해 힘에 부친 노동 속에서 드넓은 세상을 두루 돌아다니면서도 발견할 수 없었던 기쁨을 찾아내게 되는 것이라네.

나는 매일 아침 해가 뜨자마자 발하임으로 간다네. 그곳 주점의 채마밭에서 완두콩을 따고 의자에 걸터앉아 콩깍지의 질긴 심줄을 벗겨내면서 《호메로스》를 읽는다네. 그리고 작은 부엌에 들어가 적당한 크기의 냄비에 단지에서 덜어낸 버터와 완두콩을 넣어 불에 올린 뒤 뚜껑을 덮고 그 앞에 앉아 가끔 냄비를 흔들어 완두콩이 섞이도록 하네. 그럴 때마다 나는 페넬로페[16]의 오만불손한 구혼자들이 소와 돼지를 잡아 그 고기를 잘게 썰어서 불에 굽는 광경을 눈앞에 그려본다네. 대체로 나를 조용하고 소박한 기분으로 충만하게 해주는 것은 까마득하게 먼 그 옛날 족장 시대의 생활상이라네. 다행히 나는 그 모습을 내 생활 속에 아무런 과장도 없이 그대로 옮길 수가 있다네.

그런 생각을 하는 내 마음은 참으로 흐뭇하다네. 인간의 진솔하고도 헛된 꾸밈이 없는 순수한 기쁨을 오롯이 느낄 수 있으니까 말일세. 자신이 손수 가꾼 배추를 자기 식탁에 올리고 그것을 맛볼 수 있다는 것은 얼마나 복된 일이겠나?

하지만 기쁨은 그것만으로 그치는 것이 아닐세. 그 배추를 심던 날의 아름다운 아침, 물을 주면서 하루하루 그 배추가 자라는 것을 흐뭇하게 바라보던 저녁, 그 모든 경험과 추억들을 나는 식사하는 그 한순간에 다시 되새겨볼 수 있게 된다네.

---

16) 오디세우스의 정숙한 아내로 남편이 없을 때 여러 남자들로부터 구혼을 받았으나 모두 거절하였다 – 옮긴이

6월 29일

그저께 이 고장의 의사가 법무관 댁을 찾아왔네. 그때 나는 로테의 동생들과 함께 땅바닥에 앉아서 놀고 있었네. 아이들은 내 몸에 기어올라 매달리기도 하고 나를 놀려대기도 하였네. 나는 아이들에게 간지럼을 태우면서 함께 어울려 마구 웃고 떠들고 소란을 피우던 참이었지.

그런데 그 의사라는 사람은 소견이 좁고 자기 중심적인 속물이어서 대화를 나누는 동안에도 연신 셔츠 소매를 만지작거리며 주름을 잡는가 하면, 줄곧 조끼의 단추 사이로 옷깃 장식을 잡아당겨서 끄집어내기도 하였네. 아마도 아이들과 놀아주는 내 모습이 신사의 체면을 손상시키는 품위 없는 행동이라고 못마땅하게 생각하는 모양이었네.

나는 그의 표정에서 곧 그것을 알아차릴 수 있었지. 그러나 나는 아랑곳하지 않고 지나치게 똑똑한 체하는 그의 얘기를 귓전으로 흘려들으며 아이들이 허물어뜨린 카드 집을 다시 세워주고 있었네. 그 후에 그 사나이는 시내를 돌아다니며 법무관 집 아이들은 가뜩이나 버릇이 고약한데 베르테르 때문에 완전히 버리게 되었다고 떠벌린 것 같아.

정말이지 빌헬름, 이 세상에서 어린아이들만큼 나와 가까운 존재는 없다네. 아이들을 바라보노라면 사소한 행동에서도 언젠가 그들에게 필요하게 될 미덕과 모든 능력의 새싹을 발견하게 된다네. 그들이 보여주는 고집은 미래의 굽힐 줄 모르는 꿋꿋한 성격의 밑거름이며, 무절제와 짓궂은 장난기는 그들에게

다가오는 위험과 거친 세파를 헤쳐 나가는 데 필요한 낙천적이고 경쾌한 기상의 씨앗이라네. 게다가 그 모든 것이 순진무구하고 완벽한 것임을 발견할 때 나는 언제나 인류의 스승 예수 그리스도의 가르침을 되새기게 된다네.

'너희가 어린아이와 같이 되지 않으면······.' [17]

친구여, 그러나 우리는 우리 어른들과 동등할 뿐만 아니라 오히려 우리 어른들이 본보기로 삼고 우러러보아야 할 어린이들을 마치 부하처럼 다루고 있네. 그러면서 우리는 어린이들에게 자기 의지를 가져서는 안 된다는 식으로 말을 하지. 그렇다면 우리 어른들은 자기 의지를 가지고 있지 않단 말인가? 대체 우리는 누구로부터 그런 특권을 부여받았단 말인가? 우리가 그들보다 나이가 많아서 그만큼 현명하게 판단하기 때문인가?

하늘에 계신 아버지! 당신의 눈으로 보시기에는 다만 어린 아이와 늙은 아이가 있을 따름이고, 그 밖에는 아무런 차이가 없을 것입니다. 당신께서 어느 쪽을 더 기꺼워하시는지는 이미 당신의 아드님이 벌써 옛날에 일러주셨습니다. 그런데 세상 사람들은 당신의 아드님을 믿는다고 하면서도 그 말씀을 따르지 않고 ─ 이것 역시 옛날부터 내려오는 인간의 버릇이지만 ─ 자기 자신을 기준으로 아이들을 기르고 있습니다.

잘 있게, 빌헬름! 나는 그 점에 관하여 더 이상 말하고 싶지 않네그려.

---

17) 〈마태복음〉 18:3 ─ 옮긴이

7월 1일

로테가 환자들에게 얼마나 고마운 존재인지 나는 확실히 알 수가 있다네. 나 자신의 마음이 병상에서 고통받는 많은 환자들보다 더 괴로운 상태에 놓여 있기 때문에 그것을 더욱 절실히 느끼게 되었네. 로테는 며칠 동안 시내에 있는 어떤 착실한 부인의 집에서 머무를 계획이네. 그 부인은 의사의 소견에 따르면 임종할 날이 얼마 남지 않았는데, 그 마지막 순간에 로테가 자기 곁에 있어 주기를 바라고 있다는 것일세.

지난 주일에 나는 로테와 성(聖) ××× 마을의 목사관을 방문했었네. 산 속 길을 따라 한 시간쯤 들어가는 산골의 조그마한 마을로, 우리는 오후 4시쯤에 그곳에 도착하였네. 로테는 둘째 여동생을 데리고 갔었지.

높다란 호두나무 두 그루의 무성한 가지와 잎사귀로 뒤덮인 목사관 마당에 우리가 들어섰을 때, 마침 나이 지긋하고 선량해 보이는 목사가 현관 앞 벤치에 앉아 있었다네. 로테를 보자 새로운 기운이 솟는 듯 반색을 하며 마디가 있는 지팡이를 짚는 것도 잊어버리고 자리에서 일어나 그녀를 맞이하려 했네. 로테는 목사 앞으로 재빨리 뛰어가 그를 억지로 자리에 앉게 하고 자기도 그 옆에 앉으며 아버지의 간곡한 안부를 전하고는 목사가 늘그막에 얻었다는 더럽고 지저분해 보이는 막내둥이를 안아주었네.

로테가 그 늙은 목사를 얼마나 정중하게 대하는지 그 모습을 자네에게도 한 번 보여주고 싶을 정도였다네. 로테는 반쯤 가는 귀를 먹은 목사가 잘 듣도록 목소리를 높이고 뜻밖의 죽음을 당한 젊고 건강했던 사람들의 이야기하며 카를스바트의 온천에 뛰어난 효능이 있다는 이야기를 한참 들려주었지. 또 이번 여름에 그곳으로 휴양을 가겠다고 하는 노목사의 결심을 잘 생각했다고 추켜세우고는, 먼젓번에 만났을 때보다 안색도 좋아졌고 근력도 훨씬 좋아 보인다는 말까지 덧붙였네.

그사이에 나는 목사의 부인과 인사를 나누었네. 늙은 목사는 이제 완전히 생기를 찾아 명랑해졌네. 그리고 내가 기분 좋게 서늘한 그늘을 드리워주는 아름다운 호두나무를 칭찬하자 목사는 다소 힘에 부쳐 하면서도 그 나무의 내력을 이야기하기 시작했네.

"저쪽의 늙은 나무는 누가 심었는지 나도 잘 모르겠소. 누구는 이 목사님이 심었다고 하고 누구는 저 목사님이 심었다고도 하니까. 하지만 저 뒤쪽에 있는 어린 나무는 우리 집사람과 동갑으로 올 10월에 쉰 살이 된다오. 내 장인어른께서 아침에 저 나무를 심으셨는데 그날 저녁에 집사람이 태어났다는 거요. 장인어른은 바로 내 전임 목사셨소. 그분이 저 나무를 얼마나 소중히 여겼는지는 이루 말로 표현할 수가 없지. 하긴 나도 그분에 못지않았지만 말이오. 지금으로부터 27년 전 가난한 신학생이었던 내가 처음으로 이 마당에 들어섰을 때, 집사람은 저 나무 아래에 쌓아 놓은 재목 더미에 걸터앉아 뜨개질을 하고 있었다오."

로테가 목사에게 따님의 안부를 묻자 그는 딸이 슈미트 씨와 함께 목장에서 일하는 사람들을 찾아갔다고 했네. 목사는 다시 이야기를 계속하면서 자기가 전임 목사의 총애를 받았을 뿐만 아니라 그 딸의 사랑도 받았으며, 처음엔 부목사가 되었다가 이윽고 그 후계자가 되었다는 내력을 이야기했네.

목사의 이야기가 끝나고 얼마 뒤에 목사의 딸이 슈미트 씨와 함께 정원을 가로질러 들어왔어. 그녀는 진심을 담아 로테를 따뜻이 환영했네. 솔직히 말해 그녀의 인상은 그다지 나쁘지 않았네. 건강하고 활발한 성품에 다갈색 머리를 한 처녀로 얼마 동안 이런 시골에서 말 상대로 사귀기에는 손색이 없다고 생각될 만한 여성이었네. 그녀의 애인(이라는 것은 슈미트 씨의 태도를 보고 금방 알아차렸네)은 인품은 좋아 보였지만 말수가 적은 사람으로 로테가 아무리 애써 끌어들이려 해도 좀체 우리의 이야기에 어울리려 들지 않았네. 그의 얼굴 표정으로 미루어 볼 때, 그가 대화에 끼어들지 않으려 하는 것은 식견이 좁아서라기보다 자기 나름대로의 고집과 불쾌함 때문인 듯이 보였으므로 나는 은근히 기분이 상했다네. 유감스럽게도 그러한 내 추측은 나중에 더욱 명백해졌어.

우리는 함께 산책을 나갔다네. 그 과정에서 프리데리케가 로테와 나란히 걷게 되기도 하고 때로는 나와 나란히 걷게 되기도 했는데, 그럴 때면 본래 거무튀튀한 슈미트 씨의 얼굴빛이 한결 더 어두워지는 것 같았네. 로테는 때때로 나의 옷소매를 잡아당기며 내가 프리데리케에게 너무 친절히 대하는 점을 환기시키곤 했네.

그러고 보니 같은 자리에 있는 인간이 서로에게 괴로움을 주는 것처럼 불편할 일이 어디 있겠나? 특히 한탄스러운 일은 젊은이들이 모든 즐거움을 가장 많이 맛보아야 할 인생의 꽃다운 시절에 서로 얼굴을 찌푸리며 즐거운 나날을 망쳐놓고, 나중에 비로소 헛되이 보낸 청춘을 두 번 다시 돌이킬 수 없음을 깨닫고 후회한다는 점일세. 그러나 그때는 이미 때가 늦은 것이라네.

그런 생각으로 내 기분은 더욱 상했었네. 우리는 저녁 무렵 목사관으로 돌아와서 식탁에 앉아 우유를 마시게 되었다네. 그때 우연인지 대화의 화제가 인생의 즐거움과 괴로움에 관한 것으로 흘러갔네. 나는 그 이야기의 실마리를 기회로 삼아 옆 사람을 불편하게 하는 변덕스런 우울증에 대해서 신랄한 공격을 하지 않을 수 없었네.

"세상 사람들은 흔히 말하기를 행복한 날은 적은 반면에 괴로운 날들은 자주 찾아온다고 불평을 늘어놓습니다. 하지만 제 생각에 그것은 당치도 않는 말 같습니다. 우리가 언제나 흉금을 털어놓고 하나님께서 우리에게 마련해 주신 것을 고스란히 받아들이겠다는 자세를 갖는다면, 설령 불행이 닥쳐온다 하더라도 우리는 그 불행을 견뎌낼 만한 힘을 충분히 얻을 수 있을 것입니다."

내가 이렇게 말하자 목사의 부인이 대꾸했네.

"그렇지만 인간은 자기 자신의 마음이라 해도 자기 뜻대로 움직일 수는 없잖아요. 우리 기분은 우선 건강 상태에 따라 상당히 영향을 받지요. 몸이 불편하면 무엇을 하더라도 다 귀찮아지는 법이에요."

나는 일단 그 말이 옳다고 인정하고 나서 계속 말했네.

"그렇다면 그것을 일종의 병으로 보고 그 병을 고칠 수 있는 약은 없는지 생각해 보는 것이 어떨까요?”

그러자 로테가 입을 열었네.

“좋은 말씀이에요. 제가 생각하기에 적어도 그것은 우리가 마음먹기에 달렸다고 생각해요. 저는 제 경험에 비추어 그것을 알 수 있어요. 마음이 산란하고 화가 치밀 때면 저는 벌떡 일어나서 정원을 이리저리 거닐면서 대무곡을 두세 곡쯤 불러요. 그러면 마음이 확실히 가벼워지거든요.”

나는 그 말을 받아서 이렇게 이야기하였네.

“제가 말하고 싶었던 점이 바로 그것이랍니다. 우울증이란 게 으름과 같다고 할 수 있어요. 그것은 일종의 태만이지요. 인간의 본성은 대체로 그러한 경향으로 흐르기 쉽습니다. 하지만 우리가 마음을 가다듬고 일단 그것을 조정할 힘만 갖게 된다면 마음이 한결 가볍고 상쾌해져서 모든 일을 정말 즐겁게 진행할 수 있게 됩니다.”

프리데리케는 좌중에 오가는 얘기들을 귀담아 듣고 있었지만, 슈미트 씨는 인간이란 결코 자기 지신을 억제할 수 없으며 더구나 우리의 감정을 억제하는 것은 불가능하다며 나에게 반박하였고 나는 그 말에 답변하기 시작했네.

“여기에서 제가 문제 삼는 것은 불쾌한 감정입니다. 누구나 그 감정으로부터 벗어나려고 하지만 실제로 시도해 보기 전에는 어디까지 가능한 일인지 아무도 모릅니다. 분명한 사실입니다. 두말할 것도 없이 누구나 병이 나면 여러 의사를 찾아가기 마련이지요. 건강을 회복하기 위해서는 아무리 괴로운 절제라도 달게 받을 것이며 아무리 쓴 약이라도 마다하지 않을 것입니다.”

그때 나는 그 성실한 노목사가 우리의 토론에 한몫 끼고자 귀를 기울이는 모습을 보고는 목소리를 높여 그에게 말머리를 돌렸네.

"저는 그동안 죄를 짓지 말라는 설교는 많이 들어왔습니다만, 불쾌감[18]에 대한 설교는 한 번도 들어보지 못했습니다."

"그런 건 도회지의 목사나 할 일이오."

노목사는 그렇게 서두를 시작하여 계속 말했네.

"시골의 농부들은 절대로 우울증에 걸리는 법이 없다오. 그렇지만 때때로 그런 설교를 하는 것이 약이 되는 수도 있을 거요. 적어도 목사 부인이나 법무관에게는 교훈이 될 수 있을 테니까 말이오."

그가 이렇게 말하자 모두 웃었네. 노목사도 따라서 함께 웃다가 결국 기침을 하기 시작했네. 그 바람에 우리의 토론은 잠시 동안 중단되었다가 이윽고 그 청년이 다시 말문을 열었다네.

"선생님은 우울증을 악덕이라고 말했지만 그것은 좀 과장된 말인 것 같습니다."

"천만에요!"

나는 대꾸를 이어 갔네.

"자기 자신은 물론이고 이웃 사람에게까지도 해를 입힌다면 악덕이라고 불러야 마땅하지 않을까요? 우리가 서로 상대를 행복하게 해주지 못하는 것만으로도 유감스러운 일인데, 거기에서 한 걸음 더 나아가 각자가 자기 자신 속에 간직하고 누릴 수 있는 즐거움마저 서로 빼앗아야 옳단 말입니까? 우울증이 있음

---

18) 이 주제에 관해서는 라바터(스위스의 신학자로 괴테와 친교를 가짐 – 옮긴이)의 뛰어난 설교가 있다. 특히 〈요나서〉에 대한 설교가 그에 해당한다

에도 불구하고 용케 그것을 감추고는 혼자서 꾹 참고 견디며 주위 사람들의 즐거움을 망치지 않으려고 애쓰는 훌륭한 사람이 있다면 그게 누구인지 말해 보십시오. 우울증이란 자신의 모자람에 대한 내적 분노이고 불쾌감이며 자기 불만이라고도 할 수 있습니다. 그것은 항상 어리석은 허영심에서 비롯된 질투와 결부되어 있는 것이 아니겠습니까? 눈앞의 행복감을 느끼는 사람이 있을 경우라면 자기가 그 사람을 행복하게 해준 것도 아닌데도 비위가 상해 못 참겠다 이거겠지요."

로테는 내가 이렇게 열심히 이야기하는 것을 보고는 엷은 미소를 지어 보였네. 게다가 프리데리케의 눈에 눈물이 괴는 것을 보자 나는 더욱 신이 나서 이야기를 계속했네.

"어떤 사람의 마음을 지배할 수 있는 능력이 있다고 해서 그 능력으로 그 사람의 마음속에서 솟아나오는 소박한 기쁨을 빼앗아 가는 자가 있다면 정말 형편없는 존재입니다. 그와 같은 심술로 가득한 폭군의 질투 때문에 우리의 즐거움을 송두리째 망쳐버린다면 이 세상의 어떤 선물이나 어떤 친절로도 그것이 보상될 수 없을 것입니다."

그 순간에 나의 가슴은 차오르는 감정의 분출로 터져버릴 것만 같았네. 지난날의 여러 가지 추억이 떠올라 내 눈에서 눈물이 주르르 흘러내렸네.

나는 커다란 소리로 외쳤다네.

"누구건 매일같이 자기 자신에게 이렇게 타이를 수 있다면 얼마나 좋겠습니까? 당신이 당신 친구를 위하여 할 수 있는 일이라고는 오직 그 친구의 기쁨을 방해하지 않고 그 기쁨을 함께 나눔으로써 그의 행복을 더해 주는 것뿐입니다. 그러나 그 친구가 불안한 충동으로 괴로움을 당하고 슬픔과 아픔을 느낄 때 당신은 친구로서 진정제 한 방울이라도 줄 수 있습니까? 또 인생의 꽃다운 청춘 시절을 당신에게 짓밟혀서 신세를 망쳐버린 아가씨가 끝내 몹쓸 중병에 걸려 수척할 대로 수척해져 병상에 누운 채로 퀭한 눈으로 허공을 쳐다볼 때, 임종을 눈앞에 둔 그녀의 창백한 이마에서는 식은땀이 연신 흘러내립니다. 그럴 때 당신이 자신의 힘으로 어찌할 도리가 없음을 통절히 느끼며 저주받은 인간처럼 병상 머리맡에 우두커니 서서 모든 것을 그녀를 위해 바치려 하고, 그녀에게 한 줌의 체력이나 한 가닥의 용기라도 줄 수 없을까 하고 안타까워한들 대체 무슨 소용이 있겠습니까?"

그런 말을 하는 동안 일찍이 내가 경험했던 어떤 광경의 추억이 무섭게 나를 엄습해 왔네. 나는 손수건으로 눈물을 닦으면서 그 자리에서 일어났네.

"자, 이제 그만 돌아가요."

나는 로테의 말소리에 가까스로 정신을 차렸네. 그녀와 함께 돌아오는 길에 나는 로테로부터 얼마나 많은 책망을 들었는지 모르네. 내가 모든 일에 지나치게 열을 올리기 때문에 몸을 상하게 하기 쉬우니 내 몸은 내 스스로 돌보고 소중히 여길 줄 알아야 한다는 것이었네.

오오, 나의 천사여! 오직 그대를 위해서라도 나는 살아야만 하리라!

7월 6일

로테는 여전히 그 위독한 부인의 집에 있네. 언제 어디서나 침착하고 상냥하기 이를 데 없는 그녀의 시선을 받으면 어떠한 고통을 받던 사람이라도 기분이 한결 가벼워지고 행복해지기 마련이라네.

어제 저녁에 로테는 동생들 가운데 마리안네와 어린 말헨을 데리고 산책을 나섰네. 나는 그 사실을 미리 알고 있었기에 중간에 그들을 만나 동행했다네. 1시간 30분쯤 걸리는 곳까지 갔다가 다시 시내로 돌아온 우리는 내가 전에 말했던 그 샘터에 들렀네. 그 샘터는 처음 알게 된 순간부터 내가 가장 좋아해 온 장소였지만 지금은 그때보다 몇 천 배나 더 내 마음을 채워주는 곳이 되어버렸다네.

로테는 그 샘터의 야트막한 돌담 위에 걸터앉았고 우리는 그 앞에서 서성거렸네. 그러면서 나는 샘터 주변 풍경을 돌아보았네. 그러자 아아, 지난날 가슴 저리게 외로웠던 시절의 추억이 눈앞에 선연히 떠오르지 않겠나!

나는 조용히 말했네.

"사랑하는 샘물아! 그때 이후 나는 너의 시원함 속에서 한 번도 제대로 쉬어 보지 못했구나! 너의 곁을 지나치면서도 다급한 마음에 너를 거들떠보지 않을 때도 많았지."

아래쪽을 내려다보니 말헨이 컵에 물을 담아 가지고 열심히 돌계단을 올라오고 있었네. 나는 로테를 쳐다보았어. 그리고 그녀가 나에게 얼마나 소중한 사람인가를 다시금 절실히 느꼈네.

그사이에 말헨은 컵을 들고 가까이 다가왔네. 마리안네가 그것을 받으려고 손을 내밀자 말헨은 귀여운 표정을 지으며 말했네.

"안 돼! 로테 언니가 먼저 마셔야 해."

나는 말헨의 천진스런 모습과 귀여운 생각에 감동한 나머지 그 심정을 표현한답시고 말헨을 번쩍 안아올려 '쪽!' 소리가 나도록 세게 입을 맞춰주었네. 그러자 어린 말헨이 갑작스런 울음을 터뜨리고 말았네.

"선생님이 잘못한 거예요!"

로테가 말했네. 나 역시 예상치 못했던 일에 당황해서 어쩔 줄을 모르겠더군.

"말헨, 이리 오렴."

로테는 그렇게 말하며 그 아이의 손을 잡고 돌계단을 내려갔다네.

"자, 어서 이 깨끗한 샘물로 씻자. 그러면 아무렇지도 않게 된단다."

내가 그 자리에 서서 그 광경을 물끄러미 바라보고만 있었네. 말헨은 이 신기한 샘물이 나의 입맞춤으로 얼룩진 모든 더러움을 깨끗이 씻어주고 내게서 옮을지도 모른다고 생각한 따가운 수염이 나지 않도록 해주는 줄 굳게 믿었지. 그리고 그 조그마한 두 손을 적셔 가며 열심히 제 뺨을 문질러 닦았다네.

"이제 그만…… 그 정도면 됐단다."

로테의 말에도 말헨은 여러 번 씻어낼수록 보다 확실한 효험을 볼 수 있다는 듯이 마냥 그렇게 열심히 제 뺨을 문질러 닦았다네.

빌헬름, 자네니까 하는 얘기지만 나는 세례를 받을 적에도 이
토록 깊은 경외심을 가지고 그 의식에 참석하지 않았다네. 로테
가 다시 돌계단을 올라 내가 있는 곳으로 다가왔을 때, 나는 마
치 모든 백성의 죄를 씻어주는 예언자를 대하듯 그녀 앞에 무조
건 꿇어 엎드리고 싶었다네.

나는 너무나도 기쁜 나머지 그날 저녁에 만난 한 남자에게 낮
에 있었던 그 일을 이야기하고 싶은 충동을 막을 길이 없었네.
그 남자는 어느 정도의 분별력을 갖춘 인물이었기에 필시 그에
상응하는 인간미도 있으려니 생각했는데 그것은 나의 오산이었
네. 그 남자는 이렇게 말하였네.

"그것은 로테가 아주 잘못한 행동일세. 어떤 경우에도 아이들
을 속이고 거짓을 믿게 해서는 안 되지. 그런 일들이 쌓여 숱한
오류를 낳고 미신에 빠지게 하는 동기가 되는 것이지. 우리 어
른들은 어린아이들이 그런 함정에 빠지지 않도록 지켜주지 않
으면 안 돼!"

나는 그때 비로소 그 남자가 1주일 전에 세례를 받았다는 사
실이 머리에 떠올라 멋대로 떠들라는 심정으로 잠자코 듣고만
있었네. 그러나 속으로는 '하나님께서 우리를 돌보시듯 우리도
아이들을 돌보아야 한다. 하나님께서 우리를 즐거운 꿈속에서
돌아다닐 수 있게 인도하셨을 때 우리는 가장 행복해질 수 있는
것이다.'라는 진리를 깊이 되새김질하고 있었네.

7월 8일

때때로 우리는 얼마나 어린아이 같아지는지! 일순간이라도 그녀의 눈길을 받게 되기를 이렇게 애타게 바라게 되다니!

나는 정말 응석꾸러기 어린애라고 할 수밖에 없네그려. 우리는 발하임으로 갔었네. 여자들은 마차를 타고 갔네. 그리고 나는 산책하는 동안 내내 로테의 검은 눈동자 속에 내 존재가 담겨져 있지 않다는 생각을 하며 괴로워했어. 나는 이제 멍청이가 되어버렸네. 용서하게. 자네에게도 그녀의 그 눈동자를 꼭 한 번 보여주고 싶네. 그렇게 하지 않고서는 이야기가 제대로 되지 않을 테니까 – 간단히 쓰기로 하겠네(왜냐하면 지금 나는 졸려서 견딜 수가 없다네).

여자들이 돌아가기 위해 마차에 올라탔을 때 새파랗게 젊은 W와 젤슈타트와 아우드란 그리고 내가 마차 주위에 서 있었네. 모두 쾌활하고 발랄한 친구들로 마차에 탄 여자들과 함께 여러 가지 이야기를 주고받으며 즐거워했네. 그때에도 나는 로테와 시선이 마주치기를 바랐네. 아, 그러나 그녀의 시선은 무심하게도 이 사람 저 사람한테로 옮겨 다닐 뿐 정작 나에게는 끝내 머무르지 않았다네.

그래서 나는 그 눈길을 단념하고 서글픔에 잠겨 우두커니 서 있을 수밖에 없었네. 나는 마음속으로 로테에게 잘 가라는 인사를 몇 번이고 되풀이했으나 그녀는 끝까지 내게 눈길을 주지 않았어. 나를 거들떠보지도 않았단 말일세. 마침내 마차는 떠나버렸고 나의 눈에는 눈물이 핑 돌았네.

나는 하릴없이 로테의 뒷모습을 바라보고 있을 뿐이었네. 그때 그녀가 마차의 문에 몸을 기대는 듯싶더니 마침내 그녀의 머리 장식이 문 밖으로 비죽 나오는 것이 보였네. 그리고 내가 있는 뒤쪽을 돌아다보았네.

아아, 혹시 그녀는 나를 보기 위해서 그랬던 것이 아닐까?

친애하는 친구여, 나는 그 점을 확신할 수가 없어서 아직도 불안감에 싸여 있다네. 아마 그랬겠지? 아마도 나를 보기 위해 뒤를 돌아다본 것이겠지?

아아, 오직 그렇게 생각하는 것만이 나의 유일한 위안이라네. 잘 자게. 아아, 나는 얼마나 유치한 어린아이 같은지!

7월 10일

여러 사람이 모인 자리에서 로테의 이야기가 나오면 내가 얼마나 쩔쩔매는 표정을 짓는지 자네에게도 한번 보여주고 싶을 정도라네. 더구나 누가 로테가 마음에 드는지 묻기라도 하면 — 마음에 들다니! — 그런 말을 듣는 것은 죽기보다 싫다네. 로테를 보며 모든 감정이나 감각이 그녀의 존재로 가득 차 그녀를 좋아하지 않게 되는 자가 과연 있을 수가 있을까?

마음에 드냐고? 며칠 전엔 오시안[19]이 마음에 드냐고 내게 묻는 자가 있더군.

---

19) Ossian, 3세기 무렵 스코틀랜드와 아일랜드에 살았던 켈트족의 전설적인 시인이자 영웅이다 — 옮긴이

7월 11일

　M 부인의 병세가 몹시 위중하다네. 나는 부디 그 부인의 쾌유와 소생을 빌고 있네. 나도 로테와 함께 괴로움을 나누고 있기 때문이라네. 내가 그 부인 댁에서 로테를 만나는 일은 드물지만 말일세.

　오늘 그녀는 내게 놀라운 이야기를 들려주었네. 부인의 남편인 M 노인은 매우 인색한데다 난폭하기까지 하여 평생 동안 자기 아내를 몹시 괴롭히고 궁색한 살림살이를 강요하며 못살게 굴었다는 걸세. 그런데도 부인은 군말 없이 애면글면 옹색한 살림을 꾸려왔다는 것이지. 며칠 전에는 이제 살 가망이 없다는 의사의 선고를 들은 부인이 로테도 함께 있는 자리에 남편을 불러 이렇게 말했다고 하네.

　"내가 죽은 후에 언짢은 시빗거리가 생기지 않도록 당신한테 미리 고백할 게 있어요. 나는 지금까지 될 수 있는 대로 절약하고 또 절약하며 집안 살림을 꾸려왔어요. 하지만 실은 지난 30년 동안 본의 아니게 당신을 속이며 살았답니다. 용서해 주세요. 우리가 결혼했던 그때부터 당신은 식비 등 생활비와 잡비 명목으로 아주 적은 액수를 정해 놓고 그 한도 안에서 살림을 해나가라고 했어요. 차차 살림이 커지고 사업 규모가 늘어나도 생활비가 늘어나는 것은 용납하지 않았지요. 당신도 잘 알겠지만, 우리 살림의 씀씀이가 가장 크게 불어났을 때에도 당신은 내게 1주일에 7굴덴[20]으로 살림을 꾸리라고 했어요. 나는 당신

---
20) 네덜란드의 화폐 단위이다 – 옮긴이

의 뜻을 거역하지 않고 순순히 그 돈을 받아왔지만 모자라는 돈은 당신 모르게 매주 판매액에서 보충해 왔어요. 아무도 설마 한 집안의 주부가 자기 집 금고에서 돈을 훔칠 거라고는 생각지 못했을 거예요. 그러나 저는 그 돈을 조금도 낭비한 일이 없어요. 그렇기 때문에 굳이 이런 고백을 하지 않더라도 양심의 가책을 받지 않고 마음 편히 저세상으로 갈 수 있어요. 다만 내가 죽고 난 다음 그 뒤를 이어 이 집안 살림을 돌보게 될 사람이 필경 곤란을 겪게 될 것 같고, 더구나 당신이 죽은 마누라는 그 정도의 돈으로 얼마든지 살림을 잘 꾸려나갔다고 고집을 피울 것 같아서 말해 두는 거예요."

나는 로테와 함께 인간의 마음이란 믿을 수 없을 정도로 맹목적일 수가 있어서 엄연히 눈앞에 있는 것이 보이지 않을 때도 있다는 이야기를 주고받았네. 그 정도의 살림 규모라면 생활비가 갑절 이상 들어가리라는 것은 누구라도 알 수 있는 사실이며, 7굴덴으로 그 살림을 꾸려나간다면 이면에는 반드시 무슨 비밀이 있으리라고 의심해 봄 직할 터인데 그것을 당연하게 여기며 살아왔다니.

그러나 나는 알고 있다네. 이 세상에는 예언자의 기름 단지[21]가 자기 집에 있다고 믿어 의심치 않는 그런 사람들이 존재한다는 사실을.

---

21) 《구약성서》 〈열왕기 상〉 17장 참조. 선지자 엘리야가 한 가난한 과부의 집에서 의탁하는 동안 그 집에는 밀가루 한 줌이 독에서 떨어지지 않았고, 기름 몇 방울이 단지 안에 항상 있었다고 한다 - 옮긴이

7월 13일

아니, 내가 결코 아전인수 격으로 생각하는 것은 아니라네!

로테의 검은 눈동자 속에서 나와 나의 운명에 대한 진지한 염려와 관심을 읽을 수 있네. 그렇다네, 나는 그것을 분명히 느낄 수 있네. 그리고 그 점에 대해서는 내 느낌을 믿어도 좋네.

분명히 말하건대 로테는 —아아, 나는 나의 천국을 이런 말로 묘사해도 되는 것일까? — 로테는 나를 사랑하고 있다네. 나를 사랑하고 있단 말이네! 그녀가 나를 사랑한다는 것을 알게 된 이후 나 자신에게 내가 얼마나 소중한 존재가 되었는지 모르겠네. 나는 얼마나 — 자네에게는 이런 말을 해도 무방할 테지. 자네는 그것을 이해할 만한 사람이니까 — 나 자신을 존경하게 되었는지 모르겠네.

나의 지나친 자만일까? 아니면 사실에 바탕을 둔 솔직한 감정일까? 나는 로테의 가슴속에 내가 두려워해야 할 사람이 있으리라고는 생각할 수 없네. 그러면서도 그녀가 자기 약혼자에 대하여 그렇게 따뜻하게 애정을 가지고 이야기할 때면 나는 모든 명예와 지위를 빼앗기고 대검(帶劍)까지 몰수당해 무장해제된 사람 같은 기분에 빠져버린다네.

7월 16일

어쩌다 무의식중에 내 손가락이 로테의 손가락에 닿거나 우리의 발이 식탁 밑에서 부딪치기라도 할 때면 나는 전신의 피가 솟구치는 것 같아진다네. 그러면 나는 불에 덴 사람처럼 몸을 움찔하게 되고는 하지. 그러나 곧 어떤 불가사의한 힘이 나를 다시 앞으로 떠밀어주네. 나의 모든 감각은 결국 마비되어 굳어져버리고 말아.

아아, 그러나 천진난만한 그녀의 마음, 순진한 영혼은 그렇게 사소한 접촉의 순간이 얼마나 나를 괴롭히는지 꿈에도 생각을 못한다네. 뿐만 아니라 그녀는 이야기를 하면서 곧잘 자신의 손을 내 손등에 얹기도 하고, 이야기에 몰입하여 흥에 겨우면 천사처럼 순결한 자신의 입김이 내 입술에 닿을 만큼 바싹 다가앉을 때도 있다네. 그럴 때마다 나는 벼락이라도 맞은 듯이 넋을 잃고 쓰러질 것만 같아진다네.

빌헬름이여, 자네는 내가 감히 천국에 견주는 그녀를…… 이 신뢰를…… 이 마음을 알아줄 것이라 믿고 있네. 내 마음은 결코 그렇게까지 타락하지 않았다네! 다만 마음이 약해져 있을 따름이네. 그렇다네. 내 마음은 너무나 약해져 있네. 그러나 그 약하다는 것도 일종의 타락이 아니겠나?

그녀는 내게 있어 신성한 존재라네. 그녀 앞에 나서면 모든 욕정이 잠들어 버린다네. 그녀 곁에 있으면 나는 그만 넋을 잃어 내 기분이 어떤지 나 자신도 모르게 되네. 마치 나의 영혼이 모든 신경 속에서 거꾸로 돌아가는 것만 같다네.

로테는 자기의 멜로디를 지니고 있네. 피아노 앞에 앉아서 천사같이 신비로운 힘으로 소박하고도 거룩하게 연주를 하지. 그것은 그녀가 즐겨 부르는 가곡으로 그 첫 소절만 들어도 나의 모든 고통과 혼란, 걷잡을 수 없는 번민들이 말끔히 사라져버린 다네.

나로서는 음악의 매력에 대해 예로부터 전해 내려오는 이야 기들을 조금도 의심할 여지가 없다고 생각하네. 그 단순한 노래 가 어떻게 하여 이렇듯 내 마음을 매혹시키는 것일까! 공교롭게 도 내가 가끔 내 이마에 총알이라도 한 발 쏘고 싶어질 때면 그 녀는 그 노래를 부른다네. 그러면 암흑 속을 헤매던 내 영혼의 방황과 마음의 질곡은 감쪽같이 사라져버리고 나는 다시 자유 로이 숨을 쉬게 되는 것이라네.

7월 18일

빌헬름, 만일 사랑이라는 것이 없다면 이 세상의 삶은 우리 마 음에 대체 무엇을 줄 수가 있겠는가? 불 꺼진 환등[22]과 마찬가지 아닐까? 그 안에 램프가 켜져 있어야만 비로소 흰 벽에 가지각 색의 아름다운 영상이 비치는 것이라네. 비록 그것이 순간적인 환영(幻影)에 지나지 않는다 하더라도 우리가 그 신기한 그림자 에 매혹되어 소년처럼 황홀해 한다면 그것 또한 우리의 행복이 아니겠나?

오늘은 로테에게 갈 수가 없었네. 피치 못할 회합이 있었기 때 문이었지. 그래서 내가 어떻게 했는지 아나? 나는 그녀에게 나 의 하인을 보냈네. 누구든지 로테 곁에 있었던 사람을 내 주위

---

22) 등피에 그림이 그려져 있고, 빙글빙글 돌아가게 된 램프를 말한다 – 옮긴이

에 두고 싶었기 때문이었네. 나는 심부름 갔던 그 하인이 돌아오기를 얼마나 간절한 마음으로 기다렸는지 모르네. 그가 돌아왔을 때 나는 얼마나 기뻤던지 체면만 아니었다면 그의 목을 껴안고 입이라도 맞췄을 걸세.

햇빛 아래에 형광석(螢光石)을 놓아두면 그 빛을 흡수하여 밤에도 얼마 동안 빛을 낸다고 하는데 내게는 그 하인이 바로 그와 같았다네. 그의 얼굴에, 뺨에, 윗옷 단추에, 외투 깃에 로테의 시선이 멎었다고 생각을 하자 그 모든 것이 나에게는 말할 수 없이 신성하고 값지게 느껴지는 것이었네. 나는 그 순간에 누가 1천 탈러[23]를 준다 해도 그를 내놓지 않았을 것이라네. 그와 함께 있다는 것이 그렇게 좋을 수가 없었네.

제발 웃지 말게, 빌헬름! 우리를 즐겁게 해주는 것, 그것을 어찌 환상이라고만 할 수 있겠는가?

7월 19일

"오늘 나는 그녀를 만날 것이다!"

나는 아침에 눈을 뜨면 밝은 마음으로 새로이 솟아오른 아름다운 태양을 바라보며 이렇게 외친다네.

"오늘 나는 그녀를 만날 것이다!"

이렇게 외치고 나면 나는 종일토록 더 이상 바랄 것이 없게 된다네. 모든 것이 그 하나의 소망 속에 녹아 들어가기 때문이라네.

---

23) 옛 독일의 화폐 단위이다 – 옮긴이

7월 20일

자네는 공사(公使)와 함께 ×××으로 부임하는 편이 좋겠다고 했지만 나로서는 그 말을 받아들일 수가 없네. 나는 남의 밑에 예속되는 것을 그다지 좋아하지 않는다네. 게다가 그 공사가 고약한 사람이라는 것은 세상 누구나 다 아는 사실 아닌가?

우리 어머니께서 내가 일하기를 바라신다는 자네의 말에 나는 웃지 않을 수가 없었네. 그렇다면 지금의 나는 일을 하고 있지 않다는 말인가? 내가 완두콩을 세건, 제비콩을 세건 결국은 마찬가지 아닌가? 세상사란 무엇이든지 끝에 가서 보면 부질없고 하찮은 것이라네. 자기 자신의 정열이나 욕구에서가 아니라 남들에게 비치는 겉모습을 위해 돈이나 명예 그 밖의 무엇을 손에 넣으려고 악착같이 덤비는 녀석들은 분명히 얼빠진 바보들이라고 할 수 있네.

7월 24일

자네는 나더러 그림 그리는 일을 게을리하지 말라고 충고했지만 차라리 그 문제에 대해서 아무 말도 하지 않는 편이 좋을 듯싶네. 솔직히 말하자면 나는 그 이후로 아무것도 그리지 않았다네.

일찍이 지금처럼 내가 행복에 젖어 본 적은 없었네. 또 지금처럼 조그마한 돌멩이나 이름 모를 풀포기에 이르기까지 자연물에 대해 감수성이 풍부해지고 마음에 절실했던 적은 한 번도 없었네. 그런데 나는 그것을 어떻게 형상화해야 좋을지 모르겠네. 나의 표현력은 실로 미약하기 짝이 없네. 내 마음에 비치는 모든 것들이 모호하게 떠도는가 하면 자꾸만 이리저리 흔들려 윤곽조차 제대로 파악할 도리가 없다네.

그러나 찰흙이나 밀랍이라도 있다면 그것을 빚어서 무엇이든지 만들어 낼 수 있을 것 같으니, 이런 상태가 오래 계속된다면 설령 엉뚱한 과자를 만들게 되는 한이 있더라도 찰흙을 손에 쥐고 뭔가 빚어 볼지도 모르네.

나는 이미 로테의 초상을 세 번이나 시도했지만 번번이 실패를 거듭하고 말았네. 얼마 전까지만 해도 붓질이 잘 되었던 것을 생각하면 더욱 화가 치미네. 결국 나는 그녀의 실루엣을 그렸는데 우선은 그것으로 만족할 수밖에 없을 것 같다네.

7월 25일

사랑하는 로테여, 잘 알겠습니다. 부탁하신 일은 차질이 없도록 잘 처리하겠습니다. 아무쪼록 앞으로도 더 많이, 더 자주 일을 맡겨주십시오. 그런데 한 가지 말해 두고 싶은 것이 있습니다. 앞으로 제게 보내는 편지지에는 모래[24]를 뿌리지 않으시길 바랍니다. 오늘도 편지 봉투를 뜯자마자 급히 입술을 갖다 대는 바람에 입 안까지 모래 알갱이가 지분거렸답니다.

---

24) 잉크의 번짐을 방지하기 위해 사용했다 - 옮긴이

7월 26일

나는 벌써 몇 번이나 로테를 너무 자주 만나지 않겠다고 결심을 했었네. 그러나 내가 무슨 수로 그 결심을 지킬 수 있겠나? 나는 날마다 유혹에 이기지 못해 외출을 하면서도 내일은 반드시 집 안에 머물겠다고 단단히 다짐을 한다네. 그러나 막상 날이 바뀌어 그 내일이라는 것이 오면 나는 무슨 이유를 만들어서라도 어느 결에 그녀에게 가 있는 걸세.

"내일도 오실 거죠?"

어젯밤에 헤어질 때 로테가 그렇게 말했다면 어찌 내가 오늘 그녀를 찾아가지 않을 도리가 있겠나? 특히 로테에게 어떤 부탁을 받았을 땐 직접 찾아가서 그 결과를 알려주는 것이 옳다고 생각하네. 핑계 거리가 없어서 탈이지 청명한 날씨를 내세워 발하임에 갔다고 하세. 그곳에서 로테의 집까지는 불과 30분이면 되지 않는가! 그녀의 존재를 더욱 강렬하게 느낄 수 있는 영향권에 들어왔다고 생각하는 순간, 나는 눈 깜짝할 사이에 벌써 그녀의 곁에 가 있게 된다네.

어렸을 때 할머니께서 자석(磁石)으로 된 산의 이야기를 해주셨던 일이 생각나네. 배가 그 산에 너무 가까이 다가가면 별안간 배 안에 있던 모든 쇠붙이가 딸려 나가고, 배를 만들 때 사용됐던 못까지 빠져 그 산 쪽으로 날아가 버리는 바람에 그 배에 탔던 사람들은 산산이 흩어져 떨어지는 널빤지에 깔려 죽게 된다는 이야기였네.

7월 30일

알베르트가 돌아왔네. 이제 내가 떠나야 할 때가 된 것이네. 가령 그가 매우 선량하고 고귀한 인격자로서 나 같은 사람은 어느 모로 보나 그에 견줄 바가 못 되는 인물에 불과하다면, 그런 훌륭한 장점을 소유하고 있는 그를 정면으로 바라본다는 것 자체만으로도 나는 도저히 감당할 수 없는 노릇일 걸세. 그가 아름답고 완벽한 로테의 마음을 독차지하고 있는 모습을 어떻게 내가 바라보고 있을 수 있겠는가?

독차지……? 빌헬름, 어쨌든 마침내 로테의 약혼자가 나타난 것이네. 그는 누구라도 호의를 느낄 만큼 훌륭하고 잘난 신사라네. 다행히도 로테가 그를 마중 나갈 때 마침 나는 그곳에 없었네. 만일 내가 그 자리에 있었더라면 아마 가슴이 찢어졌을 것이라네.

그는 예의를 아는 사람이기 때문에 남들 앞에서는 아직 한 번도 로테에게 입을 맞춘 일이 없다. 하나님, 그처럼 훌륭한 그의 인격과 교양을 칭찬하옵소서!

로테에게 경의를 표하는 그의 모습을 보면 나 역시 그를 좋아하지 않을 수가 없었다네. 그는 나에게도 호의적인 태도를 보여주었네. 그것이 그의 마음으로부터 우러나왔다기보다는 필경 로테가 그렇게 하도록 암시를 주었기 때문이 아닐까 생각하네. 여자란 그런 점에서는 깜찍하고 빈틈이 없기 마련 아닌가 말일세. 늘 원하는 대로 되는 것은 아니지만 두 숭배자를 서로 사이좋게 해둘 수 있다면 이득을 보는 것은 언제나 여자일 수밖에.

아무튼 나는 알베르트에게 경의를 표하지 않을 수 없네. 그의 침착한 태도는 매사에 안절부절하는 내 성격과 좋은 대조를 이룬다네. 그는 풍부한 감정의 소유자로 로테의 진가를 잘 알고 있네. 또 웬만한 일로 얼굴을 찌푸리는 일도 별로 없네. 자네도 알다시피 인간의 모든 악덕 중에 내가 가장 싫어하는 악덕이 바로 불쾌한 기분에 사로잡히는 것 아니겠나?

알베르트는 나를 분별 있는 사람이라고 생각한다네. 그러면서 내가 로테를 사모하는 것과 그녀의 모든 행동에 매혹된 것을 알고는 이것이 오히려 그의 승리감을 더욱 드높이는 결과가 되었다네. 그래서 그는 한결 더 로테를 사랑하게 되는 것일세. 때로는 그도 사소한 질투심을 내비치며 로테를 괴롭히는 일이 있을지 모르지만 나는 그런 것을 따지고 싶지 않네. 만일 내가 그의 입장이라 하더라도 질투라는 악마로부터 완전히 벗어나지는 못할 것이니 말이네.

그것이야 어쨌든 나는 이제 로테 곁에 있는 기쁨을 맛볼 수 없게 되었네. 이것을 어리석다고 해야 할까, 눈이 멀었다고나 해야 할까? 뭐라고 이름 붙여 말하든 무슨 상관이 있겠나? 분명한 사실 그 자체가 잘 말해 주고 있지 않은가! 나는 알베르트가 돌아오기 전부터 이렇게 될 줄 알고 있었네. 나는 로테에게 아무런 권리도 주장할 수 없고 또 어떠한 요구를 한 일도 없었네. 나는 그토록 사랑하는 사람의 곁에서도 아무런 야심을 지니지 않을 수 있는 정도로만 지내왔던 것일세. 그런데 막상 경쟁자가 눈앞에 나타나 로테를 빼앗아 가는 상황에 이르자 어리석게도 나는 눈을 휘둥그렇게 뜨며 발만 동동 구르고 있는 것이라네.

나는 이가 갈리도록 자신의 비참한 꼴을 비웃고 있네. 그러나 만일 누가 나더러, 그래 봐야 별 수 없으니 깨끗이 단념하라고 한다면 나는 그를 두 배 세 배 더 비웃어 줄 것이네. 그런 허수아비 같은 작자는 내 눈앞에서 재빨리 사라지는 편이 현명할 거야.

어제 나는 숲 속을 이리저리 헤매고 돌아다니다가 결국 로테를 찾아갔다네. 마침 로테는 알베르트와 함께 정원 벤치에 앉아 있었네. 나는 그만 어찌할 바를 몰라 허둥대며 허튼소리를 떠들어대거나 되지도 않는 익살을 늘어놓고 모자란 사람처럼 갈팡질팡했어.

"제발 부탁이에요. 어젯밤과 같은 행동은 하지 말아주세요. 선생님이 그토록 지나치게 명랑해지는 모습을 보면 저는 몹시 겁이 나요."

오늘 로테가 나에게 당부하였네. 자네에게만 귀띔하자면, 나는 알베르트가 언제 바쁜지 알고 있다네. 그 기회에 로테를 찾아가서 그녀가 혼자 있는 모습을 보게 되면 나는 언제나 마음이 홀가분해진다네.

8월 8일

용서해 주게, 빌헬름. 피치 못할 운명에는 복종해야 한다고 주장하는 사람들을 나는 몹시 비난했지만 그것이 자네를 염두에 두고 한 말은 결코 아니었네. 나는 자네가 그런 사람들과 같은 의견을 갖고 있으리라고는 생각도 못했었네. 한편으로 따져보

면 자네의 말이 옳으이. 그러나 이것 한 가지만은 꼭 말해 두고
싶네.

친구여, 이 세상에는 '이것 아니면 저것'이라는 양자택일로
매듭이 지어지는 일이란 극히 드물다네. 매부리코와 납작코 사
이에도 여러 층의 코가 있는 것처럼 인간의 감정이나 행동에도
여러 가지 짙고 옅은 구별이 있는 법이라네.

그러므로 내가 자네의 견해를 모두 옳다고 인정하면서도 이
것 아니면 저것이라는 양자택일 사이로 슬쩍 빠져나가려 한다
해서 나를 못마땅하게 여기지만 말아주게.

자네가 주장하는 이야기의 핵심은 과연 로테에 대하여 내가
희망을 가질 수 있느냐 없느냐에 달려 있다는 것이었지. 만일
희망이 있다면 그 희망을 버리지 말고 끝까지 바라는 바를 이루
도록 노력하여 목적 달성을 하는 것이 좋다, 그러나 희망이 없
다면 용기를 내어 자기의 온 정력을 소모시키는 비참한 감정에
서 벗어나야 한다, 이 말이었지. 물론 지당한 말이네. 그러나 인
간사가 어디 말처럼 그렇게 간단하고 쉽기만 하던가?

자네는 병세가 서서히 악화되는 잠행성(潛行性) 질병에 걸려
끊임없이 생명을 잠식(蠶食)당하는 불행한 환자에게 그러나 고
통을 당하느니 차라리 비수로 목을 찔러 단숨에 그 괴로움을 없
애 버리라고 권유할 수 있겠나? 환자의 모든 정력을 소진시키는
고질병은 그와 동시에 그 질병에서 벗어나려는 환자의 용기마
저도 빼앗고 있는 것이 아니겠나? 하기야 자네는 그와 비슷한
비유를 들어서 내게 응수할 수도 있을 테지. 즉 어영부영 주저
하고 망설이다가 자기 생명을 위태롭게 하느니 차라리 곪아 들

어가는 한쪽 팔을 잘라버리는 것이 낫지 않겠느냐고. 나도 모르겠네. 비유를 들어가며 서로 옥신각신하는 것 따위는 집어치우기로 하세.

요컨대 빌헬름, 내게도 때로는 결단을 내려 마음의 짐을 훨훨 털어버리고 싶은 용기가 솟아나는 순간이 전혀 없는 것은 아닐세. 그럴 때 내가 대체 어디로 가야 할지 그 방향을 알았다면 나는 뒤도 돌아보지 않고 떠났을 것이라네.

저녁

얼마 전부터 쓰지 않고 팽개쳐 두었던 일기장을 오늘 다시 읽어보며 나는 적이 놀랐네.

'스스로 잘 알면서도 나는 한 걸음 한 걸음 이다지도 깊숙이 발을 들여놓고 말았구나! 언제나 나 자신을 이렇게 명확하게 들여다보고 있으면서도 나는 마치 어린아이처럼 행동을 해왔구나!'

지금도 역시 내 처지를 환히 보고 있지만 여전히 나아질 징후는 전혀 보이지 않고 있다네.

8월 10일

내가 만일 바보가 아니라면 얼마든지 행복한 나날을 보낼 수 있을 것이네. 한 사람의 마음을 즐겁게 하기 위해 지금 내가 처해 있는 환경처럼 그렇게 여러 가지 좋은 조건을 구비하기는 그리 쉬운 일이 아닐세.

아아, 오로지 우리 마음만이 우리의 행복을 빚어낼 수 있다는 것은 틀림없는 사실이네. 사랑이 넘치는 가족의 일원이 되어 그집 어른께는 친아들처럼 사랑을 받고, 아이들에게는 아버지처럼 환영을 받고 그리고 로테에게도……! 또한 점잖은 알베르트로 말하자면, 변덕이나 불손한 태도로 내 행복을 방해하려 하지 않고 진심에서 우러나오는 따뜻한 우정으로써 나를 감싸줄 뿐아니라 이 세상에서 로테 다음으로 나를 가장 소중한 사람이라고 생각한다네.

빌헬름! 나와 알베르트가 함께 산책을 하면서 로테 이야기를 주고받는 것을 누가 옆에서 듣는다면 아마 그는 참지 못하고 웃음을 터뜨릴 걸세. 이 세상에서 우리 세 사람의 관계만큼 우스운 것은 아마 없으리라. 그 때문에 나는 눈물을 흘릴 때가 많았네.

어느 날 알베르트는 성품이 곧았던 로테 어머니의 이야기를 들려주었네. 그 어머니는 임종을 앞두고 로테에게는 집안일과 어린아이들을 부탁하고 알베르트에게는 로테를 맡긴다는 이야기를 하셨다는군. 그 후로부터 로테는 종전과는 완전히 다른 사람이 되어 동생들에 대한 보살핌과 집안 살림 걱정을 한시도 잊어버리는 일이 없었다고 했네. 그러면서도 그녀는 타고난 쾌활한 성격과 밝은 마음씨를 한 번도 잃은 적이 없었다고 했어.

나는 이런 얘기를 들으며 알베르트와 나란히 걸었네. 그리고 길가의 꽃을 꺾어 꽃다발을 엮은 다음 길 옆으로 흘러가는 시냇물에 던지고 그것이 물 흐름에 따라 조용히 떠내려가는 모습을 바라보았네.

자네에게 이미 말했는지 잘 모르겠지만, 알베르트는 이 고장에 머무르면서 상당한 수입이 보장된 궁정 관직을 갖게 될 모양이네. 그는 궁정에서 아주 호평을 받고 있다네. 빈틈이 없는 일 처리와 부지런한 점에서 그를 따를 만한 사람을 나는 그다지 본 적이 없네.

8월 12일

분명히 알베르트는 이 세상에서 가장 선량한 사람이라고 할 수 있네. 그런데도 나는 어제 그와 이상한 일로 말다툼을 했다네. 그에게 작별 인사를 하려고 찾아간 자리에서 있던 일이었네. 실은 갑자기 말을 타고 산에 올라가 보고 싶었기 때문이었어. 지금 이 편지도 그 산에서 쓰고 있다네.

나는 알베르트의 방 안을 이리저리 서성거리다가 그의 권총을 발견하고 그에게 말했네.

"이 권총을 잠시 빌려줄 수 있겠습니까? 여행을 할 때 가져갔으면 해서요."

"좋도록 하십시오. 그러나 탄환 장전은 당신이 직접 해야 합니다. 나는 단지 장식용으로만 걸어두었을 뿐이니까요."

그가 대답했네. 내가 벽에 걸려 있던 권총 한 자루를 끌어내리자 알베르트는 계속해서 말했네.

"조심하느라고 했는데도 뜻하지 않은 불상사가 일어난 뒤로 나는 그 총에 손을 대기도 싫어졌답니다."

내가 그 사연을 알고 싶어 하자 그는 자기의 경험을 말하기 시작했네.

"언젠가 한 3개월 정도 시골에 있는 친구네 집에 머무른 일이 있었습니다. 비록 탄환을 장전해 두지 않았지만 권총을 두 자루나 지니고 있었으므로 밤에는 안심하고 잠을 잘 수가 있었지요. 그러던 어느 비 오는 날 오후에 하는 일 없이 우두커니 앉아 있다가 뭣 때문에 그런 생각이 들었는지 모르지만, 어쩐지 그날은 저녁에 강도가 들지도 모르겠다는 느낌이 들었습니다. 그래서 혹시 권총이 필요하게 될지도 모른다는 생각을 했지요. 밑도 끝도 없이 그런 느낌이 들 때가 있다는 것은 아마 당신도 알고 있으리라 봅니다. 그래서 하인에게 권총을 내주며 손질을 하고 탄환을 장전해 두라고 일렀지요. 그런데 그 녀석이 하녀들과 장난치다가 그녀들을 놀라게 하려고 권총을 겨눈 찰나, 어찌된 영문인지 꽂을대가 꽂힌 상태로 탄환이 발사되어 한 하녀의 엄지손가락을 으스러뜨렸던 사고가 났습니다. 나는 어처구니없는 그 일로 치료비를 물어야 했지요. 그때 하도 놀라서 다음부터는 어떤 총이든지 탄환을 넣어두지 않기로 결심했어요. 하지만 아무리 조심을 한다고 한들 무슨 소용이 있겠습니까? 언제 위험한 일이 일어날지는 아무도 알 수 없거든요. 단지……."

그런데 자네도 알다시피 나는 알베르트를 매우 좋아하지만 그 '단지'라는 말만은 질색하지 않을 수 없었네. 왜 그런지 짐작하겠나? 일반적으로 어떤 명제나 원칙에는 언제나 예외가 있다는 점은 누구나 다 알고 있는 것 아니겠나?

그렇지만 이 친구는 지나치게 용의주도하단 말일세. 만약 자기가 경솔한 말이나 막연하고 애매한 이야기를 했다고 생각할 때에는 언제나 그 내용을 특별한 테두리 속에 한정하거나 수정하거나 혹은 덧붙이거나 삭제한단 말일세. 그래서 끝판에 가면 본래의 이야기 줄거리가 어디로 사라졌는지 도통 알 수가 없게 된다네.

이번에도 그는 '단지……' 라는 말에 이어 장황한 논설을 전개하는 것이었네. 그것에 질려버린 나는 더 이상 그의 이야기를 귀담아 듣지 않고 내 멋대로 망상에 젖어 있었네. 그러다가 느닷없이 총구를 내 오른쪽 눈 위 이마에 가져다 대었네. 그러자 그는 황급히 내 손에서 권총을 빼앗으며 말했네.

"지금 무슨 실없는 짓을 하는 겁니까?"

"총알이 들어 있는 것도 아닌데 뭘 그리 놀라십니까?"

나는 대답했지.

"아무리 그렇더라도 대체 어쩌려고 그런 행동을 한단 말입니까? 나는 인간이 스스로의 목숨을 끊을 만큼 어리석을 수 있다는 것 자체를 도저히 납득할 수가 없습니다. 생각만 해도 혐오감이 느껴져요."

"당신 같은 사람들은……."

나는 언성을 높였다네.

"무슨 일에 대해서든 다짜고짜 그것은 못난 짓이니 혹은 현명한 처사이니 또는 좋으니 나쁘니 하고 한마디로 잘라서 말하지 않고서는 좀이 쑤시는 모양인데, 대체 그렇게 단정을 짓는다는

게 무슨 의미가 있는 겁니까? 그렇게 단정을 내리기 전에 그 행위의 이면에 감춰진 내면을 살펴본 적이 있습니까? 어찌하여 그런 행위를 했을까 또는 무엇 때문에 그런 행위를 해야만 했을까, 당신은 그 원인을 확실히 설명할 수 있습니까? 만약 그것을 설명할 수 있을 만큼 이해한다면 그렇게 성급하게 잘라서 판단할 수 없을 겁니다."

그러자 알베르트는 이렇게 대꾸하였네.

"그러나 어떤 종류의 행위는 그 동기가 무엇이든지 언제나 죄악으로 남게 된다는 점은 당신도 인정하겠지요?"

나는 어깨를 으쓱 치켜 올리며 그 말에 일단 수긍하고 나서 이렇게 말했네.

"그러나 들어보십시오. 그 경우에도 예외는 있을 수 있습니다. 남의 물건을 훔치는 절도는 물론 죄악입니다. 그러나 굶어 죽을지도 모르는 가족을 먹여 살리기 위해 도둑질을 한 사람이 있다면 우리는 그를 동정해야 하나요, 벌을 주어야 하나요? 바람을 피운 아내와 그 비열한 정부(情夫)에게 정당한 분노를 참지 못한 나머지 그를 처단한 남편에게 누가 맨 처음 돌을 던질 수 있겠습니까? 억누를 수 없는 사랑에 도취된 나머지 이성을 잃고 몸을 맡긴 처녀에게 누가 가장 먼저 돌을 던질 수 있겠습니까? 아마 냉혹하기 짝이 없는 우리의 법률도 감동하고 그들에 대한 형벌을 보류할 것입니다."

"그것은 전혀 별개의 이야기입니다. 왜냐하면 자신의 격정에 휩싸인 사람은 생각하거나 판단할 능력을 이미 상실한 셈이므로 술에 만취한 사람이나 미친 사람과 마찬가지라고 볼 수 있기 때문입니다."

알베르트가 이렇게 대답하는 것을 듣고 나는 미소를 지으면서 외쳤네.

"과연 당신들…… 끝까지 이성적인 신사들이여……! 격정! 만취! 미치광이! 당신들은 그런 말을 입에 올리면서 한 걸음 떨어진 곳에서 점잖게 시치미 떼고 있는 겁니다. 정말 당신들은 품행이 방정한 도덕군자들이죠! 주정뱅이를 욕하고 미치광이를 업신여기고 싫어하며 마치 제사장[25]처럼 그들 옆을 그냥 지나가 버리고 맙니다. 바리새인처럼 신이 자기를 그런 부류의 인간으로 만들지 않는 데에 감사할 수도 있을 것입니다. 나는 술에 취한 일이 여러 번 있습니다. 격정에 휩쓸려 미치다시피 한 경우도 있습니다. 하지만 나는 그 어느 경우에도 후회하지 않았습니다. 왜냐하면 나는 예로부터 어떤 위대한 일이나 불가능에 가까운 어려운 일을 성취한 비범한 인물들은 흔히 술주정뱅이나 미치광이로 불렸다는 사실을 알고 있기 때문이었습니다.

그러나 평범한 일상에서 어떤 사람이 무언가에 구애받지 않고 고귀하고 대담하게 훌륭한 일이나 예상 밖의 일을 하면 으레 '저 친구는 주정뱅이야. 저건 천치야.' 라고 비난을 퍼붓기 일쑤죠. 정말 참고 들어줄 수가 없어요. 당신네들처럼 올바른 정신을 가졌다고 근엄을 떠는 사람들은 부끄러운 줄 알아야 합니다. 당신네들은 참으로 똑똑하고 현명할지 모르지만 그럴수록 수치스러워할 줄도 알아야 하지 않을까요?"

"그것 역시 당신의 망상에서 비롯된 얘기입니다."

---

25) 〈누가복음〉 10:31 참조 – 옮긴이

알베르트가 말했네.

"당신은 모든 것을 과장해서 말하는 경향이 있습니다. 지금 우리가 문제 삼는 자살을 무슨 위대한 행위처럼 생각하고 그것에 견주어 말한다는 것은 옳지 못합니다. 이러쿵저러쿵해도 자살이란 결국 나약한 자의 행동에 지나지 않습니다. 괴로움에 가득 찬 인생을 꿋꿋하게 참고 견디느니 차라리 죽는 것이 훨씬 더 편하다는 생각 아니겠습니까?"

나는 그쯤에서 그만 이야기를 중단하려 했네. 토론을 하면서 이쪽은 한창 진지하게 이야기를 하는데 상대방이 흔해 빠지고 상투적인 말로 응수하려 드는 것처럼 화가 치미는 일은 없기 때문이었지. 그러나 알베르트가 그렇게 말하는 것은 이미 수차례 들었고 그에 따라 몇 번인가 화를 낸 일도 있다는 것을 상기했다네. 이내 나는 마음을 가라앉히고 다소 높은 언성으로 말을 했다네.

"당신은 그것을 나약함이라고 말하는 겁니까? 제발 세상사의 겉모습만 보고 속지 않기를 바랍니다. 폭군의 압정(壓政)에 신음하던 백성들이 마침내 궐기하여 그 속박의 사슬을 끊어버려도 당신은 그들을 감히 나약한 자들이라고 단정할 수 있겠습니까? 자기 집에 불이 나면 평소에는 들 엄두도 못 낼 무거운 짐짝을 거뜬하게 들어 옮기는 사람이나 또는 남에게 참을 수 없는 모욕을 당하고 분한 마음에 여섯 명을 상대로 싸워 이긴 사람을 나약하다고 말할 수 있겠습니까? 인간의 노력은 강한 것이라고 하면서 어찌하여 이러한 극도의 긴장은 그와 반대로 나약한 것이라고 불려야 하는 겁니까?"

알베르트는 내 얼굴을 바라보며 말했네.

"오해하지 말고 들어주십시오. 당신이 방금 열거한 사례들은 우리가 얘기하는 경우와 어울리지 않는 것 같습니다."

"그럴지도 모르지요."

나는 다시 그렇게 말을 시작했네.

"예전에도 나의 연상(聯想)이나 예시(例示) 방법이 때때로 헛소리에 가깝다는 비난을 받아왔으니까요. 그렇다면 다른 방식으로 말해 보겠습니다. 본래 즐거워야 할 삶의 보람을 미련 없이 포기하려고 결심하는 사람의 심정은 어떠할까요? 우리는 그런 사람들의 그 기분을 공감하고 난 후에 그 문제를 논할 자격이 있는 것입니다. 인간의 본성에는 한계라는 것이 있습니다. 즐거움이나 슬픔 그리고 고통 등 희로애락의 감정들은 각각 견딜 수 있는 한계가 있어서 그 한계를 넘어서게 되면 순식간에 폭발해 버립니다. 따라서 이런 경우에는 그 사람이 강한가 약한가의 문제가 아니라 정신적이든 육체적이든 간에 그 사람이 어디까지 자신의 고통을 견뎌낼 수 있느냐에 달린 것입니다. 그러므로 자기 생명을 끊는 행위를 비겁하다고 말하는 것은 마치 악성 열병으로 죽어 가는 사람을 겁쟁이라고 부르는 것과 마찬가지로 타당하지 않다고 생각합니다."

"그건 궤변입니다! 지나친 궤변에요!"

알베르트가 외쳤네.

"당신이 생각하는 것처럼 그렇게 심한 궤변은 아닙니다."

나는 대꾸했네.

"육체가 중한 병에 걸려 체력이 소진되고 모든 기능도 발휘하지 못하게 되어 다시 일어날 수도 없고, 아무리 신통한 치료와 요양을 받는다 해도 생명의 정상적인 기능을 회복할 수 없을 때 우리는 그것을 '죽음에 이르는 병'이라고 부릅니다. 그 점은 당신도 동의하겠지요? 그렇다면 그 경우를 정신에 적용시켜 봅시다. 어떤 한 사람이 정신적으로 마주하게 된 막다른 경우를 생각해 보십시오. 여러 가지 느낌과 생각이 작용하여 마음속에서 어떠한 고정관념으로 굳어져 결국에는 점점 높아지는 불안감, 냉철한 사고력을 상실하고 마침내 파멸의 비탈길을 속수무책으로 달려 내려가는 경우도 있습니다.

침착하고 분별 있는 사람이라면 높은 곳에서 이런 불행한 사람의 정신 상태를 여러 모로 관찰할 수도 있고 충고도 할 수 있겠지만 그것이 무슨 도움이 되겠습니까? 그것은 마치 건강한 사람이 병자의 머리맡을 지키고 있어 봐야 자신의 체력을 만분의 일도 병자의 몸에 불어넣을 수 없는 것과 마찬가지입니다."

알베르트에게 이런 얘기는 한낱 추상적인 것에 불과했네. 그래서 나는 얼마 전에 물에 빠져 죽은 어느 소녀의 일을 그에게 상기시키고 그 이야기를 다시 들려주었지.

"아주 착하고 얌전한 처녀였습니다. 매주 일정하게 되풀이되는 극히 좁은 테두리 속에 파묻혀 집안일을 하며 자랐지요. 주일에는 평소에 푼돈을 모아 장만한 나들이옷을 입고 친구들과 어울려 교외로 소풍을 간다든지 축제날에는 빠지지 않고 춤추러 간다든지 그 밖에도 이웃 간의 다툼이나 남의 흉을 보는 일에 정신이 팔려 이웃 여자들과 몇 시간이고 수다를 떠는 것 외에는 별다른 생활의 즐거움이 없는 처녀였습니다.

그러던 차에 쉽게 달아오르는 그녀의 천성이 보다 은근한 욕망에 눈뜨게 되었고, 사내들의 달콤한 말에 현혹되어서 이전에 느꼈던 생활의 즐거움은 점차 시들해졌습니다. 성숙한 여자의 욕망이 더욱 불타오르게 되었던 것입니다. 그 무렵 한 남자와 가까이 사귀면서 그때까지 느껴보지 못했던 야릇한 감정에 미친 듯이 이끌려 그 남자에게 점점 빠져들게 되었습니다. 그녀는 자신의 모든 희망을 오직 그 남자에게 걸고 자기 주변의 일상사는 까맣게 잊어버리게 되었지요. 그녀는 아무것도 들리지 않고 보이지 않았습니다. 오로지 둘도 없는 그 남자만을 느끼고 그 남자를 그리워할 뿐이었습니다. 그때까지 살아오는 동안 경박한 허영심이나 허망한 쾌락에 빠진 일이 없었던 그녀는 외곬으로 자신의 꿈을 향해 돌진했습니다. 그 남자의 아내가 되기를 갈망했고, 그와 영원한 약속을 통해 그때까지 자기가 맛보지 못했던 온갖 행복을 누리며 동경하던 모든 즐거움을 남김없이 맛보려고 했습니다.

그녀는 거듭되는 남자의 맹세에 자기가 품은 모든 희망이 확실히 보장된 것으로 믿었고, 남자의 대담한 애무를 거침없이 불타오르는 욕정으로 받아들였습니다. 그리하여 그녀의 마음은 완전히 그 남자에게 사로잡히고 말았습니다. 꿈을 꾸는 것처럼 몽롱한 의식 속에서 그녀는 온갖 기쁨에 대한 예감에 젖어 있었습니다. 그리고 자기의 소망을 한꺼번에 끌어안고자 그에게 두 팔을 내밀었지만 남자는 그녀를 버리고 말았습니다. 그녀는 망연자실한 채 돌처럼 굳어 심연(深淵) 앞에 서게 되었습니다. 그녀의 주위는 온통 암흑 속에 잠겼고, 그녀는 어떠한 희망도, 위안도, 기대도 가질 수 없었습니다. 자기 목숨처럼 생각했던 그 사람에게 버림을 받았으니 그럴 만도 했을 테지요. 그녀에게 눈 앞에 펼쳐진 드넓은 세계나 자기가 잃어버린 것을 보상해 줄지도 모르는 많은 사람들이 보일 리가 없었습니다.

그녀는 자신이 세상에서 완전히 버려진 외톨이가 되었다고 생각했습니다. 눈앞이 캄캄해진 그녀는 무서운 고통에 몸부림을 치며 마음의 쓰라린 상처에 쫓기는 것처럼 깊은 연못에 몸을 내던져 깊은 어둠이 사방을 둘러싼 곳에서 모든 고뇌의 뿌리를 끊어버리려고 한 것이었습니다.

어떻습니까, 알베르트! 이것이 흔히 있는 사람들의 애달픈 사연이란 말입니다! 그 처녀를 죽음에 이르게 한 곡절은 아까 말한 환자의 경우와 마찬가지 아니겠어요? 인간의 본성이란 서로 뒤얽혀 반발하는 온갖 힘의 미궁 속에서 빠져나갈 출구를 찾지 못하면 죽음의 길을 택할 수밖에 없는 것이랍니다.

그런데 그 처녀의 죽음을 옆에서 팔짱을 낀 채 바라보다가 '어리석은 여자로군! 조금만 더 기다리고 견뎠더라면 시간이 흘러감에 따라 고통을 점차 잊어버리고 절망하지도 않았을 텐데. 상처를 위로해 줄 다른 남자가 반드시 나타날 텐데.' 라고 태평스레 책망하는 자들이 있다면 오히려 그들이 한심한 자들입니다. 그것은 마치 '열병으로 죽다니 어리석은 놈이다! 체력이 회복되고 기력도 붙고 피가 제대로 돌아갈 때를 기다렸다면 모든 일이 잘 되어 오늘날까지 무난히 살 수 있었을 텐데' 하고 말하는 것과 같은 것입니다."

알베르트는 이러한 비유로도 얼른 납득이 가지 않는 모양인지 다시 두세 가지 반대 의견을 말했네. 그 말 가운데는 이런 대목도 있었네.

"방금 당신이 말한 것은 한낱 단순하고 지각없는 여자의 이야기에 지나지 않습니다. 만일 그렇게 외곬으로만 치닫지 않는, 좀 더 넓게 생각하는 분별력을 가진 사람이 자살했을 경우라면 당신이 어떻게 변명할지 나는 잘 모르겠습니다."

"알베르트!"

나는 격앙된 목소리로 외쳤네.

"인간은 역시 인간일 수밖에 없을 뿐입니다. 남보다 분별력을 조금 더 갖추었다고 해서 과연 무슨 차이가 있단 말입니까? 일단 정열이 절정에 다다라 인간의 한계에 부딪힐 때에 분별력이란 것은 별로 아니, 전혀 위력을 발휘할 수 없는 법이랍니다. 오히려…… 아니, 이 이야기는 나중에 다시 하기로 합시다."

그렇게 말한 뒤 나는 모자를 손에 집어 들었네. 내 가슴이 흥분으로 얼마나 들끓었는지 모른다네. 그래서 우리는 서로를 납득하지 못한 채 그냥 헤어지고 말았어. 사실, 이 세상을 살아가며 누군가가 또 다른 누군가를 이해하기란 얼마나 어려운 일이겠나.

8월 15일

정말이지 이 세상에서 사랑만큼 인간에게 절실한 것이 또 있을까 싶다네. 나는 로테의 태도에서 그녀가 나를 잃고 싶어 하지 않는다는 사실을 분명히 느끼고 있네. 게다가 아이들 역시 내가 다음 날에도 와줄 것이라고 믿고 있다네.

오늘은 로테의 피아노를 조율하려고 찾아갔지만 정작 그 일은 하지도 못했다네. 왜냐하면 아이들이 옛날이야기를 해달라고 졸랐고 로테도 아이들에게 이야기를 해주라고 했기 때문이었네.

나는 아이들에게 저녁 빵을 잘라주면서 – 이제는 아이들이 내가 빵을 나눠주더라도 마치 로테가 나눠주는 것처럼 좋아하며 받는다네 – '많은 손이 구해 준 공주 이야기'[26]를 들려주었네. 그 덕분에 나는 나대로 배우는 바가 많았다는 것 또한 사실일세. 아이들이 내 이야기를 들으며 어찌나 깊은 감명을 받는지 나는 깜짝 놀라지 않을 수가 없었네.

두 번째로 같은 이야기를 들려줬을 때는 이야기의 세세한 대목을 깜박 잊어버려 할 수 없이 적당히 꾸며대었더니, 아이들이 처음에 들었던 이야기와 이러이러한 대목이 다르다고 대뜸 항의하는 것이었네. 다시 또 그런 경우가 있어서는 안 되겠기에 지금 나는 노래를 부르는 것처럼 이야기에 곡조를 붙여서 조금도 틀리지 않도록 정확하게 암송하는 연습을 하고 있다네.

그런 점에서 나는 또 한 가지, 저자가 자기 작품을 개정판으로 내놓을 때에 내용을 수정하면 비록 그것이 문학적으로는 훨씬 나아질지 몰라도 그 작품 자체에는 손상을 입힌다는 사실을 깨달았네. 아무래도 독자들은 그 작품을 통해 받았던 첫 인상이

---

26) 공주가 옥에 갇혀 굶어 죽게 되었을 때 난데없이 천장에서 수많은 손이 내려와 먹을 것을 주었다는 옛날이야기가 있다 – 옮긴이

오래 남기 마련 아니겠는가. 그것은 아무리 터무니없는 이야기라도 이해가 되며, 독자들의 머릿속에 달라붙어 좀처럼 떠나지 않게 된다네. 그렇기에 어떤 문학작품을 나중에 다시 수정하거나 일부분을 삭제하는 것은 그다지 바람직하지 않는 일이라고 생각하네.

8월 18일

인간에게 행복을 주는 것이 동시에 불행의 원천이 되다니, 이것이 세상살이의 벗어날 수 없는 운명일까?

예전에는 살아 있는 자연을 받아들이는 내 가슴에 넘칠 듯이 차오르는 뜨거운 공감이 나를 무한한 기쁨으로 가득 차게 해 주위의 세계를 낙원으로 만들어주었건만, 이제는 그것이 무자비한 박해자가 되고 끝없이 나를 괴롭히는 악령이 되어 어디를 가나 내 뒤를 따라다니며 떨어지려고 하지 않네.

예전에는 바위 위에 올라서 강 건너 저쪽 언덕까지 이어진 비옥한 골짜기를 내려다보면 내 주위의 모든 것들이 싹트고 자라나는 것을 느낄 수 있었다네. 그때는 아득히 먼 곳에 있는 산이 기슭에서 봉우리까지 울창한 숲으로 뒤덮인 모습과 갖가지 모양으로 구불거리며 뻗어 내린 골짜기에 아름다운 숲 그림자가 부드럽게 번져 가는 정경을 바라보기도 하였네. 조용히 흐르는 시냇물은 속삭이는 갈대 사이를 미끄러지듯 흘러 가며 석양 무렵의 산들거리는 바람에 불려온 꽃구름을 비쳤다네. 새들은 숲 속에서 명랑하게 지저귀고 진홍빛 저녁놀 속에는 수많은 날벌레가 활기차게 춤을 추었지. 그리고 저물어 가는 태양의 마지막 빛살에 이끌린 딱정벌레들이 붕붕거리며 풀숲에서 날아올랐다네.

그렇듯 와글거리는 소리와 활발한 움직임에 취해 대지 위를 들여다보면 바로 내가 서 있는 바위에서 양분을 빨아올리는 이끼며 메마른 모래 언덕에서 자라나는 관목들이 자연의 내부에서 불타고 있는 거룩한 생명임을 나에게 분명히 보여주었네. 그때 나는 그 모든 것을 내 뜨거운 가슴속에 품고 넘쳐 나는 풍요로움 속에서 마치 신이라도 된 듯한 기분에 사로잡히곤 했었네. 그럴 때마다 내 마음속에서는 그 무한한 세계의 장려한 모습이 약동하고 있었지. 거대한 산이 나를 에워싸고 깊은 못이 눈앞에 누워 있었으며 계곡물은 소용돌이를 일으키고 쏟아져 내려와 강이 되었네. 숲과 봉우리는 내 발밑을 적시며 흐르는 강물 소리를 귀가 먹먹할 만큼 요란하게 되울려주었네.

나는 이루 헤아릴 수 없는 위대한 힘이 땅 속 깊숙한 곳에서 서로 뒤얽혀 영향을 미치고 서로 어울려 움직임을 역력히 보았네. 그리하여 하늘 아래와 땅 위에서 이처럼 수많은 생명체들이 꿈틀거리며 저마다의 삶을 영위하고 있는 것이라네. 온갖 것들이 온갖 모습으로 이 세계를 뒤덮고 있는 것이라네. 그런데 인간은 그 조그마한 집 속에 모여 스스로의 안전을 지키고 살면서 마치 이 커다란 세계를 지배하고 있다고 자처하지.

오, 가련한 천치들이여! 그대들은 스스로가 작기 때문에 천하 만물을 모두 보잘것없다고 얕보는 것이다!

그러나 감히 올라갈 수 없는 높은 산봉우리에서 사람의 발길이 미치지 않는 황야를 지나 미지의 대양(大洋) 끝에 이르기까지 모두 영원히 창조하는 분의 입김이 흐르고 있다네. 그리하여 비록 한낱 티끌에 지나지 않을지라도 자신의 생명을 느끼고 살아 있는 이상, 창조자의 기쁨을 함께 나누는 것이라네.

아아, 그 시절의 나는 머리 위로 날아가는 학의 날개를 빌려 헤아릴 수 없는 대양의 저 건너 기슭까지 날아가기를 얼마나 동경했던가? 무한자(無限者)의 거품이 이는 술잔에서 넘치는 생명의 환희를 얻어 마시기를, 자신의 능력으로 삼라만상을 창조하신 신의 축복 어린 술 한 방울이라도 맛볼 수 있기를 나는 얼마나 갈망했던가?

친구여, 그때의 추억만이 나를 즐겁게 해준다네. 그때의 형언할 수 없는 기분을 환기시켜 다시 한 번 이야기해 보려는 시도만으로도 내 영혼의 맥박은 이렇게 드높아지건만, 결국에는 지금 나를 에워싼 불안감만을 몇 곱절 더 절실히 느끼게 되고야 마는군.

내 영혼을 덮고 있던 장막이 걷히는 듯싶네. 무한한 생명의 무대는 내 앞에서 영원히 입을 벌리고 있는 무덤의 나락으로 바뀌어 버렸다네. 그런데도 자네는 어떤 대상에 대해 '그것은 존재한다.'라고 감히 말할 수 있겠나?

만물은 덧없이 사라져 가고 모든 것은 번개처럼 빠르게 지나가 버리네. 일체의 존재를 지탱하는 완전한 힘을 유지하기는 매우 어려운 것일세. 아아, 그것은 거센 물결에 휩쓸려 가라앉고 바위에 부딪혀 산산이 부서지는 것이 아닌가? 자네 자신과 자네 주위에 있는 가까운 사람들을 잠식해 들어가지 않는 순간이란 있을 수 없다네. 매 순간마다 자네는 파괴자가 되는 셈이며 파괴자 노릇을 하지 않고서는 단 한순간도 존재할 수 없는 걸세.

우리는 아무 생각 없이 발걸음을 떼어놓는 산책에서도 무수히 많은 벌레의 가엾은 생명을 희생시키네. 그저 한 발짝 걸음을 떼는 것으로 개미들이 애써 만든 집을 짓밟아 무너뜨리고 그 작은 세계를 무참한 무덤으로 만들어버리는 것이라네.

아아, 나를 두렵게 하는 것은 세상에서 드물게 일어나는 천재지변이 아니네. 마을을 송두리째 쓸어버리는 대홍수, 도시를 한꺼번에 삼켜버리는 대지진 따위가 아니란 말이네. 나를 허물어뜨리는 것은 이 대자연의 모든 것에 깃든, 점차 조금씩 허물어가는 힘이라네. 자연은 이웃과 자기 자신을 파괴하지 않는 피조물은 단 하나도 만들지 않네.

나는 그런 생각을 하며 하늘과 땅 사이에서 끊임없이 작용하여 모든 것을 잠식하는 힘에 둘러싸인 채 불안에 떨며 비틀거리고 있네. 지금 내 눈에는 영원히 집어삼키고 영원히 되새김질할 줄만 아는 괴물밖에는 보이지 않는다네.

8월 21일

아침마다 괴로운 꿈에서 깨어나면서 나는 로테를 향한 두 팔을 내밀어 헛되이 허공을 더듬네. 밤이면 밤마다 청순하고 행복한 꿈에 농락을 당하지. 나는 그녀와 함께 풀밭에 앉아 그녀의 손을 잡고 그 손에 끊임없이 입을 맞추고 있다는 착각을 하고는 잠자리에서 그녀를 찾아 허우적거리곤 했네.

　아아! 이렇게 꿈속에서 그녀를 찾아 더듬다가 마침내 정신이 들면 메어지는 가슴속에서 하염없는 눈물이 쏟아지곤 한다네. 어두운 앞날을 바라보는 나는 달랠 길 없는 마음을 부둥켜안고 울음을 멈추지 못할 따름일세.

8월 22일

　실로 참담한 일이네. 빌헬름! 나의 활동력은 정지되어 불안한 게으름으로 변하고 말았네. 한가한 기분으로 기다리며 지낼 수도 없고 그렇다고 무엇 하나 제대로 할 수도 없네. 상상력도 없어지고 자연에 대해서도 별다른 감흥을 느낄 수 없으며 책 같은 것은 이제 넌덜머리가 날 뿐이네. 한 인간이 자아를 상실하면 이렇게 모든 것이 더불어 사라져버리는 모양일세.

　농담이 아니라 나는 진정으로 날품팔이꾼이 되었으면 하고 생각할 때가 종종 있네. 그렇게 되면 아침에 깨어날 때만이라도 그날 하루의 목적이 생기고, 이렇게 할까 저렇게 할까 하는 설렘과 희망을 가질 테니 말이야.

　나는 머리 위까지 쌓인 서류 더미에 파묻혀 지내는 알베르트가 부러워 내가 그를 대신할 수 있다면 얼마나 좋을까 하고 상상하기도 했네. 나는 벌써 여러 번 자네와 장관(長官)께 편지를 내어 공사관에 일자리를 마련해 달라는 부탁을 해볼까도 생각했었네. 그 정도의 일자리라면 거절당할 것 같지도 않고 자네도 기꺼이 보증해 주리라 믿고 있네. 장관께서는 오래전부터 나를 아껴주셨고 나에게 일정한 직업이 있는 편이 좋을 것이라고 권고를 해주셨네. 그래서 한동안은 그렇게 할 생각도 가졌었네. 하지만 나중에 다시 생각해 보니 자유로움에 싫증이 난 망아지가 안장과 마구를 등에 얹어 달라고 하였다가 결국 허리가 휘어지도록 사람만 태우고 다니는 우화(寓話)가 떠올라 어찌하면 좋을지 망설이게 되었다네.

친구여, 생각해 보게. 생활의 변화를 바라는 나의 심정은 어쩌면 내 마음속에 숨어 있는 초조함에서 비롯되는 것일지도 모르며 그것은 어딜 가나 나를 따라다니지 않겠는가?

8월 28일

나의 병이 고칠 수 있는 것이라면 그 병은 틀림없이 바로 이 사람들이 고쳐줄 것이네. 오늘은 내 생일[27]이네.

아침 일찍 알베르트가 보내준 소포를 받았네. 포장을 벗기자 곧바로 분홍색 리본이 눈에 들어왔다네. 내가 로테를 처음 만났을 때 그녀가 가슴에 달고 있던 리본으로 내가 지금까지 몇 번이나 그때처럼 달고 있으라며 간청했던 것일세. 그 소포에는 4·6판 책이 두 권 더 들어 있었네. 그중 한 권은 베트슈타인 판의 《호메로스》였네. 그것은 내가 가진 에르네스티 판이 부피가 커서 산책할 때 들고 다니기 불편했기 때문에 진작부터 갖고 싶

---

27) 8월 28일은 괴테의 생일이기도 하다 — 옮긴이

어 하던 책이었다네.

참 희한한 일이 아닐 수 없네. 이렇듯 그들 두 사람은 내가 원하는 것이 무엇인지 미리 알아채고 우정 어린 알뜰한 마음 씀씀이를 보여준단 말일세. 이러한 우정의 표시는 흔히 그 선물을 보내는 사람의 허영심 때문에 받는 편에서 모멸감을 느끼게 마련인 값비싼 선물보다 몇 천 배나 더 고귀한 것이라네.

나는 그 리본에다 몇 번이나 입을 맞췄다네. 그리하여 숨을 쉴 때마다 지금은 이미 지나가 버려 다시 되돌릴 수 없는, 그 행복했던 나날의 즐거웠던 추억들을 하나하나 되새기고 있네.

빌헬름, 따분하게 들릴지 모르지만 지금 나의 형편이 그렇다네. 그러나 구차하게 불평을 늘어놓지는 않겠네. 어차피 인생의 꽃이란 한낱 환상에 지나지 않네. 얼마나 많은 꽃들이 흔적조차 남기지 않고 지는가 말일세. 또한 그중에 열매를 맺는 꽃들은 얼마나 될 것이며, 그 열매 중에서 익는 것은 또 얼마나 되겠는가? 하지만 익은 열매가 전혀 없었던 것은 아니었네.

친구여! 이렇게 해서 겨우 여문 열매를 우리가 소홀히 여겨 거들떠보지도 않고 맛도 보지 않는 채 그대로 썩혀 버린대서야 어디 될 말인가?

잘 지내게. 정말 멋진 여름이 아닐 수 없네. 나는 종종 로테네 과수원에서 과일을 따는 긴 장대를 손에 들고 나무에 올라가 윗가지에 달린 배를 따고는 해. 그러면 로테는 나무 아래에서 내가 따주는 배를 받는다네.

8월 30일

불행하고 가엾은 자여, 너는 정말 바보가 아니냐? 너는 너 자신을 속이고 있는 것이 아니더냐? 이렇게 미쳐 날뛰는 너의 끝없는 정열은 도대체 뭘 어쩌자는 것이냐?

이제 나는 그녀만을 위한 기도를 드릴 따름이네. 다른 것을 떠올리려 해도 나의 상상 속에는 오직 그녀의 아리따운 모습만이 있네. 나를 에워싼 세상의 모든 것을 나는 그녀와 관련지어서 바라보게 된다네. 그리고 그것은 나에게 더없이 행복하고 즐거운 시간을 가져다 준다네.

그러나 나는 내 상상 속의 그녀로부터 스스로 벗어나지 않으면 안 된다네! 아아, 빌헬름이여! 내 마음은 때때로 내 자신에게 그녀와의 이별을 강요해! 나는 그녀 옆에서 두 시간이고 세 시간이고 앉아 그녀의 자태와 거동과 고상한 말씨에 정신을 팔고 있을 때가 있네. 그러다 보면 나의 모든 감각이 마비되어 눈앞이 캄캄해지고 귀까지 거의 들리지 않게 된다네. 마치 암살자에게 목이라도 졸리는 것같이 숨이 막히고 곧이어 심장이 사납게 고동칠 때면 답답해진 가슴을 부풀리어 숨을 들이쉬려고 하지만 그러면 그럴수록 나의 감각은 더욱더 혼란스러워질 뿐이네.

빌헬름, 나는 가끔 내가 이 세상에서 정말 살아 있는 것인지 그렇지 않은 것인지조차 의심스러울 때가 있네! 그리하여―시시로 슬픔에 짓눌려 위안을 얻고자 그녀의 손에 얼굴을 파묻고 답답한 가슴을 눈물로써 풀어보려 하지만 로테가 그것마저 받아들이지 않는다면―나는 그녀 곁에서 떠날 수밖에 없네. 그 자리를 박차고 뛰쳐나오지 않을 수 없단 말이네.

그리하여 나는 먼 들길을 헤매고 다니는 것일세. 덤불에 찢기고 가시에 찔리며 길 없는 숲 속을 헤치고 가파른 산등성이를 기어 올라가는 것이 그나마 나의 유일한 즐거움이라네. 그렇게 하면 기분이 조금은 풀린다네. 그야말로 얼마간! 지치고 목이 말라 도중에서 쓰러진 일도 있었네. 때로는 깊은 밤에 높이 뜬 보름달을 쳐다보며 적막한 숲 속의 구부러진 나무뿌리에 외로이 걸터앉아 상처투성이가 된 발바닥을 주무르다가 지칠 대로 지친 나머지 어스름한 달빛에 싸여 어느새 잠들어 버린다네!

아아, 빌헬름이여! 외로운 수도자의 생활과 꺼칠꺼칠한 짐승털로 만든 수도복, 가시 돋친 허리띠야말로 나의 영혼이 갈망하는 청량제일세. 잘 지내게! 이 슬픔의 종말에는 무덤만이 있을 뿐이라고 생각된다네.

9월 3일

아무래도 나는 이곳에서 떠나야겠네! 빌헬름, 망설이던 내가 결심을 굳힐 수 있도록 도와줘서 고맙네. 실은 이미 2주일 전부터 그녀 곁을 떠나야 한다고 생각했었네.

이제 나는 떠나야만 하네. 로테는 시내의 친구네 집에 가 있네. 그리고 알베르트는 남고…… 그리고…… 나는 떠나야겠네.

9월 10일

정말로 괴로웠던 밤이었네. 빌헬름, 비로소 나는 이제 모든 것을 이겨냈어. 다시는 로테를 만나지 않을 걸세!

친구여, 지금 자네를 끌어안고 끝없이 눈물을 흘리며 내 가슴 속에 휘몰아치는 감정의 회오리를 마음껏 털어놓을 수 없는 것이 못내 아쉽네! 나는 지금 숨을 헐떡이며 마음을 가라앉히려고 애쓰면서 날이 밝기를 기다리고 있네. 아침 해가 떠오르면 마차가 오게 되어 있네.

아아, 지금쯤 로테는 고요히 잠들어 있을 거야. 두 번 다시 내 얼굴을 보지 못하리라고는 꿈에도 생각지 않을 걸세. 나는 용기를 내어 그녀의 눈길을 뿌리치고 돌아왔네. 그녀와 두 시간이나 이야기를 나누는 동안에도 나는 마음을 굳게 다져먹고 내 계획을 말하지 않았네. 얼마나 비참한 그림을 떠올리게 하는 대화였던지!

알베르트는 저녁 식사가 끝나면 곧 로테와 함께 정원으로 나오겠다고 나에게 약속을 했었네. 나는 테라스 쪽의 키 큰 밤나무 밑에서 서성거리며 정든 골짜기와 유유히 흐르는 강물 저쪽으로 저물어 가는 해를 바라보고 있었네. '이 아름다운 풍경을 바라보는 것도 오늘로써 마지막이로군.' 하고 생각하면서 말일세. 돌이켜보면 나는 그동안 몇 번이나 로테와 함께 그곳에서 그 장엄한 광경을 바라보았는지 모르네. 그러나 지금은 — 나는 내가 좋아했던 가로수 길을 이리저리 한가로이 걸었다네. 나는 로테를 알기 전부터 일종의 신비로운 힘에 이끌려 그곳을 자주 찾아가곤 했었지. 그 후 그녀와 내가 서로 사귀게 되었던 초기에 그녀도 그곳을 좋아한다는 것을 알고 얼마나 기뻐했는지! 내가 아는 한 그곳은 정원사의 손길이 닿은 장소 가운데 가장 낭만적인 장소였네.

우선 그 밤나무 아래는 멀리까지 바라다볼 수 있도록 전망이 트여 있네. 그리고 보니 이미 수차례 자네에게 그곳에 대해 적어 보낸 것 같군. 가로수 사이로 발길을 옮기면 높다란 떡갈나무가 병풍처럼 길 양쪽을 둘러싸고, 잇닿은 수풀 때문에 가로수길은 점점 어두워지네. 그 길은 마침내 사방이 가로막힌 조그마한 광장으로 끝나는데 그곳에는 소름이 끼치도록 깊은 적막감이 감돈다네.

어느 날인가 내가 한낮에 처음 그곳으로 발을 들여놓았을 때 얼마나 깊고 아늑한 감정에 사로잡혔는지 지금도 그때의 느낌을 기억하고 있네. 이미 그때 나는 이 고장이 장차 나에게 행복과 고뇌의 무대가 되는 것은 아닐까 하는 예감을 어렴풋이 느꼈다네.

그렇게 내가 약 30분쯤 이별과 재회의 애달프고도 달콤한 상념에 잠겨 있을 때 두 사람이 테라스로 올라오는 발소리가 들려왔네. 나는 곧장 달려가 두 사람을 맞이하며 떨리는 마음으로 그녀의 손에 입을 맞추었네. 우리가 마지막 계단까지 올라가자, 관목으로 뒤덮인 언덕 뒤편에서 달이 떠올랐다네.

우리는 여러 가지 이야기를 주고받으며 어느새 어두컴컴한 정자에 이르렀네. 로테가 그 안에 들어가 벤치에 걸터앉았고 알베르트는 그녀 옆에 자리를 잡았으며 나도 그 옆에 앉았다네.

그러나 나는 마음이 산란하여 오래 앉아 있지 못하고 자리에서 일어나 로테의 앞을 이리저리 서성이다가 다시 자리에 앉았네. 마음이 초조해져 도저히 가만히 있을 수가 없었던 걸세.

로테는 떡갈나무 가지 끝에 걸려 테라스를 환히 비추는 아름다운 달빛에 대해 이야기함으로써 우리의 관심을 환기시켰네. 정말로 아름다운 광경이었어. 짙은 어둠이 우리를 에워싸자 달빛은 더욱 선명하게 두드러졌네. 우리 가운데 아무도 입을 열지 않았네. 한참 만에 로테가 먼저 말을 꺼냈네.

"달밤에 산책을 할 때면 언제나 꼭 돌아가신 분들을 생각하게 돼요. 그리고 죽음이라든가 내세에 대하여 심각한 생각을 하게 돼요. 우리도 언젠가는 저세상으로 갈 테지요!"

그녀는 이렇게 말하고 더할 바 없이 애틋한 감정이 깃든 목소리로 덧붙여 말했네.

"그런데 베르테르 씨! 우리는 과연 저세상에서 다시 만날 수 있을까요? 설사 만나게 되어도 서로를 알아볼 수 있을까요? 어떻게 생각하세요? 당신의 의견을 말씀해 주세요."

"로테 씨!"

나는 로테의 이름을 부르며 그녀의 손을 잡았네. 그 순간 내 눈에 눈물이 가득 고였다네.

"만나고말고요! 우리가 이 세상에서 만난 것처럼 저세상에서도 반드시 만나고말고요!"

나는 더 이상 말을 이을 수가 없었네. 빌헬름, 하필이면 내가 그렇게 쓰라린 이별을 가슴에 품고 있을 때 그녀가 그런 질문을 하다니 정말 이상하지 않은가?

"돌아가신 분들은 우리의 일을 알고 계실까요?"

로테가 다시 입을 열었네.

"우리가 행복하게 잘 지내며 이처럼 그분들을 그리워하는 줄 알고 계실까요? 아, 고요한 밤에 제가 동생들과 함께 있을 때…… 마치 예전에 모두가 함께 어머니를 에워쌌던 것처럼 동생들에게 둘러싸여 있으면 언제나 어머니의 모습을 떠올리게 되어요. 그럴 때면 저는 어머니가 그리워 눈물을 머금고 하늘을 우러러 보죠. 그리고 어머니가 돌아가실 때, 동생들에게 좋은 어머니가 되겠다고 했던 약속을 어김없이 지키고 있는 제 모습을 어머니께 한 번이라도 보여드리고 싶어서 이렇게 큰 소리로 기원한답니다. '어머니, 만약 제가 동생들에게 어머니처럼 훌륭한 어머니가 못 되더라도 용서해 주세요. 아아, 그러나 저로서는 할 수 있는 데까지 힘껏 했어요. 입히는 것은 물론이고 식사도 제때에 시키고요. 무엇보다 그 애들을 귀여워해 주고 사랑하고 있어요. 하늘에 계신 어머니! 우리가 화목하게 지내는 모습을 보실 수 있다면 얼마나 좋을까요? 그렇다면 어머니는 반드시 뜨거운 감사로 하나님의 영광을 찬양하실 거예요. 어머니는 숨을 거두셨던 마지막 순간까지도 슬픈 눈물을 흘리며 하나님께 우리의 행복을 기도하셨잖아요.' 라고 말이에요."

로테는 그렇게 말했다네. 아아, 빌헬름! 누가 감히 그녀의 말을 되풀이하여 그대로 이야기할 수 있겠나? 차갑고 생명이 없는 문자를 가지고 천국과 같이 숭고한 그녀의 마음에 핀 꽃을 어찌다 표현할 수 있느냐는 말일세. 그때 알베르트가 옆에서 부드러운 말씨로 참견을 했네.

"사랑하는 로테! 너무 심각하게 생각하면 몸에 해로워요. 당신이 곧잘 그런 생각에 사로잡히는 마음은 나도 충분히 이해하지만, 제발 부탁이니……."

"오오, 알베르트!"

로테는 말을 이었네.

"아버지께서 여행을 떠나 안 계셨던 동안 저녁마다 동생들을 재운 뒤 우리 둘만 작고 둥근 탁자를 앞에 마주 앉았던 때를 설마 잊지 않으셨겠지요? 당신은 언제나 훌륭한 책을 손에 들고 있었지만 그 책을 읽어주는 일은 거의 없었어요. 제게는 책의 내용보다도 어머니의 훌륭한 영혼과 사귀는 편이 더 소중하다고 생각했기 때문이 아니었나요? 어머니는 아름답고 상냥하며 명랑하고 언제나 부지런한 분이셨어요. 저는 잠자리에 들기 전에 항상 하나님 앞에 엎드려 제가 어머니 같은 여인이 되도록 인도해 달라고 기도 드려 왔어요. 그때 흘린 저의 눈물은 하나님께서도 분명히 알고 계실 거예요."

"로테 씨!"

나는 소리치며 그녀 앞에 꿇어앉아 하염없이 흐르는 눈물로 마주 잡은 그녀의 손을 흠뻑 적시며 말했네.

"로테 씨, 하나님께서 당신에게 많은 축복을 내리실 것입니다. 그리고 어머님의 영혼도 언제나 당신과 함께하고 계실 것입니다!"

"당신이 제 어머니를 아셨더라면……."

로테는 잡고 있던 내 손을 더욱 힘주어 쥐며 말했네.

"참 좋아했을 거예요. 어머니는 당신이 인정하고도 남을 만한 분이셨어요."

나는 그 말을 듣고 아찔해질 정도로 숨이 막혔네. 나에게 그보다도 더 고귀하고 자랑스러운 말을 들었던 경험은 일찍이 없었네. 그녀는 계속해서 말을 이었네.

"제 어머니는 한창 나이에 돌아가셨어요. 막내 동생이 태어난 지 6개월도 채 되지 않았을 때였지요. 오래 앓으신 것도 아니었는데……. 모든 것을 하나님께 차분히 맡기고 계셨지만 단지 어린 동생들, 특히 갓 태어난 막내 때문에 마음 아파하셨어요. 마침내 마지막 순간이 가까워졌음을 느낀 어머니께서 제게 동생들을 데려오라고 말씀하시기에 저는 동생들을 모두 어머니 앞으로 데리고 갔어요. 작은애들은 아무 영문도 모르고 조금 큰애들은 겁에 질려 침대 옆에 서 있었어요. 어머니는 두 손을 들어 저희를 위해 기도를 올리고 동생들에게 차례차례 입을 맞춘 다음 밖으로 내보내셨어요. 그러고는 저에게 말씀하셨어요. '저 애들의 어머니가 되어 다오!' 라고. 저는 어머니의 손을 꼭 붙잡고 그리하겠다고 맹세했어요.

어머니는 다시 말씀하셨어요. '너는 지금 매우 어려운 약속을 했단다. 그것은 어머니의 마음과 눈을 지녀야만 가능한 일이니까 말이야. 네가 곧잘 감사의 눈물을 보이던 것으로 미루어 나는 네가 그 약속이 어떤 의미인지 잘 알고 있으리라고 짐작한단다. 부디 네 동생들을 어머니의 눈으로 보고 어머니의 마음으로 보살펴다오. 그리고 아버지께는 아내와 같은 성실함과 순종하는 마음으로 받들고 위로해 드려야 한단다.' 어머니는 그렇게 말씀하시고 아버지에 대해서 물으셨어요. 아버지는 그때 복받

치는 슬픔을 우리에게 보이지 않으려고 밖에 나가셨거든요. 아버지는 말할 수 없이 상심하고 계셨어요. 알베르트, 그때 당신이 방 안으로 들어왔죠. 인기척을 느낀 어머니는 누구냐고 물어보신 뒤, 당신인 줄 알게 되자 곁으로 부르셨어요. 그러고는 당신과 나를 얼마나 찬찬히 바라보셨는지 몰라요. 둘이 부부가 되어 행복하게 잘 살라는 뜻을 담아 안심하신 눈길이셨어요."

그때 알베르트가 로테의 목을 감싸 안고 입을 맞춘 다음 큰 소리로 말했네.

"아무렴, 그렇고말고! 우린 앞으로도 계속 행복할 겁니다!"

평소에 그토록 침착하던 알베르트가 완전히 자제심을 잃어버린 것 같았고 나 역시 마찬가지였네.

"베르테르 씨!"

잠시 끊겼던 로테의 말이 계속되었네.

"그런 어머니가 돌아가신 거예요! 아아, 저는 자주 생각해요. 사람은 이 세상에서 제일 소중하게 여기는 대상을 잃기 마련이라고……. 그것을 누구보다도 뼈저리게 느끼는 사람은 바로 어린 동생들이에요. 동생들은 검은 옷을 입은 사람들이 어머니를 먼 곳으로 데려가 버렸다고 지금까지도 슬퍼한답니다."

로테가 자리에서 일어섰네. 나는 화들짝 정신이 들었으나 벅찬 감동을 억제할 수 없어서 앉아 있던 그대로 그녀의 손을 꼭 잡았네.

"이제 그만 돌아가세요. 시간도 늦었으니까요."

이렇게 말하면서 그녀는 내게 잡힌 손을 빼내려 했네. 그러나 나는 더욱 힘을 주어 그 손을 꼭 쥐며 외쳤네.

"우리는 다시 만나게 될 겁니다. 어떤 모습을 하고 있든 서로를 알아볼 수 있을 것입니다. 저는 그만 가야겠어요. 기꺼이 떠나렵니다. 그러나 이것이 영원한 작별이라면 저는 참을 수가 없을 겁니다. 자, 로테 씨, 아무쪼록 잘 있어요. 알베르트도 안녕히……. 우리 다시 만납시다."

그러자 로테가 짓궂은 농담조로 내 말을 받았네.

"내일 다시 만나자는 말씀이지요?"

그 '내일'이 무엇을 의미하는지 나는 절실히 느끼고 있기에 나는 가슴이 뜨끔했네. 아아, 그녀는 내 손에서 자기 손을 빼내면서 아무런 눈치도 채지 못하고 있었어.

그들 두 사람은 가로수가 우거진 길을 나란히 걸어갔네. 나는 우두커니 서서 달빛 속으로 멀어져 가는 두 사람의 뒷모습을 배웅하고는 땅바닥에 엎드려 소리 내어 울었네. 그러다 벌떡 일어나 테라스 위로 달려 올라갔네. 저 아래쪽 보리수 그늘에서 로테의 하얀 옷이 달빛에 어른거리며 정원 출입구를 향해 움직여 가는 것이 보였어. 나는 두 팔을 내밀었네. 그러나 그녀의 모습은 결국 사라지고 말았다네.

제2부

1771년 10월 20일

어제 임지(任地)인 이곳에 도착했다네. 공사는 몸이 편치 않아 며칠 동안 집 안에만 틀어박혀 있을 모양이네. 그분이 그렇게 무관심하지만 않더라도 일이 순조롭게 풀릴 텐데……

아무래도 운명은 나에게 가혹한 시련을 주기로 작정한 모양이네. 하지만 어떻게 해서든 기운을 내야겠어. 홀가분한 마음으로 살아간다면 무슨 일이든 극복할 수 있을 테니까. '홀가분한 마음'이라……. 이런 말을 써 놓고 보니 스스로가 우습다는 생각이 드는군.

아아, 내가 조금이라도 느긋할 수 있는 기질을 타고났더라면 세상에서 가장 행복한 자가 되었을 텐데 이 무슨 꼴이란 말인가! 다른 친구들은 쥐꼬리만 한 역량과 재주를 가지고도 한껏 우쭐거리며 내 앞에서 활개를 치는 판인데 나는 어찌하여 내 능력이

나 재능에 대해 이렇게 절망만 하고 있다는 말인가? 자비로운 하나님이시여! 그 모든 것을 저에게 베풀어 주시면서 어찌하여 그것의 절반을 보류하고 자신감과 만족감과 침착성을 허락하지 않으셨습니까?

참자! 참고 기다려야 한다! 그러면 차차 나아질 것이다.

친구여! 참으로 자네의 말이 옳으이. 나는 날이면 날마다 세상 사람들 속에 파묻혀 바삐 돌아치고 그들이 하는 일과 살아가는 모습을 살펴보게 된 다음부터는 예전보다 훨씬 수월하게 내 자신과 타협할 수 있게 되었네. 어차피 인간은 모든 것을 자기와 또 자기를 모든 것과 비교하며 살게 마련인가 보네. 그래서 행복과 불행이라는 것도 자기가 견주는 대상에 따라 그 양상이 달라질 수 있다고 생각하네. 그렇기 때문에 스스로를 세상으로부터 격리시켜 생각하는 고독보다 위험한 것은 없다고 본다네.

우리의 상상력은 좀 더 높은 것을 추구하고자 하는 본성에다 환상적인 문학의 이미지로 부추김을 받기까지 하여 많은 피조물들을 실제의 모습보다 한층 더 과장시키려는 경향이 있네. 그러고는 자기 자신을 가장 낮은 자리에 놓는 것이라네. 자기 이외의 모든 사람들이 자기보다 위대해 보이고 더 완벽하게 보이는 까닭이 거기에 있지. 어찌 보면 그것은 지극히 자연스러운 현상이네.

우리는 흔히 자신이 다른 사람들보다 부족하다고 느끼고 자신이 갖지 못한 것을 남들은 가졌다고 생각하네. 그뿐만 아니라 자신이 지니고 있는 것조차 다른 사람의 것으로 돌려버리고 그 사람을 일종의 완전한 이상형으로 만들어버려야 직성이 풀린다네. 그리하여 행복한 인생의 주인공이 하나 완성되는 것인데, 이처럼 완벽한 존재로 여겨지는 인간이란 사실 우리가 만들어낸 피조물에 지나지 않는 것일세.

그와 반대로 자기에게 여러 가지 약점이나 어려움이 있지만 힘을 다해 외곬으로 일을 해나가다 보면 비록 느릿느릿 비틀걸음으로 걸어간다 하더라도 다른 사람들이 돛을 달고 노를 저어가는 것보다 훨씬 더 먼 곳에 도달하는 일이 있다는 것을 알게 되네. 그러므로 남과 어깨를 나란히 하여 전진하거나 남보다 한 걸음 앞서게 될 때, 비로소 스스로를 직시할 수 있는 감정이 생기는 것이라네.

II월 26일

어쨌든 이만하면 이곳에서의 생활을 그럭저럭 꾸려나가게 될 것 같네. 무엇보다 일감이 얼마든지 있어 다행이라네. 그리고 가지각색의 새로운 인간 군상이 나에게 다채로운 연극을 보여주는 것도 고마운 일이고.

최근에 알게 된 C 백작이라는 분은 날이 가면 갈수록 존경하게 되는 인물이라네. 그분은 박식한 데다 세상을 넓게 보지만 그렇다고 해서 쌀쌀맞게 처신하지도 않는 분이라네. 그분과 대화를 해보면 우정이나 애정에 대한 감수성이 넘쳐흐르는 사람이라는 것을 확실히 알 수 있어.

내가 그분의 부탁 한 가지를 받고 어떤 일을 무난히 끝낸 후부터 내게 관심을 가지셨던 것 같네. 아마 그때 처음 몇 마디 말을 주고받은 것만으로도 그분은 우리가 서로를 이해할 수 있는 상대라는 것과 내가 여느 사람보다 자기와 이야기가 통한다는 것을 대번에 알아차린 모양이네.

나를 대하는 그의 솔직하고 흉허물 없는 태도 역시 찬양할 만하네. 이 세상에서 상대방에게 흉금을 털어놓는 위대한 인물을 대하는 것처럼 참답고 따스한 기쁨을 주는 일이 또 있을까?

12월 24일

일찌감치 예상을 하고는 있었지만 공사는 정말 따분하기 짝이 없는 인물이네. 나는 그처럼 고집이 센 데다 잔소리가 심한 바보는 본 적이 없네. 꼼꼼하고 까다롭기가 마치 심술 사나운 시어머니 같다네. 자기 자신에게 한 번도 만족해 본 일이 없을 뿐 아니라 누가 무슨 일을 해줘도 결코 고마워할 줄 모르는 위인이라면 알 만하지 않겠나? 나는 일을 단번에 후딱 해치우는 성격이고 일단 끝낸 일은 그대로 덮어 둔 채 다시 들춰 보지 않는 편이네. 그런데 그는 곧잘 그 문서 꾸러미를 내게 도로 내주면서 이렇게 말한다네.

"이것도 무방하긴 하지만 한 번 더 잘 읽어보게. 반드시 더 좋은 표현이나 더 적합한 말이 생각날 걸세."

그럴 때마다 나는 미칠 지경이라네. 아무튼 토씨 하나, 접속사 하나도 빠뜨려서는 안 된다는 것이 그가 내세우는 주장이야. 내가 가끔 즐겨 쓰는 도치법(倒置法) 문장이라도 찾아내면 그는 질색을 해버리지. 의례적인 어법에 맞춰서 쓰지 않는 복합 문장에 담긴 뜻은 전혀 이해하지도 못하며 이해하려고 하지도 않는다네. 이런 사람을 상대하며 일해야 한다는 것은 분명히 커다란 불행이 아닐 수 없네.

그나마 내게는 C 백작으로부터 받는 신임이 있기에 큰 위로와 보상이 된다네. 며칠 전에 백작은 공사의 느리고 까다로운 성격에 대하여 불평하면서 이런 위인은 자기 자신뿐만 아니라 남들까지 괴롭히며 일을 망치게 할 뿐이라고 말했네. 그러고는 이렇게 덧붙였다네.

"하지만 험한 산을 넘어가야 하는 나그네가 된 셈치고 꾹 참으며 체념할 수밖에 없어요. 물론 그 산이 없었다면 가는 길이 한결 편하고 거리도 가까워지겠지요. 그러나 거기에 엄연히 산이 가로놓여 있으니 그것을 넘지 않고서는 앞으로 나아갈 수 없는 것입니다."

백작이 나에게 호의를 가지고 있다는 사실을 눈치챈 공사는 그것을 몹시 못마땅하게 여기고 기회만 있으면 내 앞에서 백작에 대한 험담을 늘어놓는다네. 물론 나는 그 말을 반박하지. 그렇게 되면 사태는 점점 더 험악해지기 마련일세. 더구나 어제는 나까지 무시하며 비꼬아 말하는 바람에 울화통을 터뜨리고 말았네.

"백작은 이같이 세속적인 일에는 매우 능숙해서 일을 적당히 얼버무리는 솜씨가 그만이란 말이야. 글도 제법 쓰는 편이긴 하지만 모든 문장가들이 대체로 그렇듯 기초적인 학식이 부족한

게 흠이지."

공사는 이렇게 말하고는 '어때, 한 대 얻어맞아 아픈가?' 하는 듯한 표정을 지어 보이는 것이었네. 그렇지만 그 따위 말이 나에게 통할 리가 없었네. 나는 그런 태도를 취하는 자를 누구보다도 경멸하므로 조금도 굽히지 않고 꽤나 강경하게 응수를 했다네.

"백작님은 인품으로 보나 학식으로 보나 존경하지 않을 수 없는 훌륭한 분입니다. 저는 그분만큼 자신의 정신세계를 확대시켜 여러 대상으로 넓혀 나갈 뿐만 아니라, 그런 정신적 영향을 세속적인 일상생활에서까지 그처럼 능란하게 적용시켜 처리하는 분을 아직 본 일이 없습니다."

내가 이렇게 말해도 그 바보는 무슨 말인지 이해하지 못한다네. 나는 쓸데없는 일을 가지고 입 아프게 더 떠들어 보아야 기분만 잡칠 것이 빤했으므로 일찌감치 물러나왔네.

하기는 이렇게 된 것도 모두가 자네 책임이네. 자네가 나에게 일이 제일이니 세상에 나와 활동하라고 끊임없이 설득하여 이런 멍에를 씌워놓은 탓이란 말일세! 세상에 나와서 활동하라고? 감자를 심거나 말에 곡식을 싣고 시내에 나가서 파는 사람보다 내가 더 나은 일을 하고 있다면, 나는 나를 얽매고 있는 이 노예선 위에서 앞으로 10년이라도 더 뼈가 부서지도록 일할 용의가 있네.

서로 힐끔힐끔 곁눈질하며 눈치를 살피는 이곳의 구역질나는 패거리들! 그 속에 섞여 사는 비참한 영광, 그 따분함! 한 발짝이라도 남보다 앞서겠다고 악착같이 눈을 번뜩이며 호시탐탐 기회를 노리는 그들의 출세욕, 그지없이 추하고 한심스럽고 노골적인 그 집념!

지금 내 주변에서 볼 수 있는 어떤 여자의 경우를 예로 들어보겠네. 그녀는 만나는 사람마다 자기의 가문과 고향에 대해서 자랑을 하네. 그녀를 처음 본 사람은 으레 '그 따위 가문이나 고향을 무슨 자랑거리라고 떠들고 다니다니 어리석은 여자로군.' 이라고 생각한다네. 하지만 문제는 그녀가 바로 이 근처에 사는 어느 법원 서기의 딸에 지나지 않는다는 데 있는 걸세. 나는 이렇게 수치스러운 행위를 숨 쉬듯이 태연하고 뻔뻔스럽게 하고 돌아다니는 무리를 도저히 이해할 수가 없네.

물론 나도 자신의 척도로 남을 판단한다는 것은 정말 어리석은 짓임을 날이 갈수록 더욱 절실히 느끼고 있네. 더욱이 나에게는 할 일이 태산처럼 많고 내 가슴은 이토록 거세게 물결치고 있으니 남이 무슨 짓을 하건 내 알 바 아니지 않겠는가? 다만 다른 사람들도 내가 나의 길을 갈 수 있도록 그냥 내버려두고 아무런 참견도 하지 않으면 고맙겠다는 생각뿐이네.

무엇보다도 내 성미에 거슬리는 것은 그 알량한 사회적 지위나 신분 따위라네. 물론 나도 신분 구별의 필요성이라든가 나 자신이 그 덕을 크게 보고 있다는 것 정도는 남들 못지않게 알고 있네. 그러나 이 땅 위에서 내가 조그마한 즐거움과 한 가닥의 행복을 맛볼 수 있는 순간에 그런 것으로 인한 방해를 받는 것은 참을 수 없는 일이네.

최근에 나는 산책 길에서 B 양을 알게 되었네. 그녀는 이처럼 따분한 생활 속에서도 본디의 솔직하고 아름다운 인간성을 고스란히 간직하고 있는 사랑스러운 아가씨였네.

우리는 이야기를 주고받는 동안 서로 호감을 느끼게 되었네. 그래서 나는 그녀와 헤어질 때 집으로 찾아가도 괜찮겠느냐고 물었네. 그녀가 아무 거리낌도 없이 내 요청을 허락해 주었기에 나는 적당한 기회를 기다리다가 그녀를 찾아갔었네. 그녀는 이 고장에서 태어난 것이 아니었고 아주머니뻘인 어느 부인의 집에서 살고 있었네. 그 아주머니라는 늙은 부인은 첫인상이 별로 좋지 않았지만 나는 애써 경의를 표하며 그 부인에게 주로 말머리를 돌려 대화를 했다네.

이야기를 시작한 지 30분도 채 안 지났을 때 나는 그 부인의 인품과 환경 등 대강의 사정을 알게 되었네. 그것은 나중에 B 양이 나에게 일러줌으로써 그대로 확인되었네. 그 부인은 나이도 많은 데다 모든 사정이 여의치 않고 이렇다 할 재산이나 재주, 몸을 의탁할 대상도 없이 오직 조상의 족보에만 의지하여 살고 있었네. 가문과 지체라는 울타리 속에 숨어 살 수밖에 없었던 것이라네. 그래서 2층 창문을 통해 평민들의 아래 세계를 내려다보는 것 이외엔 별다른 낙을 모른다고 했어. 그래도 젊었을 때는 꽤 미인이었다는데, 그 용모 덕분에 그럭저럭 다가오는 인연을 즐기면서 타고난 변덕으로 불쌍한 여러 젊은이들을 괴롭혔다고 하네.

그러다 한풀 꺾인 중년에 어느 늙은 장교의 온순함이 마음에 들어 그에게 헌신적으로 봉사하며 얌전히 가정에 들어앉았다고 하네. 그 장교는 그 대가로 상당한 생활비를 지불하며 그녀와 동거하다가 40대에 죽었다네. 지금 그 부인은 50 고개를 넘어

홀몸이 되었네. 만일 그렇게 기특한 조카딸이 없었더라면 아무도 그 부인을 거들떠보지도 않았을 것이네.

1772년 1월 8일

대체 무슨 인간들이 이럴 수가 있을까? 언제나 격식에만 모든 관심과 주의를 집중하며 연회석상 같은 곳에서 조금이라도 윗자리에 앉으려고 자나 깨나 기를 쓰며 몇 해를 두고 실랑이를 벌이고 있으니 말일세. 이들에게 달리 할 일이 없는 것도 아니네. 쓸데없이 사소한 일들로는 곧잘 시시비비를 따지고 신경을 쓰면서도 정작 중요한 일들은 나중으로 제쳐놓기 때문에 정작 일은 산더미처럼 쌓여 있는 형편이라네.

지난 주일에는 썰매를 타러 갔다가 하찮은 일로 실랑이가 벌어져 모처럼 즐겁게 놀려던 계획을 그르치고 말았네.

원래 지위라는 것은 그다지 큰 문제가 아니며, 가장 높은 지위에 있는 자가 가장 중요한 역할을 하는 일은 아주 드문 일이네. 그런 것을 모르고 있으니 참으로 어리석은 자들이 아닐 수 없어! 이 넓은 세상에는 제왕이 장관들에 의해 좌우되고, 장관이 그 비서들에 의해 좌우되는 일이 얼마나 많은가! 그렇다면 제일 위대한 자는 누구란 말인가? 그것은 남들보다 시야가 넓고 통찰력이 뛰어나며 자기의 계획을 실현하기 위해 다른 사람의 힘과 정열을 자기에게 집중시킬 수 있는 수완과 지략을 가지고 있는 사람이라고 나는 생각하네.

1월 20일

사랑하는 로테여, 지금 나는 당신에게 이 편지를 쓰지 않고서는 견딜 수가 없습니다. 여기는 누추한 농가의 어느 작은 방, 심한 눈보라를 피해 들어와 있습니다. 그 우울한 D 시(市)에서는 내 마음에 전혀 와닿지 않는 낯선 사람들 틈에 끼어 돌아다니느라고 당신에게 편지를 쓸 여유조차 없었습니다. 그런데 이 오막살이에서 외로움과 쓸쓸함을 느끼며 휘몰아치는 눈보라와 우박이 미친 듯이 창문을 때리는 것을 보고 있자니 나는 누구보다 먼저 당신이 생각났습니다. 이 방 안에 들어서자마자 당신의 모습과 당신에 대한 생각이 내 마음을 가득 메웠습니다.

오오, 로테여! 그렇게도 거룩하게, 그렇게도 청순하게, 그렇게도 포근하게 당신에 대한 그리움이 내게 밀려온 것입니다. 아, 우리가 처음 만났던 그때의 행복했던 그 순간이 가슴속에서 되살아납니다.

그리운 로테여, 정신을 놓아버린 채 허탈의 물결 속에서 허우적거리는 내 꼬락서니를 당신이 보신다면 어떻게 생각하는지……! 나의 모든 감각은 메마를 대로 메말라버렸고 가슴이 벅차오르는 일은 어디에서도 찾을 수 없고 행복한 시간이란 한순간도 없습니다. 텅 빈 공허, 오직 허무한 공허감만이 내 마음에 찬바람을 일으키고 있습니다! 마치 요지경 속에서 난쟁이들과 어린 말들이 눈앞에서 돌아다니는 것을 보고 이것은 혹시 내 눈이 일으키는 착각이 아닐까 자문해 보는 기분입니다. 하긴 나도 그들과 함께 그 무대에 뛰어올라 연기(演技)를 한답시고 연극에 끼어들다가 도리어 꼭두각시처럼 농락당하는 것 같습니다. 가끔 내 옆에서 연기하는 이웃 사람들의 나무로 만든 것같이 차갑고 딱딱한 손을 잡아보고는 깜짝 놀라서 뒷걸음질을 치기도 합니다.

저녁때면 다음 날 해돋이 광경을 즐기려고 작정하지만 막상 아침이 되면 잠자리에서 일어날 엄두가 나지 않습니다. 또한 낮에는 낮대로 밤이 되면 달빛을 보며 기뻐하리라고 별러보지만 막상 밤이 되면 그냥 방 안에 들어앉아 꼼짝 않고 있습니다. 무엇 때문에 아침에는 일어나고 밤에는 자야 하는지 나는 그 이유를 도통 모르고 지냅니다.

나의 창조력을 발효시켜 주던 효모가 없어진 것입니다. 내 마음을 눈뜨게 하던 자극이 남아 나를 한밤중에도 잠 못 이루고 깨어 있도록 해주었으며 날이 새기 무섭게 잠자리에서 일어나게 해주었는데, 지금은 그것이 가뭇없이 사라지고 없습니다.

나는 이곳에서 여성다운 여성을 오로지 한 명 발견했습니다. 그녀는 B 양인데 만일 어느 누가 감히 당신을 조금이라도 닮을 수 있다면 바로 그녀가 당신을 닮았다고 할 수 있습니다. 사랑하는 로테, 내가 그렇게 말하면 "원, 아첨도 잘 하시네요!"라고 하시겠지요. 당신이 그런 말을 한다 해도 아주 틀린 말은 아닙니다.

나는 얼마 전부터 재치도 풍부해졌고 여성들에게 제법 친절하게 대하고 있습니다. 그것은 그렇게 할 수밖에 없기 때문입니다. 그래서 이곳의 여성들은 나만큼 칭찬을 멋지게 잘하는 사람은 못 보았다고들 말합니다(아마도 당신은 내가 거짓말도 멋지게 할 줄 안다고 덧붙이고 싶겠지요. 그렇게 하지 않고서는 여성과 순조롭게 사귈 수가 없으니까요. 그렇지 않습니까?).

나는 지금 B 양의 이야기를 하던 중이었지요? 그녀의 푸른 눈동자는 그녀의 풍부한 감정을 충분히 말해 줍니다. 그녀는 자기의 신분 따위를 오히려 무거운 짐으로 생각하고 있습니다. 신분이란 것이 그녀가 진정 원하는 소망을 무엇 하나 채워주지 않았기 때문이겠지요. 그녀는 또 번잡하고 시끄러운 주위 환경으로부터 벗어나기를 절실하게 바라고 있습니다. 그래서 우리 두 사람은 티 없이 맑은 행복으로 가득 찬 전원 풍경을 머릿속에 그리며 몇 시간씩 즐거운 마음으로 함께 있고는 합니다.

아아, 그리고 물론 당신에 대한 이야기도! 그녀는 당신을 얼마나 칭송하는지 모릅니다. 그것은 그녀가 마지못해서 하는 찬사가 아니라 마음으로부터 우러나오는 찬사임에 틀림없습니다. 언제나 당신 이야기를 듣기 원하고 당신을 더 알기 원하며 당신을 사랑하고 있습니다.

아아, 나는 지금 '그 아늑한 방에서 당신과 마주 앉아 있다면 얼마나 좋을까?' 라고 생각합니다. 그리고 '귀여운 아이들이 내 주위로 춤추고 뛰어다니면 얼마나 즐거울까?' 하고 상상해 봅니다. 때로 아이들이 당신을 성가시게 한다면 나는 그 애들을 내 주위에 모아 놓고 무서운 옛날이야기를 들려주어 얌전히 앉아 있게 하렵니다.

하얀 눈으로 반짝이는 들판과 산 너머로 태양이 장엄하게 지고 있습니다. 아우성치던 눈보라도 잠잠해졌습니다. 이제 나는 다시 저 새장 같은 생활 속으로 들어가 갇혀야만 합니다.

잘 있어요, 로테! 알베르트와 함께 지내나요? 어떻게 지내는지요? 이런 것을 물어서 미안합니다.

2월 8일

1주일 전부터 참으로 나쁜 날씨가 계속되고 있지만 내게는 오히려 고마운 일이네. 그도 그럴 것이 내가 이 고장에 온 이후로 날씨가 좋은 날이면 으레 누군가가 찾아와 모처럼의 청명한 하루를 망쳐놓거나 아니면 불쾌한 꼴을 당하게 만들지 않는 날이 별로 없었기 때문이네. 그래서 비가 오거나 눈보라가 치거나 길바닥이 얼어붙거나 눈이 녹아 질퍽거리거나 하면 '잘됐다! 이런 날엔 방구석에 갇혀 있는 것이 밖에 나가는 것보다 못할 리가 없어. 다시 말해서 밖에 나가 봐야 방구석에 있는 것보다 나을 것이 없지. 그러니까 결국 잘된 거야.' 라고 생각한다네.

아침 해가 떠오르고 그날 하루 날씨가 맑을 성싶으면 나는 또 이렇게 소리치지 않고는 못 배기네.

"그 친구들이 또 하늘의 선물을 앞다투어 차지하려고 갖은 수선을 다 떨겠군!"

그들은 대체로 서로 물고 뜯으며 무엇이든지 빼앗으려고 사생결단하듯 다투다가 서로를 망쳐버려야 직성이 풀린다네. 건강, 명예, 즐거움, 휴양까지도! 그것은 대개 우매하고 무지하고 도량이 작은 데서 비롯되는 것임에도 불구하고 그들의 주장을 들어보면 자기들은 서로에게 호의를 가지고 있다는 것일세. 나는 가끔 그들 앞에 무릎이라도 꿇고 제발 그렇게 난폭히 서로의 오장육부를 쑤시거나 휘젓지 말아 달라는 부탁을 하고 싶어진다네.

2월 17일

공사와 나의 관계는 이제 막다른 골목에 다다랐나 보네. 참을 수 없는 경멸과 함께 그 인간을 절대로 용납할 수 없다는 분노가 치미네. 그자가 일하는 방식이나 사무 처리는 정말로 우스꽝스럽기 짝이 없어 반대를 하지 않고는 도저히 잠자코 있을 수가 없네. 그래서 그냥 나의 판단과 방식으로 일을 처리한 적이 자주 있었네. 그것이 그의 비위를 건드렸을 것은 자명한 이치겠지.

최근에 그는 나에 관한 일을 궁정(宮廷)에 보고했던 모양일세. 덕택에 나는 장관에게 책망을 듣게 되었네. 대수롭지 않은 가벼운 책망이었지만 책망은 어디까지나 책망 아니겠나? 나는 더 이상 이 일자리에 머무를 수가 없다는 판단 아래 사직서를 내려던 참이었는데, 그때 마침 장관으로부터 개인적인 편지[28]를 받았다네. 나는 나도 모르게 편지 앞에 무릎을 꿇고 그 고결하고 현명한 마음씨 앞에 고개 숙이지 않을 수 없었네.

장관은 지나치게 예민한 나의 감수성을 훈계하면서도 업무 활동이라든가 다른 사람에게 미치는 영향, 업무상의 철저함을

---

28) 이 훌륭한 인물에 대한 존경심에서 여기에 언급된 편지와 뒤에 언급될 다른 한 통의 편지는 본 서한집에 수록하지 않기로 했다. 독자들로부터 아무리 뜨거운 환영을 받게 된다 하더라도 개인의 사사로운 편지를 공개하는 결례를 범할 수 없다고 생각했기 때문이다

지키려는 것 등에 대한 나의 확고한 견해를 청년다운 훌륭한 기백으로 존중하니 그것을 근절시키지는 말되 다소 완화하여 그 진가를 발휘하게 함으로써 활기찬 업무 태도와 훌륭한 성과를 거둘 수 있도록 하라고 격려해 주셨네. 그 덕분에 나는 1주일 만에 기력을 회복할 수 있었고 마음도 가라앉힐 수 있었네. 마음의 안정이란 무엇보다도 소중한 것이며 그것 자체가 하나의 기쁨이라고 할 수 있네.

친애하는 친구여, 단지 이렇게 아름답고 값진 보석이 쉽게 깨지지만 않는다면 그 얼마나 좋겠는가?

2월 20일

사랑하는 그대들이여, 신의 축복이 그대들 두 사람에게 내리기를! 그리고 내게는 베풀지 않으셨던 좋은 나날을 그대들에게 보내주시기를!

알베르트! 당신이 나를 감쪽같이 속인 점에 대해 나는 오히려 감사하게 생각합니다. 나는 그대들의 결혼식 날짜가 정해지는 대로 기별이 올 것이라 생각하고 기다리고 있었습니다. 그리고 그날이 오면 나는 내가 그린 로테의 초상화를 엄숙히 벽에서 떼어내 다른 서류 속에 묻어놓을 작정이었습니다.

그런데 지금 그대들이 명실공히 어엿한 한쌍의 부부가 되었음에도 아직껏 내 방 벽에는 로테의 실루엣이 걸려 있습니다. 이렇게 된 이상 그 실루엣을 떼어내지 않고 그대로 두겠습니다.

걸어두어도 나쁠 것은 없겠지요? 그러니까 나도 그대들과 함께 있는 것이 됩니다. 말하자면 당신에게 아무런 폐를 끼치지 않으면서도 로테의 가슴속에 내가 깃들어 있는 셈입니다.

그렇지요. 나는 그 속에서 두 번째 자리를 차지하고 있는 것입니다. 나는 언제까지나 그 자리를 간직하고 싶습니다. 또 간직해야 할 것입니다.

아아, 그러나 만일 로테가 나를 잊어버리기라도 한다면 나는 필경 미치고 말 것입니다. 알베르트! 이런 나의 생각 속에는 지옥이 도사리고 있답니다. 알베르트, 안녕히 계십시오! 그리고 그대 하늘의 천사여! 부디 안녕, 로테여!

3월 15일

나는 이곳에서 불쾌하기 짝이 없는 봉변을 당했다네. 이제 그만 이곳에서 떠날 때가 되었다고 생각하고 있어. 나는 원통함으로 이가 갈릴 지경일세. 빌어먹을! 진정 씻을 길 없는 이 불쾌함을 어찌해야 할지 모르겠네. 이렇게 된 것도 그 책임은 역시 자네들에게 있네. 자네들이 나를 설득하고 몰아세우고 채찍질한 끝에 내가 별로 마음에 내키지도 않았던 이 일자리에 취직하도록 했으니 말이네. 그래서 끝내는 이런 꼴을 당하게 된 것 아닌가? 그러나 – 자네들도 마찬가지겠지만 – 이제 나는 무엇이 나의 갈 길인지 깨닫게 되었네! 타협할 줄 모르는 사고방식이 일을 망쳤다고 자네가 두 번 다시 다를 탓하지 않게 하기 위하여. 친애하는 친구여, 여기에 솔직하고 간결한, 연대기(年代記)의 기록같이 이야기를 하겠네.

C 백작이 특별히 나를 아껴주고 두둔해 준다는 것은 이미 누구나 다 아는 사실이며 자네에게도 지금까지 여러 번 이야기한 바 있네.

어제 저녁 나는 만찬에 초대받아 백작의 저택으로 갔었네. 그런데 그날 밤 그 자리에는 상류층의 신사 숙녀들이 모이기로 되어 있었네. 물론 나는 그런 모임이 예정되어 있는 줄을 전혀 몰랐어. 그리고 나 같은 말단 관리는 감히 그 자리에 함께 할 수 없다는 것도 미처 생각지 못했네.

아무튼 나는 백작과 함께 식사를 했네. 그리고 식사가 끝나자 나는 큰 홀 안을 이리저리 왔다 갔다 하면서 백작과 환담을 나누기도 하고 마침 그곳에 왔던 B 대령과도 이야기를 나누었네. 그러는 동안 예정된 파티 시간이 다가왔지. 어리석게도 나는 그때까지 아무런 눈치를 못 챘다네.

그 무렵 몹시 거드름을 피우며 S 부인이 남편과 잘 부화된 새끼 거위 같은 딸—그 밋밋한 가슴패기를 값비싼 코르셋으로 감싼—을 거느리고 나타났네. 그 세 사람은 내 옆을 지나가면서 대대로 물려받은 거만한 귀족의 눈짓과 벌름거리는 콧구멍을 보여주었네.

나는 그런 족속을 끔찍이도 싫어했기 때문에 그만 물러가야겠다는 생각을 하고 백작의 지루한 사설에서 놓여날 때만 기다리고 있었지. 그때 마침 B 양이 그곳에 들어오지 뭔가. 그녀를 만나면 언제나 약간 가슴이 후련해지므로 나는 생각을 바꿔 그냥 그 자리에 눌러 있기로 작정하고 그녀의 의자 뒤로 다가섰네. 그녀와 잠시 이야기를 하는 동안 나는 비로소 그녀의 말투가 예전과 같이 명랑하지 못하고 난처한 듯한 표정을 짓고 있다는 것을 알아차렸네. 그것은 전혀 뜻밖의 일이었다네. 이 여자도 여기에 모인 다른 족속들과 똑같구나.' 라고 생각하니 은근히 화가 치밀어 처음에 가졌던 생각대로 그만 그 자리에서 뛰쳐나오려 했어.

하지만 나는 그대로 참고 머뭇거렸어. 우선 그녀에 대한 나의 오해를 풀고 싶었고 또 그녀의 진심은 그렇게 어색한 태도를 보이고 싶지 않았을 것이라고 믿고 싶었기 때문이라네. 그리고 혹시나 그녀가 내 마음에 서린 먹구름을 걷히게 할 다정한 말 한마디라도 해주지 않을까 하는 기대가 있기 때문이었네.

그렇게 내가 잠시 머뭇거리는 동안에 손님들은 꾸역꾸역 모여들었네. 프란츠 1세의 대관식 때부터 전해 내려오는 고풍스러운 의상을 걸친 F 남작, 직책상 귀족 칭호를 받은 궁중 고문관 R과 귀가 먹은 그의 부인, 그 밖에도 고대 프랑크식 의상이 헐어 해진 부분을 요즘 유행하는 천으로 덧대 입은 허술한 차림새의 J도 빼놓을 수 없다네. 이런 사람들이 구름처럼 떼지어 몰려왔네.

나는 그때까지 낯익은 몇몇 사람과 환담을 했었는데 모두 이상할 정도로 평소와는 다르게 말수들이 적었네. 나는 그 점이 신경이 쓰여 한동안 웬일일까 생각에 잠기면서도 연신 B 양에게만 한눈을 팔고 있었다네. 그래서 나는 더욱 그곳의 분위기를 파악하지 못하고 있었지.

그사이에 홀 한 구석에서 여자들이 서로 귀엣말로 소곤거리기 시작했고 곧 남자들에게로 번져 마침내 S 부인이 백작에게 이야기를 전하기에 이르렀다네(이것은 모두 나중에 B 양이 내게 들려준 사실이라네). 이윽고 백작이 나에게 성큼성큼 다가와 나를 창가로 데리고 가더니 이렇게 말했네.

"자네도 알다시피 우리네 사회적 관습이란 게 좀 이상해서…… 자네가 이 자리에 끼어 있는 것이 모두 못마땅한 모양이야. 나 자신은 절대로……."

"각하!"

나는 그의 말을 가로막았네.

"대단히 죄송하게 되었습니다. 진작 그런 줄 알아차렸어야 했는데, 그만 실례했습니다. 그러나 각하께서는 저의 실수를 너그럽게 이해해 주실 줄로 믿습니다. 실은 아까부터 물러가려고 했는데 어쩌다 보니 그만 눈치 없이 남고 말았습니다."

나는 미소를 지으며 그렇게 덧붙이고는 허리를 굽혀 정중히 인사했네. 백작은 내 두 손을 꽉 붙잡고 내게 하고 싶은 모든 말을 전하려는 것 같았네.

나는 그 높은 분들의 모임에서 빠져나와 마차를 잡아타고 M이란 곳을 향해 곧장 달렸네. 그리고 그곳 언덕 위에서 서산 너머로 해가 지는 일몰의 마지막 광경을 바라보며 내가 좋아하는 《호메로스》를 펼치고 오디세우스가 고상한 돼지 목동들로부터 환대를 받는 멋진 대목을 읽었네. 그것은 정말 훌륭한 장면이었고 내 마음에 쏙 들었네.

시내로 돌아와 출출해진 속을 달래려고 식당에 들어갔더니 그곳에는 아직도 몇 사람이 남아 한쪽 구석에서 식탁보를 뒤집

어 놓고 주사위 놀이를 하고 있었네. 그때 솔직한 성품의 아데
린이 성큼성큼 들어오면서 모자를 벗고 나를 보았네. 그러고는
내게 다가오더니 나직한 목소리로 말을 건넸다네.

"아니꼬운 꼴을 당했다면서?"

"나 말인가?"

나는 그에게 되물었네.

"백작이 자네를 파티 석상에서 내쫓았다면서?"

"난 그 따위 파티는 원래 질색이야. 일찌감치 빠져나올 수 있
어서 오히려 마음이 홀가분했지."

"자네가 그렇게 대수롭지 않게 생각하고 있으니 다행이네. 그
렇지만 나는 그 얘기를 들으면서 은근히 화가 치밀던데……. 가
는 곳마다 그 이야기뿐일세."

막상 그 말을 듣고 보니, 아닌 게 아니라 나도 배알이 뒤틀리
기 시작했네. 그제야 나는 방금 전에 식당에 있던 작자들이 나
를 힐끔힐끔 쳐다본 것도 그런 이유 때문이라고 생각하자 전신
에서 피가 거꾸로 끓어올랐네.

그뿐만이 아니라네. 오늘은 내가 가는 곳곳마다 모두에게서
딱하게 여기는 시선을 받아야만 했네. 전부터 나를 시기하던 자
들은 신바람이 나서 쾌재를 부르며 '보라고! 머리가 좀 좋다고
우쭐해서는 지위고 신분이고 모두 무시하고 건방지게 굴더니
꼴좋게 당했구나.' 하는 등 별별 어처구니없는 험담을 다 늘어
놓는 것이 아니겠나?

나는 비수로 내 심장을 단숨에 푹 찌르고 싶었네. 흔히 '남들
이 뭐라고 하든 흥분하지 말고 자제해야 한다.' 라고 말하지만,

앞으로 비열하기 짝이 없는 그자들이 유리해진 자기들 입장을 이용하여 이러쿵저러쿵 터무니없는 소문을 퍼뜨릴 때 그것을 묵묵히 참고 견디며 듣고만 있을 수 있는 사람이 과연 하나라도 있을까? 놈들이 떠들어 대는 이야기가 전혀 근거 없는 거짓이라면 한쪽 귀로 듣고 흘려버릴 수도 있을 테지만 말일세.

3월 16일

나는 모든 것에 쫓겨 막다른 궁지에 몰린 듯 초조하기 이루 말할 수 없네. 오늘 가로수 길에서 B 양을 만났다네. 나는 참지 못하고 그녀에게 먼저 말을 걸었어. 그리고 동행하던 사람들과 조금 떨어져서 단둘이 있게 되자, 그날 저녁 백작의 저택에서 그녀가 취했던 태도를 공박하기 시작했네.

"아아, 베르테르!"

그녀는 차분한 말투로 입을 열기 시작했네.

"그때의 제 심정을 잘 알고 계시면서 몹시 난처했던 제 입장을 그렇게 생각하시다니⋯⋯. 제가 홀에 발을 들여놓았을 때부터 저는 선생님 때문에 얼마나 애가 탔는지 몰라요. 저는 진작부터 모든 것을 예상하고 있었어요. 선생님께 귀띔을 해드리려고 몇 번이나 별렀는지 몰라요. S 부인과 T 부인은 선생님과 한자리에서 어울리느니 차라리 남편과 함께 자리를 뜨려고 했던 것까지 저는 알고 있었어요. 그리고 백작님 자신도 그분들의 기분을 상하게 한다면 곤란할 것이라는 생각도 했었고요. 그러는 동안 그 소동이 일어났던 거예요."

"뭐라고요?"

나는 반문하면서도 놀라움을 감추고 겉으로는 태연한 척하고
있었네. 그제 아데린이 했던 말이 끓는 물처럼 나의 핏줄 속을
내달렸기 때문이네.

"저도 지금까지 얼마나 괴로웠는지 몰라요!"

상냥한 B 양은 이렇게 말하면서 눈물을 글썽거렸네. 나는 더
이상 자신을 억제할 수가 없어서 하마터면 그녀의 발밑에 몸을
내던질 뻔했다네.

"속 시원히 말해 주십시오!"

나는 큰 소리로 외쳤네.

그녀의 눈물이 자신의 두 뺨을 적시며 흘러내렸네. 나는 넋이
나가 어리둥절해 있었네. 그녀는 굳이 눈물을 감추려 들지도 않
고 손으로 닦아내면서 말했네.

"제 아주머니를 아시지요? 그분도 그 자리에 와 계셨어요. 그
분이 어떤 눈초리로 그 광경을 바라보고 있었는지 아세요? 베르
테르, 저는 어제 아주머니께 밤새도록 꾸지람을 들었어요. 그리
고 오늘 아침에도 선생님과의 교제에 대하여 설교를 들었어요.
선생님을 멸시하고 헐뜯는 소리를 저는 잠자코 듣고 있을 수밖
에 없었어요. 선생님을 변호할 수도 없었고 제가 생각하는 것의
절반도 말할 수 없었어요. 그런 말은 입 밖에도 내지 못하게 하
시는 걸요."

그녀의 말 한마디 한마디가 칼날처럼 내 가슴을 파고들었네.
차라리 그녀가 아무 말도 하지 않았더라면 얼마나 좋았겠나? 그

러나 그녀는 그것을 깨닫지 못했네. 뿐만 아니라 그녀는 또 이런 말까지 덧붙여 말했네. 앞으로 또 무슨 고약한 소문이 꼬리를 물고 생겨날지 모른다, 어떤 사람들은 신이 나서 떠들어댈 것이다, 그리고 전부터 비난의 표적이 되었던 나의 거만하고 안하무인 격인 태도가 드디어 벌을 받게 된 것이라고 모두 고소하게 생각하고 좋아할 것이다, 등등.

빌헬름, 그녀가 동정에 가득 찬 어조로 조금도 거리낌 없이 그런 말을 하는 것을 듣고 나는 흠씬 두들겨 맞은 것처럼 초주검이 되었네. 갈기갈기 찢긴 내 마음은 아직도 미칠 듯이 들끓고 있다네. 차라리 누구든지 용감하게 나서서 나에게 당당히 비난을 퍼부어주었으면 좋겠네. 그러면 놈의 가슴에다 칼을 꽂아줄 수도 있으련만. 피라도 보면 기분이 한결 가라앉을 것 같은데…….

아아, 나는 몇 번이나 단도를 집어 들고 이 답답한 가슴에 바람 구멍을 내려 했던가! 혈통이 좋은 말을 거칠게 몰아 잔뜩 흥분시켜 놓으면 심장과 허파의 부담을 덜어주기 위해 본능적으로 스스로의 핏줄을 물어뜯어 피가 흘러나오게 한다는 이야기가 있네. 그와 마찬가지로 나도 때로는 내 핏줄을 끊어 영원한 자유를 누리고 싶다는 생각이 든다네.

3월 24일

궁정 당국에 사직서를 냈네. 아마도 수라가 될 것이네. 미리 자네들의 양해를 구하지 않는 것을 용서해 주게. 여하튼지 나는 이곳을 떠나지 않을 수 없네. 필경 자네들은 나를 설득하고 이곳에 더 머무르게 할 테지. 그 말들은 듣지 않아도 모두 다 알고 있네.

그리고 우리 어머니께는 아무쪼록 완곡하게 잘 말씀드려 주게나. 나는 내 몸 하나 건사하기도 주체스러운 형편이니 내가 어머니를 보살펴 드리지 못한다 해도 어머니는 용서하실 걸세. 그렇지만 어머니께서 놀라고 애석하게 여기실 건 불을 보듯 빤한 일이네. 추밀 고문관(樞密顧問官)이나 공사를 목표로 첫발을 내디딘 아들의 화려한 출세 길이 갑자기 중단되어 공염불이 된 셈이니 말일세. 경주에 나섰던 말이 경주를 중단하고 다시 마구간으로 되돌아온 격이라고나 할까. 아무튼 그 문제에 대해서는 자네들이 좋을 대로 해석하게나. 온갖 가능성의 경우를 종합해서 내가 유임할 수 있었을 거라든가, 유임해야 했다든가 마음대로 얘기해도 무방하네.

하여간 나는 떠난다네. 어디로 갈 것인지 자네들이 궁금히 여기리라 생각해 내가 갈 곳을 알려주겠네. 실은 ×× 공작이 나에게 흥미를 가지고 친교를 원하고 있었네. 거취(去就)에 대한 나의 의향을 들은 그는 자기 영지(領地)로 같이 가서 아름다운 봄철을 지내지 않겠느냐고 제안해 왔다네. 모든 것을 내 의사에 맡기겠다는 약속도 해주었네. 어느 정도 서로 이해할 수 있는 상대기에 나는 행운을 빌며 그분과 함께 그곳으로 가기로 했네.

4월 19일

추신

자네가 보내준 편지 두 통을 모두 고맙게 받았다네. 내가 답장을 하지 않았던 까닭은 궁정에서 사직서를 수리해 줄 때까지 편지를 부치지 않고 보류해 두었기 때문이라네. 나는 혹시 어머니가 장관에게 청탁이라도 넣어서 내 계획을 어긋나게 하시지나 않을런지 은근히 불안했었네.

그러나 이제 만사가 계획대로 처리되어 나의 사직서에 대한 허가가 내려졌네. 가까스로 사직 허가를 받아낸 셈이고 이번에도 장관이 일부러 편지를 주셨지만 그것에 대해서는 아무런 이야기도 하고 싶지 않네. 그 이야기를 하면 자네들은 새삼스럽게 다시 한탄하고 혀를 찰 것이 분명하기 때문이야.

황태자께서는 석별금으로 25두카트를 보내주시고 그 밖에 특별히 말씀까지 내리셨네. 나는 그만 감격하여 눈물을 흘렸다네. 따라서 내가 일전에 어머니께 보내달라고 부탁했던 돈이 이제는 필요 없게 되었다네.

5월 5일

내일 이곳을 떠날 작정이네. 길을 가는 중간에 내가 태어난 곳에서 약 10킬로미터밖에 떨어지지 않는 곳을 지나가게 된다네.

오래간만에 그곳에 들러 꿈 많고 행복했던 지난날을 추억 속에서 더듬어볼까 하네. 아버지가 돌아가신 후 우리가 그 정든 고향을 등지고 지금의 참아내기 어려운 이 도시에 와서 눌러앉게 되었을 때, 어머니가 나를 데리고 나왔던 바로 그 성문을 통해 들어갈 생각일세.

그럼 잘 있게, 빌헬름! 여행 중에 또 소식을 전하겠네.

5월 9일

나는 순례자와 같은 경건한 마음으로 고향을 돌아보고 왔네. 거기에서 뜻하지 않았던 온갖 감회에 사로잡히고 말았어. 내 출생지인 S 마을까지 15분쯤 더 가야 하는 곳이었네. 마차가 커다란 보리수 아래에 이르렀을 때 나는 마차에서 내려 마부와 마차를 먼저 보냈네. 천천히 걸으며 생생한 기분으로 추억을 하나하나 마음껏 되새겨보고 싶었기 때문이었네. 그 옛날 나의 어린 시절에 내 산책의 목적지이자 한계점이었던 그 장소, 이제 나는 그 보리수 아래 다시 서게 되었네.

그 후 얼마나 많은 변화가 있었던가!

그 무렵엔 철이 없어 아무것도 모르는 채 그저 행복하기만 했다네. 알 수 없는 세계에 대한 그리움을 항시 품고, 그 세계로 찾아가기만 하면 내 가슴을 가득히 채워주는 마음의 양식을 흡족하게 얻을 수 있으며 온갖 즐거움을 누릴 수 있으리라 믿었던 걸세.

그런데 나는 이제 그 광대한 세계에서 이렇게 되돌아왔다네. 아아, 친구여! 얼마나 많은 희망이 산산이 부서지고 또 얼마나 다채로운 계획들이 허물어져 버렸던가! 거기서 바라다보이는 산은 내가 그토록 수없이 많은 소원을 빌었던 대상이었네. 그 옛날 나는 몇 시간이고 그곳에 앉아 아득히 먼 그 산들을 그리워하며 저 멀리 어슴푸레 저물어 가는 정다운 숲과 골짜기를 넋을 잃고 바라보았었네. 어느덧 집으로 돌아가야 할 시각이 되었을 때 내가 정든 그곳을 남겨두고 떠나는 것이 얼마나 싫었는지 모르네!

시내가 가까워짐에 따라 눈에 익은 낡은 별장들은 아직도 기억에 생생해서 더없이 정다웠지만 그사이에 새로 지은 집들은 어쩐지 눈에 생소했고 내가 모르는 동안 고쳐 지은 집들과 그밖에 달라진 것들은 눈에 매우 거슬렸다네.

나는 성문을 지나 시내로 들어서자마자 옛날의 나 자신으로 다시 돌아간 듯한 느낌을 받았네. 친애하는 친구여, 나는 자네에게 구구한 이야기를 늘어놓고 싶지는 않네. 내 눈에는 그토록 매력적이더라도 막상 이야기를 하고 보면 한없이 단조로워지니 말일세.

나는 시내 장터에 면한 옛 우리 집 근처의 여관을 숙소로 정하고 발길을 그리로 옮기면서 두루 살펴보았네. 아주 성실하고 늙은 여선생이 우리 개구쟁이들을 곧잘 가두어놓았던 교실이 잡화점으로 변해 있는 것을 보았네. 그 굴속 같은 교실에서 간신히 참고 견뎌냈던 그때의 불안과 눈물과 우울과 고통이 다시금 기억 속에 떠올랐네. 한 발짝씩 걸음을 떼어놓을 때마다 내 마음이 끌리지 않는 것은 하나도 없었네. 아마 성지를 순례하는 사람일지라도 종교적인 역사와 사연이 이렇게까지 허다하게 서려 있는 장소에 직면하는 일은 없을 것이라는 생각이 드네. 그리고 이토록 성스러운 감동으로 그의 마음이 넘쳐흐르는 일도 흔치 않을 것이네. 이야기를 하자면 끝이 없겠지만 한 가지 얘기만 더 적어보겠네.

나는 강을 끼고 한 저택이 있는 곳까지 내려갔네. 그 장소 역시 옛날에 내가 즐겨 거닐던 곳이었지. 어린 시절 납작한 돌멩이를 수평으로 수면에 던져서 누가 가장 먼 곳까지 여러 번 물을 튀기게 하는지 시합하던 곳도 바로 그곳이었다네. 나는 이따금 걸음을 멈추고 흘러가는 물줄기를 내려다보면서 어린 시절의 추억을 머릿속에 계속 떠올렸네. 그 무렵의 나는 신비한 예감에 사로잡혀 그 물줄기가 흐름에 따라 가다가 닿을 여러 나라에 대하여 얼마나 신비로운 상상을 많이 했던가? 그러다가 내 상상력이 다하였을 때, 나는 그래도 자꾸만 앞으로 달려나가 나중에는 눈에 보이지 않는 먼 곳의 경치를 눈앞에 생생히 그려놓고 취한 듯이 바라보곤 했었네.

친애하는 친구여, 우리의 그 훌륭한 조상들을 생각해 보게. 그들도 그같이 제한된 지식과 좁은 세계 안에 살면서 그토록 행복하지 않았던가! 또한 그들이 가졌던 감정이나 시(詩)는 얼마나 순수했던가! 오디세우스가 측량할 수 없는 바다와 무한한 대지에 관해 말했을 때 그 말은 정말로 진실하고 인간적이고 절실하고 친밀할 뿐 아니라 신비롭기까지 했네. 내가 지금 지구는 둥글다고 초등학교 아이들도 다 알고 있는 이야기를 한들 그것이

대체 무슨 소용이 있단 말인가? 인간은 얼마간의 흙덩이만 있으면 그 위에서 얼마든지 삶의 즐거움을 느낄 수 있다네. 그리고 지하에서 잠들기 위해서는 그것보다 더욱 적은 흙을 덮어주는 것만으로도 충분하다네.

현재 나는 공작의 수렵 별장에 와 있네. 앞으로도 그분과는 아주 즐겁게 지낼 수 있을 것 같아. 그분은 진실하고 소박한 사람일세. 그렇지만 나는 그분을 에워싼 이상한 사람들의 정체를 도무지 알 수가 없네. 얼핏 보아 악한 사람들은 아닌 듯싶지만 그렇다고 성실한 사람들 같지도 않네. 하긴 가끔 성실한 듯 보이기도 하지만 어쩐지 미덥지가 않단 말이네. 옥의 티라고나 할까? 한 가지 아쉬운 점이 있다면, 공작은 단지 귀로 들었거나 눈으로 읽었을 뿐인 일을 곧잘 자기 이야기인 것처럼 말한다는 점이네. 그것도 다른 사람으로부터 배운 그대로의 관점에서 지껄인단 말일세.

그리고 또 공작은 나의 이해력이나 재능을 내 마음보다 더 귀중하게 생각한다네. 그러나 이 마음이야말로 나의 유일한 자랑거리며 오직 그것만이 모든 힘과 행복과 불행의 원천이란 말일세. 아아, 내가 알고 있는 지식쯤은 누구라도 알 수 있는 것이네. 하지만 나의 마음은 오직 나 혼자만의 것이라네.

5월 25일

나는 어떤 계획이 있었네. 그리고 그 계획을 실행에 옮길 때까지는 아무에게도 말하지 않으려 했었다네. 하지만 지금에 와서는 그 계획이 흐지부지되어 버렸으니 아무래도 상관없게 되었네. 나는 전쟁터에 나가려고 했었네. 나는 오랫동안 그 계획을 남몰래 가슴에 품고 있었네. 공작을 따라 여기까지 온 것도 실은 그런 이유 때문이었어. 공작은 ××에 근무하는 장군이기도 하네.

나는 공작과 함께 산책을 하면서 나의 계획을 털어놓았네. 그는 한사코 나를 만류했네. 내가 전쟁에 참가하려 했던 것은 정열이 아니라 일시적인 충동이었는지도 모르겠네. 나는 그분이 여러 가지 이유를 들어 만류하는 것을 받아들여 생각을 바꾸게 되었으니 말일세.

6월 11일

자네가 뭐라고 말하든 나는 이곳에서 더 이상 머무를 수가 없네. 도대체 여기서 무엇을 할 수 있단 말인가? 나는 이곳 생활이 그저 지루하기만 하네. 물론 공작은 나를 할 수 있는 데까지 후대해 준다네. 그러나 나는 이곳에서 마음의 안정을 찾을 수가 없네. 따지고 보면 공작과 나는 의사가 그리 잘 통하는 사이도 아니라네. 그분은 어디까지나 지성인, 그것도 평범하기 짝이 없는 통속적 지성인일 따름이네. 그러므로 그분과의 교제는 좋은 책을 읽는 것 이상의 흥미를 자아내지 못하네.

나는 앞으로 1주일만 더 머물러 있다가 정처 없는 나그네 길을 떠날 예정이라네.

내가 이곳에 와서 그나마 보람 있는 일을 했다면 그것은 고작 그림 몇 장을 그린 정도라네. 공작은 예술에 어느 정도 감각이 있네. 만일 그가 시시한 학문적 지식이나 고루한 학술에 얽매여 있지 않았다면 한결 날카로운 감수성을 지닐 수 있었을 것이네. 내가 모처럼 상상력을 발휘하여 그를 이끌고 자연이나 예술 세계에 대해 다양한 안내를 해주더라도 그는 판에 박힌 학술 용어를 내세우며 그것으로 내가 꺼낸 주제가 모두 해결된 것 같은 표정을 짓고는 해. 그럴 때면 정말 이가 갈릴 지경이라네.

6월 16일

그래, 맞네. 나는 단지 한 사람의 나그네에 불과하네. 이 지상에서 일개 순례자에 지나지 않네. 그런데 자네들이라고 해서 그 이상의 존재라고 할 수 있을까?

6월 18일

어디로 갈 작정이냐고? 자네한테만 은밀히 밝혀두겠네. 이곳에 2주일은 더 머무를 생각이네. 그리고 나서 △△ 지방의 광산에나 가볼까 하네. 그러나 그것은 결국 허울 좋은 구실에 지나지 않고 오직 로테 곁으로 다시 돌아가고 싶은 것이 나의 진심

이라네. 그게 전부라네. 나는 스스로의 마음을 비웃고 있으면서
도 그 마음이 원하는 대로 응해 주고 있다네.

7월 29일

아니, 그것으로 충분하다! 그것만으로도 모든 일이 잘되어 가
리라! 만약 내가 그녀의 남편이라면!

아아, 나를 창조하신 하나님시여! 만일 당신이 그런 축복을 저
에게 주셨다면 저는 한평생 끊임없이 감사 기도를 올렸을 것입
니다. 저는 지금 항의를 하고자 하는 것이 아닙니다. 저의 이 눈
물을 용서해 주소서! 저의 부질없는 소원을 용서해 주소서! 그녀
가 아내라면! 이 세상에서 가장 사랑하는 그녀를 내 가슴에 안을
수만 있다면 – 알베르트가 그녀의 날씬한 몸을 껴안고 있다고
생각하면 빌헬름이여, 나는 전신은 부들부들 떨린다네.

그런데 내가 이런 말을 해도 괜찮을지 모르겠네. 그러나 말해
서 안 될 게 뭐 있겠나? 빌헬름, 로테는 알베르트의 아내가 되는
것보다 나와 결혼하는 편이 훨씬 더 행복했을 것이라고 생각하
네! 그렇다네, 그는 그녀의 은근한 소망을 남김없이 채워줄 수
있는 그런 위인이 되지 못하네. 그의 감수성에는 일종의 결함 –
자네는 이것을 어떤 의미로 해석해도 무방하네 – 이 있다네. 그
의 심장은 공감으로 고동치는 일이 없네. 이를 테면 우리가 좋
아하는 책을 읽으며 내 마음과 로테의 마음이 하나로 일치하는
대목에서도 그는 공감하지 못한다네. 그 밖에 제3자의 어떤 행

위에 대하여 느꼈던 감탄에 대해서도 그는 역시 꿈쩍도 하지 않는다네.

친애하는 빌헬름이여, 하지만 그는 로테를 진심으로 사랑하고 있다네. 그만큼 강한 사랑이라면 무슨 보상인들 못 받을까!

나를 따분하게 하는 사람이 찾아와 편지가 중단되었네. 나의 눈물은 말라버렸고 기분도 산란하기만 하네. 잘 있게나, 친애하는 친구여!

8월 4일

나 혼자만 그런 꼴을 당하는 것이 아니었네. 인간은 누구나 희망에 속고 기대에 배반당하기 마련이네.

나는 그 보리수 아래에 사는 선량한 아이들의 어머니를 찾아갔었네. 그 집 맏아들 녀석이 밖으로 뛰쳐나와 반가이 맞아주었지. 그 녀석이 환호성을 지르며 좋아하는 바람에 그 애의 어머니도 쫓아나왔다네. 그런데 그 모습이 몹시 초췌해 보였네. 그러고는 느닷없이 말했네.

"선생님, 어쩌면 좋아요? 우리 한스가 죽었답니다."

한스는 그녀의 막내아들이었네. 나는 한동안 어안이 벙벙해져 아무 말도 할 수가 없었다네.

"그리고 바깥양반도……."

그녀는 말을 이었네.

"스위스에서 돌아왔지만 빈털터리였어요. 친절한 분들의 도

움이 아니었더라면 구걸까지 할 판이었답니다. 오는 길에 전염
병까지 걸렸지 뭐예요."

나는 어떤 위로의 말도 나오지 않아 아이에게 돈을 몇 닢 쥐어
주는 게 고작이었네. 그러자 그녀가 사과 몇 개를 내놓으며 권하
기에 그것을 받아들고 그 슬픈 추억이 서린 장소를 뒤로 하였네.

8월 2I일

내 마음은 손바닥을 뒤집듯 돌변하기가 일쑤라네. 아아, 비록
한순간에 지나지 않지만 때로는 인생의 즐거움이 다시 찾아올
듯싶은 서광이 비치기도 하네. 이런 말을 하는 것은 – 가끔 내가
몽상에 잠겨 있노라면 나도 모르게 그만 망령된 생각에 사로잡
혀 버리기 때문일세. '만일 알베르트가 죽는다면 어떻게 될까?',
'아마 그녀와 나는……', '틀림없이 그녀는……' 그렇게 나는
계속 환상을 뒤쫓다가 끝내는 심연의 벼랑까지 가버려 그만 몸
서리를 치며 한 걸음 뒤로 물러서게 된다네.

성문을 지나 내가 처음 로테를 데리고 무도회에 가기 위해 마
차로 지나갔던 길을 걸어가 보니 그새 모든 것이 얼마나 많이
변했던지! 모든 것이 다 지나가 버렸네! 당시의 흔적은 찾아볼
길이 없고, 그 무렵 내 가슴을 두드려댔던 감정의 고동은 잠잠
하기만 했네. 마치 한 영주가 전성시대를 맞아 견고한 성을 쌓
고 휘황찬란하게 꾸며놓았다가 임종에 이르러 사랑하는 아들에
게 희망을 걸고 물려주고는, 망령으로 돌아와 폐허가 된 그 성

터를 보는 것 같은 그런 느낌이라네.

9월 3일

때때로 나는 정녕코 이해할 수가 없다네. 어찌하여 내가 아닌 다른 남자가 그녀를 사랑할 수 있고 또 사랑해도 괜찮단 말인가? 내가 이토록 한결같이 열렬히 오로지 일편단심으로 완전히 사랑하여, 그녀 외에는 그 무엇도 아랑곳하지 않고 아무도 거들떠보지 않으며 또 아무것도 지니고 싶지 않은데 말일세!

9월 4일

그래, 정말 그렇군. 계절이 가을로 접어들자 내 마음도 그리고 내 주위도 자연스레 가을로 무르익고 있네. 내 마음의 나뭇잎은 누렇게 물들고 내 주위의 나뭇잎들은 어느덧 모두 떨어져 버렸다네.

언젠가 내가 이 고장에 처음 왔을 때 자네에게 어느 한 농가의 머슴 이야기를 써보낸 일이 있었지 않나? 이번에 다시 이곳을 찾은 나는 발하임에서 그 남자에 대해 수소문을 해보았네. 모두 그가 일하던 집에서 쫓겨났다고만 할 뿐 그 밖의 일은 모른다고 하는 것이었네.

그런데 어제 다른 마을로 가던 길에 우연히 그를 만나게 되었어. 나는 곧 말을 걸어 그 후의 소식을 물어보았고 그의 신상 이야기를 들으며 전보다 더 큰 감동을 받게 되었네. 아마 자네에게도 그의 이야기를 들려준다면 내가 감동받은 까닭을 쉽게 알 수 있을 것일세. 그러나 그런 이야기를 미주알고주알 늘어놓은들 무슨 소용이 있겠나?

나는 왜 나 자신을 괴롭히는 불안과 고민들을 가슴 깊이 몰래 감추어두지 않을까? 왜 자네까지 걱정하도록 만드는 걸까? 무엇 때문에 나를 항상 가엾게 여기고 책망할 수 있는 기회를 자네에게 던져주는지 알 수가 없단 말이네. 아무튼…… 아마 이것도 내가 타고난 운명인가 보네.

처음에 그 남자는 약간 겁먹은 표정으로 서글픈 듯이 건성건성 답변을 하다가 곧 나라는 인간이 어떤 사람인지 간파하기라도 한 것처럼 솔직하게 자기 잘못을 털어놓고 불행한 처지를 하소연했다네.

친구여, 나는 그의 말 한마디 한마디를 자세히 적어 자네에게 판단을 맡겨도 좋으리라 생각하네. 그는 이렇게 고백했네. 아니, 오히려 추억을 떠올리는 일종의 쾌감과 행복까지 느끼면서 이야기했다고 하는 편이 더욱 적절한 말일 듯싶네. 여주인을 사모하는 마음이 하루하루 그의 가슴에서 불타올라 나중에는 자기가 무슨 짓을 하고 있는지 분간조차 할 수 없는 지경에 이르렀다는 걸세. 그의 표현을 그대로 적으면 어디로 고개를 돌려야 할지도 모르게 되었고, 먹을 수도 마실 수도 그리고 잠을 잘 수도 없었다고 했다네. 아예 목구멍이 꽉 막혀버렸다는군. 그러다가 점차 그 정도가 심해져서 하면 안 될 일을 하게 되고, 정작 해야 할 일은 잊고 하지 않게 되었다는 걸세.

홉사 마귀한테 홀린 것만 같은 상태로 지내던 어느 날, 여주인이 위층 방에 혼자 있는 것을 알고 뒤쫓아 올라갔다고 하네. 아니, 어떤 힘에 이끌려 갔다고 하는 편이 더욱 적절할 걸세. 그러나 여주인이 자기의 청을 들어주지 않자 그만 완력으로 정복하려 했다지 뭔가. 어떻게 해서 그런 마음을 먹게 되었는지는 그 자신도 알 수 없다고 했네. 여주인에 대한 자기의 사랑은 어디까지나 진지했으며 그녀와 결혼하여 일생을 함께 보내는 것이 가장 큰 희망이었다는 것은 하나님께 맹세할 수도 있다고 했네.

한동안 그런 이야기를 하던 그는 아직 못다 한 말이 있으나 선뜻 말을 할 수 없는 듯 더듬거리기 시작했네. 그러나 그는 결국 수줍은 얼굴로 실은 그 여주인이 자기의 사랑을 받아주었을 뿐만 아니라 자기가 그녀에게 가까이 가는 것도 허락해 주었다고 고백했네. 그는 이야기를 하는 동안 몇 번이나 말을 끊으면서 자기가 이런 말을 하는 것은 결코 여주인을 나쁜 사람으로 만들려는 중상(中傷)이 아니며 자기는 여전히 그녀를 사랑하고 존경한다고 열심히 변명을 늘어놓았네. 그리고 지금까지 한 번도 이 이야기를 남에게 한 일이 없지만 자기는 고약하고 어리석은 인간은 결코 아니라는 것을 내가 믿어주었으면 해서 이야기했을 따름이라고 말했네.

친구여, 나는 여기서 내가 언제나 버릇처럼 입에 올렸던 나의 해묵은 상투어(常套語)를 다시 써먹어야겠네. 나는 자네에게 내 앞에 서 있던 그 남자의 모습을, 지금도 역시 내 눈앞에 서 있는 모습 그대로 보여주고 싶네! 어찌하여 내가 그의 운명을 공감하게 되었는지 또한 공감하지 않을 수 없었는지 자네가 이해할 수 있도록 모든 것을 생생하게 이야기할 수 있다면! 하지만 그럴 필요는 없을 것 같네. 자네는 나의 운명을 알고 있을 뿐만 아니라 나 자신에 대해서도 잘 알고 있을 테니까 말일세. 그렇기에 어째서 모든 불행한 사람들에게 내 마음이 끌리는지, 특히 그 불행한 남자에게 마음이 끌리는지 자네는 거울을 들여다보듯 환히 알고 있을 테지.

여기까지 쓴 편지를 다시 읽어보고 나는 이야기의 결말을 미처 쓰지 않았다는 것을 알게 되었네. 그러나 그런 결말 따위는 자네도 얼마든지 쉽게 짐작할 수 있을 걸세. 그 여주인은 몸을 지키려 저항했고, 두 사람이 실랑이를 하던 때에 마침 그녀의 동생이 나타났던 것이네. 그 동생이라는 자는 진작부터 그 머슴을 미워하여 쫓아낼 궁리를 하고 있었다더군. 그도 그럴 것이 그 여주인에게는 자식이 없으니 자기 누나가 남길 유산은 당연히 자기 자식들 몫으로 오게 마련인데, 누나가 재혼이라도 하면 그것이 송두리째 날아가 버리니 그것이 걱정되었던 걸세.

그리하여 동생은 당장 그 머슴을 내쫓고 설사 누나가 나중에 그 머슴을 용서하더라도 다시는 누나의 집에 발을 들여놓지 못하도록 소문을 널리 퍼뜨린 모양이네. 지금 그 여주인은 새로운 머슴을 두었는데, 그 머슴 때문에도 동생과 옥신각신한다는 것이었네. 여주인이 새 머슴과 결혼할 것이라는 소문은 확실한 사실 같았네. 내가 만난 그 남자는 그렇게 된다면 자신은 더 이상 살지 않을 결심이라고 굳게 말했네.

자네에게 전하는 이 이야기에는 조금도 과장한 것이 없네. 무엇 하나 보탬 없이 도리어 들었던 것보다 약하게 이야기했을 뿐이네. 그러나 도덕 교과서에나 나오는 용어를 섞어가며 쓰다 보니 이야기가 다소 거칠어진 느낌이 없지 않군.

그러므로 그의 사랑과 순정과 정열은 결코 문학적으로 꾸며낸 이야기가 아닐세. 그건 살아 있는 이야기라네.

이러한 사랑은 우리가 흔히 무식하다든가 교양이 없다고 치부하는 계급에 속하는 사람들의 가슴속에서 가장 순수한 모습으로 살아 있는 것이라네. 그런데 이른 바 우리 교양인이란……그릇된 교양의 산물이 되어 아무짝에도 쓸모없는 반거충이가 되고 말았네!

부디 이 이야기는 더욱 진지한 마음으로 읽어주게. 오늘 나는 이 편지를 쓰는 바람에 한결 마음의 안정을 얻게 되었네. 내 필적을 보아서 알 수 있겠지만 여느 때처럼 성급하게 휘갈겨 쓰지도 않았네.

친애하는 친구여, 이 이야기는 또한 자네 친구의 이야기이기도 하다는 것을 생각해 주게. 그래, 나의 과거도 그랬고 또 나의 장래도 그럴 것이네. 그러나 나는 그 불쌍하고 불행한 남자가 지닌 결단력의 절반도 없다네. 감히 그와 나를 견주어 말할 엄두조차 낼 수 없어.

9월 5일

로테는 업무상 시골에 가 있는 남편에게 짧은 편지 한 통을 썼네. 편지의 첫머리는 이렇게 시작한다네.

그리고 사랑하는 당신이여, 될 수 있는 대로 빨리 돌아오세요.
저는 오직 당신이 돌아오기만을 손꼽아 기다리고 있답니다.

그런데 로테가 거기까지 썼을 때 한 친구가 찾아와 알베르트
에게 사정이 생겨 좀 더 있어야 돌아온다는 소식을 전했다고 하
네. 로테가 남편에게 쓴 편지는 발송되지 못했고, 저녁때 내 눈
에 띄었다네.

나는 그 편지를 읽으며 미소를 지었어. 그러자 그녀가 왜 웃느
냐고 물었네

"상상에 빠질 수 있다는 건 정말로 신이 주신 선물이로군요."

나는 이렇게 대답했네. 그러고는 덧붙여 말했지.

"순간적으로 나는 이 편지를 내게 쓴 것이라고 멋대로 상상해
보았지요."

그녀는 갑자기 입을 다물어버렸네. 내 대답이 그녀의 비위를
거슬리게 한 모양이었네. 나도 입을 다물고 잠자코 있었다네.

9월 6일

나는 로테와 처음 춤을 출 때 입었던 푸른색의 산뜻한 프록코
트[29]를 다시는 입지 않기로 결심했네. 나로서는 쉽지 않은 결단

---

29) 남자용 서양식 예복이다. 보통 검은색이며 상의 길이가 무릎까지 내려왔다 ─ 옮긴이

을 내린 거라네. 너무 낡아서 볼품없게 되었기 때문이네만. 그
래서 이번에는 깃과 소맷부리도 예전의 것과 똑같은 것으로, 노
란색 조끼와 바지를 곁들여 한 벌 새로 지었네.

하지만 아니나 다를까, 전에 입던 것 같은 멋이 나지 않아서
영 마음에 들지 않는군. 어째서 그런지는 모르겠지만 아마 시간
이 지남에 따라 옷이 몸에 배면 마음에도 들겠지.

9월 12일

로테는 알베르트를 마중하러 며칠 동안 여행을 떠났다가 돌
아왔네. 오늘 내가 그녀의 방에 들어섰을 때 그녀는 마침 나를
맞이하러 나오던 중이었네. 나는 기쁨에 넘쳐 그녀의 손에 입을
맞추었네.

화장대 쪽에서 카나리아 한 마리가 날아와 그녀의 어깨 위에
앉았네.

"새로 사귄 친구예요."

그녀는 말하면서 그 카나리아를 자기 손바닥 위에 내려앉게
했네.

"아이들에게 선물로 주려고요. 얼마나 귀여운지 몰라요! 이걸
좀 보세요. 빵을 주면 날개를 파닥거리며 얌전하게 쪼아 먹어
요. 저하고 곧잘 입도 맞춘답니다. 자, 보세요!"

이렇게 말하면서 로테가 입을 내밀자 그 새는 귀염성 있게 그
녀의 어여쁜 입술에 부리를 갖다대었네. 마치 그 새도 정말로

행복을 느끼고 맛보는 것 같았네.

"선생님에게도 입을 맞추도록 해드리지요."

그러면서 로테는 카나리아를 내게 넘겨주었네. 그 작은 부리는 그녀의 입에서 내 입으로 옮아왔네. 입술을 쪼아대는 그 감촉은 사랑이 넘쳐흐르는 향락의 숨결 같기도 하고 어떤 예감 같기도 했네.

"이 새의 입맞춤은 뭔가를 요구하는 것 같군요. 먹이를 바라는 눈치예요. 실속 없는 애무만으로는 이내 싫증을 내고 돌아설 겁니다."

나는 말했네.

"제 입으로 모이를 주어도 잘 먹어요."

로테는 그렇게 말하면서 빵 조각 몇 개를 입술에 물고 새가 받아먹도록 했네. 천진스러운 미소를 짓는 그녀의 입술에서 한없는 사랑의 기쁨이 넘쳐흐르는 것만 같았어.

나는 그만 얼굴을 돌려 외면해 버렸다네. 그녀가 내 앞에서 그런 행동을 해서는 안 되는 것일세! 그렇게 순결한 행복으로 충만한 광경은 내 상상력을 자극해 무의미한 인생의 허탈함에 잠든 내 마음을 굳이 일깨우는 금기(禁忌) 아닌가 말일세!

그러나 그녀가 그래서는 안 될 까닭이 무엇이란 말인가! 그녀는 그만큼 나를 신뢰하고 있는 것일세. 내가 그녀를 얼마나 사랑하는지 그녀도 잘 알고 있어!

9월 15일

빌헬름, 이 세상에는 가치 있는 것이 퍽 희귀한데 그 희귀한 것을 느낄 줄도 모르고 이해할 줄도 모르는 인간들이 있다는 것을 생각하면 나는 미칠 지경이네.

자네는 내가 성 ××× 마을의 그 성실한 노목사 댁을 찾아갔을 때 로테와 함께 호두나무 그늘에 앉아 있었던 일을 기억할 테지. 그것은 참으로 훌륭한 호두나무였네! 언제나 나의 영혼을 큰 기쁨으로 채워주었던 그 호두나무! 그 나무 덕분에 목사관이 얼마나 정겹게 느껴졌으며 또 그리웠는지 모르네.

그 시원한 그늘과 당당하게 뻗어 나간 굵은 가지들! 나는 곧잘 몇 십 년 전으로 거슬러 올라가 그 나무를 심었을 성실한 목사들에 대해 추억을 되새기듯 생각해 보고는 했었네. 학교에서 아이들을 가르치는 선생님 한 분은 자기 할아버지로부터 전해 들었던 이야기라며 그 목사들 중 한 분의 이름과 함께 그 사람에 대한 이야기를 자주 해주었네. 한마디로 매우 훌륭한 분이었다고 했네.

그래서 난 그 호두나무 아래에 서서 성스러운 마음으로 그분에 대한 추억에 사로잡히곤 했네. 아닌 게 아니라 그 선생님이 어제 호두나무가 잘린 이야기를 할 때에는 눈물까지 글썽거렸다네. 그 호두나무가 잘렸단 말일세! 나는 정말 미칠 것만 같다네. 그 나무에 맨 처음 도끼를 들이댄 짐승 같은 작자를 때려눕히고 싶네. 이런 나무가 우리 집 울타리 안에 두세 그루 있다가 그중 한 그루가 늙어서 말라버렸다 해도 슬퍼서 견디지 못했을 내가 그 꼴을 바라보고만 있어야 하다니 기가 막힐 노릇이라네.

친애하는 친구여, 그런데 흥미로운 일이 한 가지 전개되고 있다네! 인간의 감정이란 참으로 묘한 구석이 있지! 마을 사람들 전체가 그 일로 불평을 하기 시작했네. 나는 그 목사 부인이 버터와 달걀을 비롯한 헌물(獻物)이 현저하게 줄어드는 것을 보고 자기가 그 마을 사람들에게 얼마나 커다란 마음의 상처를 입혔는지 깨달았으면 좋겠네. 새로 부임한 목사(우리가 만났었던 노목사는 그사이에 세상을 떠났네)의 부인이 바로 그 나무를 자르게 한 장본인이었다네. 그녀는 몸이 비쩍 마른 데다 병치레가 잦은데, 그런 자기에게 아무도 호감을 가져주지 않으니 자연히 세상일에 대해서도 차디찬 시선을 지니게 된 것으로 보이네.

그런 그녀가 주제넘게도 학자가 되겠다며 성서 원본 연구에 몰두하여 요즈음의 새로운 풍조인 도덕적 비판적 기독교 개혁에 열을 올리기도 하고, 라바터[30]의 광신적인 태도에 대해서는 어깨를 으쓱하며 멸시하는 입장을 취한다네. 육체의 건강 상태가 완전히 깨져버렸기 때문인지 신이 창조한 이 땅 위에서 사는 재미라고는 도대체 모르는 여자야. 그런 여자니 모든 이들이 소중히 여기고 있다는 사실쯤은 아랑곳하지 않고 그 호두나무를 덜컥 잘라버릴 수 있지 않았겠나?

정말 어처구니가 없는 일이라네! 자네도 한번 생각해 보게. 그녀가 내세운 알량한 구실이란 이렇다네. 나뭇잎이 떨어지면 뜰 안이 지저분해지고, 잎이 무성해지면 햇빛을 가로막고, 열매가 열리면 마을 아이들이 열매를 따려고 돌을 던지고……

---

30) 라바터(Lavater, 1741~1801). 스위스 출신의 열광적인 신학자로 괴테와 가까이 지냈다－옮긴이

이 모든 것이 그녀의 신경을 건드려 케니코트[31]나 젬러[32], 미하엘리스[33]를 비교 검토하려 해도 깊이 사색할 수 없다는 것이었네. 마을 사람들 가운데 특히 노인들이 매우 불만스러워하는 것 같았다네.

"여러분은 왜 가만히 보기만 하셨습니까?"

나는 물어보았네.

"이 고장 일은 촌장님 마음대로인걸요. 달리 도리가 있어야지요."

그들은 이렇게 대답을 했네.

그런데 한 가지 재미있는 사건이 일어났네. 뜬구름만 잡는 마누라 덕분에 식탁에서 맹물같이 멀건 수프만 마주해야 했던 목사가 마누라의 변덕과 심술을 역이용하여 한몫을 챙기려고 촌장과 공모하여 그 나무를 처분한 돈을 나눠갖기로 했다네. 그러나 재무국에서 그 낌새를 알아채고 '나무 값은 재무국으로 납부하라!'는 통고를 했다는 걸세. 그 법적인 근거란 호두나무가 서 있면 땅이 예전부터 재무국에 속해 있었다는 것이었지. 그리하여 결국 호두나무는 경매로 처분하게 되었네.

어쨌든 그 호두나무는 아직도 그곳에 쓰러져 있다네.

내가 만약 영주라면! 촌장이든 목사와 그 부인이든 재무국이든 모두 다……. 그래, 내가 영주라면! 만일 내가 정말 영주라면 영지(領地) 내의 나무 따위에 신경이나 쓰겠는가!

---

31) 케니코트(Kennikot, 1718~1783). 영국의 신학자이다. 특히 구약성서의 원전 비판으로 유명하다 - 옮긴이
32) 젬러(Semler, 1725~1791). 경건과 신학자로 종교 연구의 자유를 주장했다 - 옮긴이
33) 미하엘리스(Michalis, 1717~1791). 독일의 개혁주의 신학자이다 - 옮긴이

10월 10일

나는 로테의 검은 눈동자를 바라기만 해도 행복에 잠기네. 그럼에도 불구하고 화가 치미는 것은 알베르트가 – 내가 만일 그 친구의 입장이었다면 느꼈을 행복감만큼 – 그다지 행복해 보이지 않았기 때문이라네. 나는 물론 문장 사이에 이따위 작대기를 함부로 죽죽 긋는 짓을 하고 싶지 않네. 그렇지만 달리 표현할 길이 없네. 이것으로 충분히 알 수 있으리라 믿네.

10월 12일

오시안이 내 마음속에서 《호메로스》를 몰아내고 말았네. 이 영웅은 진정 신비한 세계로 나를 끌어들였어! 자욱하게 피어오르는 안개에 싸여 어스름한 달빛 아래 선조들의 혼령을 꾀어내는 비바람을 헤치며 끝없는 광야를 방황하고 있네. 저 산 너머 숲을 울리며 흘러내리는 여울물 소리에 섞여 동굴에서 새어 나오던 혼령의 신음 소리가 사라져 가는가 하면, 전쟁에서 죽어 간 용감한 용사의 이끼 덮이고 풀이 무성한 네 개의 묘석 옆에서 애통하게 울부짖는 처녀의 울음소리가 들려온다네.

이윽고 나는 백발이 성성한 방랑 시인의 모습을 눈앞에 그려 보네. 그는 광막한 황야에서 조상들의 무덤을 찾다가 마침내 그 묘석을 발견하게 되지. 그는 비탄에 젖어 넘실거리는 바다 저 먼 곳으로 가라앉는 정다운 저녁 별을 하염없이 바라본다네. 그리고 이 영웅의 가슴속에는 지난날의 일이 생생하게 되살아나네! 그 무렵 용사들의 위험한 앞길에는 부드러운 빛이 비쳤었네. 꽃다발로 장식된 그들의 개선 전함을 달빛이 훤히 비춰주었던 걸세! 그의 이마에는 깊은 고뇌가 아로새겨져 있어. 마지막으로 혼자 남은 이 영웅도 지칠 대로 지친 채 무덤을 향하여 비틀거리며 걸어간다네. 그러나 지금은 죽어 없어진 사람들의 망령을 앞에 두고 괴로움 가운데 새삼스럽게 타오르는 환희를 깊은 숨으로 들이쉬고 차디찬 대지에서 바람에 나부끼는 무성한 풀을 내려다보며 이렇게 외쳤네.

"아름다웠던 나의 모습을 아는 나그네가 언젠가는 찾아올 것이다. 그리고 물으리라. '노래하던 핑갈의 훌륭한 아들은 어디 있느냐?' 그의 발길은 내 무덤 위를 스쳐 지나갈 것이다. 아무리 그가 이 땅 위에서 나를 찾아 헤맨다 해도 소용이 없으리라!"

아아, 친구여! 나도 그 기품 있는 용사와 같이 검을 뽑아들고 서서히 죽어 가는 생명의 고뇌에서 우리의 영주 오시안을 단번에 해방시켜 주고 싶네. 그리하여 자유를 얻은 그 반신(半神)의 뒤를 쫓아 나 또한 저승으로 가고 싶네.

10월 19일

아아, 이 공허! 내 가슴 가득히 느껴지는 이 무서운 공허! 때때로 나는 한 번만이라도 정말 단 한 번만이라도 좋으니 그녀를 이 가슴에 안아볼 수 있다면 이 공허는 완전히 메워질 수 있을 것이라고 생각한다네.

10월 26일

그렇다네, 친애하는 친구여! 나는 한 인간의 존재란 보잘것없는 것, 정말 보잘것없는 것임을 분명히 알게 되었네. 여자친구한 사람이 로테를 찾아왔네. 나는 옆방으로 책을 가지러 갔었지. 그러나 읽고 싶은 생각은 조금도 들지 않아 하릴없이 무엇이라도 써보려고 펜을 들었네. 그녀들의 이야기 소리가 나직하게 귀에 들려왔다네. 누구는 결혼하게 되고 또 누구는 중병에 걸려 있고 하는 따위의 자질구레한 일을 이야기하고 있었네.

"그분은 기침이 심하시대. 뼈만 남은 데다가 가끔씩 정신을 잃기까지 하신다니 아마 앞으로 얼마 못 사실 거야."

로테의 친구가 말했네.

"×× 씨도 병세가 위독하시다면서?"

로테가 묻자 그 친구가 대답했다네.

"온몸이 퉁퉁 부으셨대."

그렇게 주고받는 이야기를 들으면서 내 줄기찬 상상력은 나를 그 불쌍한 환자들의 병상으로 안내하였네. 내 두 눈으로 그들을 분명하게 보는 것만 같았네. 그들은 이 세상을 등지게 되는 것을 얼마나 애통하게 여기는지 모르네.

그런데 빌헬름, 그녀들의 말투는 마치 얼굴도 전혀 모르는 사람이 죽었다는 소문에 대해 이야기하듯 그렇게 태연했다네. 나는 내가 있던 방 안을 두루 살펴보았네. 로테의 옷가지며 알베르트의 서류 그리고 눈에 익은 가구들과 잉크스탠드까지 새삼스럽게 바라보며 깊이 생각을 해보았어.

'잘 생각해 보아라. 너는 대체 이 집에서 무엇이란 말이냐? 하긴 너의 친구인 로테와 알베르트는 너를 존경하더구나. 한편 너는 그들을 곧잘 즐겁게 해주었고. 너는 이 친구들이 없으면 살아가지 못할 것으로 알고 있다. 그러나 막상 네가 떠나가 버리면, 이 단란한 가정을 떠나면 어떻게 되는가? 네가 없다고 해서 그들이 자신의 운명 속에 생긴 공백을 느낄까? 과연 얼마 동안이나 느낄 수 있을까?

아아, 인간이란 이다지도 허무한 존재란 말인가? 자신의 존재를 정말로 확신할 수 있으며 자신이 현존하고 있다는 것을 실감할 수 있는 유일한 곳. 인간은 사랑하는 연인의 추억이나 마음속에서도 흔적도 없이 사라져버리고 마는 것이라네. 그것도 삽시간에!

10월 27일

인간 관계가 이렇게까지 냉정할 수 있다고 생각하면 나는 그만 내 가슴을 찢고 머리통을 부숴버리고 싶네. 아아, 사랑도 즐거움도 인정도 환희도 내 편에서 먼저 주지 않는 한 상대편에서도 주려 하지 않아. 설령 나의 가슴이 행복으로 가득 차 있다 하더라도 내 앞에 있는 사람이 차갑고 무기력한 얼굴로 아무런 감동도 느끼지 못한다면 그 사람을 행복하게 해줄 수가 없다네.

저녁

내게 아무리 많은 능력이 있더라도 로테를 그리워하는 마음은 그 모든 것을 삼켜버린다네. 내게 아무리 많은 것이 있더라도 그녀가 없으면 모든 것은 무(無)로 돌아가 버리고 만다네.

10월 30일

나는 벌써 몇 백 번이나 로테를 껴안을 뻔했다네. 이렇게나 사랑스러운 그녀의 몸짓을 보면서도 손을 뻗칠 수 없다니, 이 안타까운 심정은 하나님만이 알고 계실 걸세. 잡으려고 손을 내미는 것은 인간이 지닌 가장 자연스러운 충동 아니던가? 어린아이들은 무엇이든 눈에 보이면 손부터 내밀지 않는가?
그런데 나는……?

11월 3일

정말이지, 다시는 깨어나지 않기를 바라면서 잠자리에 드는 경우가 많네. 그러다 이튿날 아침에 눈을 떠 다시금 햇빛을 보게 될 때면 비참하고 한심스러운 심정이 되고는 하지.

아아, 차라리 내가 좀 더 변덕스러워져서 모든 것을 날씨 탓으로, 제3자의 탓으로 혹은 잘못된 계획 탓으로 돌릴 수만 있다면 이 불쾌하고 무거운 짐도 절반은 덜게 되련만. 그러나 슬프게도 나는 모든 죄는 나 한 사람에게 있다는 것을 너무나 뚜렷이 느끼고 있네. 아니, 죄라고 하기보다는 모든 비극의 원인은 내 마음속에 들어 있다는 것이 사실일세. 일찍이 모든 행복의 씨앗이 내 마음속에 숨어 있던 것처럼 지금은 모든 불행의 씨앗이 내 마음속에 숨어 있다네.

아름다움으로 넘쳐흐르는 감정의 물결 속에서 한 걸음씩 앞으로 내디딜 때마다 천국이 열리고 온 세계를 사랑스럽게 껴안는 마음을 가졌던 나와, 비탄에 빠지고 메마른 가슴으로 곧 부서져버릴 것 같은 지금의 나는 같은 인물이 아니겠나?

그러나 이 마음은 이제 죽어버렸네. 이제는 어떠한 감동도 느낄 줄 모르고 눈물 또한 메말라버렸네. 내 감각은 눈물로도 되찾을 수가 없고 이마에는 불안에 겨운 주름이 짙어져 간다네. 내 삶의 유일한 기쁨을 잃었기 때문에 나는 한없이 괴로워하고 있어. 내 주위의 세계를 창조해 내던 그 고귀한 생명력을 잃었다는 걸세.

창을 통해 아스라한 언덕을 내다보고 있노라면 아침 해가 안개를 헤치며 솟아올라 와 고요한 초원을 비추고, 유유히 흐르는 시냇물이 기슭에 늘어선 벌거숭이 버드나무 사이로 굽이치며 나에게 다가온다네. 아아, 그러나 이렇게 아름다운 자연도 내 눈에는 액자 속에 갇힌 한 장의 그림처럼 굳어져버린 것으로 보이네. 어떤 기쁨이라도 나의 심장으로부터 한 방울의 즐거움을 길어 올려 내 머리로 보내지 못한다네. 이른 바 사내대장부인 내가 마치 말라붙은 샘이나 빈 물동이처럼 메말라 하나님 앞에 우두커니 서 있는 것일세! 머리 위의 하늘이 청동같이 닫히고 대지가 바싹 말라버린 연이은 가뭄에 농부가 비를 간청하듯이 나는 땅 위에 엎드려 내게 눈물을 달라고 신께 몇 번이나 기도를 올렸는지 몰라.

아아, 그러나 내가 그토록 애타게 빌었건만 신께서는 비도 햇빛도 주지 않으셨네. 생각하면 할수록 괴롭기만 한 그 시절이 당시에는 어찌하여 그렇게 행복했을까? 그것은 내가 참을성 있게 성령이 찾아오기를 기다리고, 신께서 내게 주시는 환희를 마음속 깊이 감사하며 받아들였기 때문일 것이네.

11월 8일

로테는 나의 무절제함을 책망했네. 아아, 그러나 나를 나무라는 그녀의 태도가 얼마나 사랑스러웠는지! 그녀가 지적한 나의 무절제한 생활 태도란 내가 포도주 한 잔으로 기분 내기 시작했다가 곧잘 한 병을 몽땅 마셔버리는 버릇을 말하는 것이었네.

"그러지 마세요. 로테를 생각해 주셔야지요!"

"로테를 생각하라고요?"

나는 반문했네.

"그런 말을 내게 할 필요가 있을까요? 나는 생각하고 있어요. 아니, 생각하는 정도가 아니지요. 당신은 내 머릿속에서 한시도

떠난 적이 없으니까요. 오늘도 나는 며칠 전에 당신이 마차에서 내렸던 바로 그 장소에 앉아 있는 걸요."

그녀는 더 이상 깊이 들어가지 않으려고 화제를 돌렸네.

친애하는 친구여, 나는 이미 제정신이 아니라네. 나는 다만 그녀가 하라는 대로 할 뿐이네.

11월 15일

빌헬름, 진심에서 우러난 자네의 배려와 호의와 가득 찬 충고에 대하여 고맙게 생각하네. 그러나 너무 걱정하지는 말게. 나도 힘닿는 데까지는 견딜 작정이네. 극도로 지쳐 있지만 아직 밀고 나갈 힘은 있네.

자네도 알다시피 나는 종교를 매우 높이 평가한다네. 나는 종교가 고달픈 사람들에게는 지팡이가 되고 앓는 이들에게는 회생의 샘이 된다는 것을 잘 알고 있어. 그러나 과연 종교가 누구에게나 똑같이 그런 작용을 할 수 있을까? 또 그런 작용을 해야만 할까? 이 넓은 세상에는 설교를 들었건 안 들었건 간에 종교의 영향을 받지 않는 사람이나 또 앞으로도 받지 않을 사람이 수두룩하다는 것을 자네는 알 수 있을 거야.

그런데 종교가 나에게도 그런 역할을 할 수 있을까? 하나님의 아들조차 하나님께서 자기에게 보내주신 자들만이 자기 주위에 모이게 된다고 말하지 않았는가?[34] 만일 내가 하나님께서 보낸

---

34) 〈요한복음〉 17:7 – 옮긴이

인간이 아니라면 어찌 될까? 그리고 내 마음이 나에게 은밀히 속삭이듯이 만일 하나님께서 나를 그 곁에 붙잡아둘 생각이 있으시다면 어떻게 될까?

제발 오해는 하지 말게. 또 내 꾸밈없는 말을 비꼬아 하는 말이라고 생각지는 말아주게나. 나는 내 마음속에 있는 그대로 솔직하게 털어놓았을 뿐이네. 그렇지 않았더라면 그냥 잠자코 있었을 걸세.

나는 나 자신만이 아니라 그 누구라도 알 수 없는 이런 문제에 대하여 중언부언하고 싶지는 않네. 결국 자기 처지를 감내하고 자기 잔의 술을 남김없이 마셔야만 하는 것이 인간의 운명이 아니겠나? 그리고 이 술잔은 하늘에 계신 하나님의 아들에게도 쓴 고배(苦杯)였거늘, 내가 어찌 허세를 부려 내 입에는 달콤한 것처럼 가장하겠나? 또 그럴 필요가 어디 있겠나? 나의 모든 존재가 삶과 죽음의 사이에서 몸부림치며 과거가 어두운 미래의 심연 위에 번갯불처럼 번뜩이고 주위의 온갖 것이 소멸하고 나와 더불어 세계가 몰락하려는 이 무서운 순간에, 내가 수치스러워할 필요가 무엇 있겠나?

제아무리 기어오르려고 발버둥 쳐도 자신의 힘이 모자람을 절실히 느껴 '나의 하나님, 나의 하나님! 어찌하여 나를 버리시나이까?'[35]라고 부르짖지 않는가. 이것은 바로 막다른 낭떠러지로 내몰려 끝없이 추락해 가는 인간의 울부짖음이 아닐까? 그런데 내가 그런 부르짖음을 부끄럽게 여기고 겁먹을 필요가 어디 있겠나? 하늘을 한 필의 피륙처럼 둘둘 말아 버릴 수 있는 하나

---

35) 〈마태복음〉 27:46 – 옮긴이

님의 아들조차 그 순간을 피할 수는 없지 않았던가.

11월 21일

로테는 자기 자신과 나를 동시에 파멸시키는 독약을 스스로 만들고 있다는 사실을 미처 모르고 있네. 나는 입맛을 다시면서 나를 파멸로 인도하기 위해 그녀가 내미는 술잔을 기꺼이 들이 킨다네. 자주—자주라고?—아니, 자주라고는 할 수 없지만 때때로 나를 쳐다보는 그녀의 정다운 시선과 나도 모르게 드러내는 내 감정을 곧잘 받아들이는 그녀의 따뜻한 호의 그리고 그녀의 얼굴에 떠오르는 내 고통에 대한 동정은 결국 무엇을 뜻하는 것이겠나?

어제 내가 떠나올 때에 그녀는 내게 악수를 청하며 이렇게 말했다네.

"안녕히 가세요. 사랑하는 베르테르!"

사랑하는 베르테르! 그녀가 내 이름에 '사랑한다' 라는 말을 한 것은 이번이 처음이었네. 그 한마디 말은 내 골수에 사무쳐 내가 그 말을 입 속에서 몇 백 번이나 되풀이했었는지 모른다네.

그리고 밤이 되어 잠자리에 들 때에도 혼잣말로 중얼거리던 끝에 난데없이 이렇게 말해 버렸네.

"잘 자요. 사랑하는 베르테르!"

그러고는 쑥스러워서 웃지 않을 수가 없었다네.

11월 22일

'로테를 저에게 주소서!' 라고 기도를 할 수는 없네. 하지만 그녀는 가끔 내 사람처럼 느껴지고는 해. 나는 '그녀를 저에게 돌려주소서!' 라는 기도도 드릴 수가 없네. 그녀는 이미 다른 남자의 아내니까 말일세. 나는 한없이 쓰라린 마음으로 그런 궤변을 늘어놓고 있다네. 내 마음이 흘러가는 대로 내버려두면 계속해서 명제와 반대 명제가 끝없이 되풀이될 것 같네.

11월 24일

로테는 내가 얼마나 괴로워하는지 알고 있다네. 오늘 그녀의 눈길은 내 가슴을 깊이 꿰뚫어보는 것 같았지. 내가 찾아갔을 때 그녀는 혼자 있었네. 나는 아무 말도 하지 않았고, 그녀는 나를 물끄러미 쳐다보았네. 나는 더 이상 그녀의 자태에서 사랑스러운 아름다움이라든가 훌륭한 영혼의 광채를 읽어내지는 않네. 그런 것은 내 눈앞에서 모두 사라졌네. 그 대신 그녀는 훨씬 더 황홀한 눈빛으로 내 마음과 영혼을 꿰뚫는 것만 같았네. 깊고 깊은 연민과 내 고통에 대한 더할 바 없이 안타깝고 절실한 공감이 가득 서린 눈빛이었네.

왜 그때 내가 그녀의 발치에 몸을 내던지지 않았을까? 그리고 왜 그녀의 목에 매달려 끝없는 키스 세례로써 보답하지 않았을까? 그녀는 피아노 앞으로 가서 앉았다네. 그러고는 피아노를 치며 멜로디에 맞춰 나지막한 목소리로 달콤하고 아름다운 노래를 불렀지. 나는 여태까지 그녀의 입술이 그토록 매력적으로 보인 적이 없었다네. 그녀의 입술은 마치 피아노에서 흘러나오는 달콤한 멜로디를 들이마시려고 열려 있는 듯했네. 그 순결한 입술에서는 오로지 은은한 메아리만이 새어 나오는 듯했어. 아니, 어떻게 하면 자네에게 그 장면을 그대로 전할 수 있을까? 나는 더 이상 참지 못하고 고개 숙여 맹세했네.

　'하늘의 거룩한 영(靈)이 감돌고 있는 입술이여! 이제 나는 감히 그 입술에 입을 맞출 생각은 하지 않으련다.'

　그렇지만 나는 결코 단념할 수 없었네. 나는 그녀와 입맞춤을 하고 싶단 말일세. 아, 그 희망은 마치 한 공간을 둘로 갈라놓는 장벽처럼 내 마음속에 도사리고 있네. 그 행복을 맛볼 수 있다면 내가 파멸하고 그 죄를 짊어지게 되더라도 좋네. 과연 그것이 죄일까?

11월 26일

　나는 가끔 스스로에게 이렇게 말을 한다네.

　"너의 운명은 비참하기 이를 데 없다. 그러므로 남들이 아무리 불행하더라도 너보다는 행복하다. 너만큼 괴로움을 당하는 자는 이 세상에 아무도 없다."

　그러고는 옛 시인의 시를 읽네. 마치 내 마음을 빤히 들여다보고 쓴 것과 같은 시를. 나는 이렇게 심한 고통을 참고 견뎌야 한다! 아아, 옛 사람도 이처럼 비참했을까?

11월 30일

나는 아무래도 제정신으로 돌아갈 수가 없을 듯하네! 어디에 가나 내 가슴을 찢어놓는 일만 부딪치게 되네. 아, 운명이여! 아, 인생이여!

나는 점심때 강을 따라 걸었네. 입맛을 잃어 식욕이 전혀 없었고 모든 것은 황량해 보이기만 했어. 산마루에서 습하고 차디찬 서풍이 불어와 잿빛 비구름이 골짜기 쪽으로 몰려갔네. 멀리 떨어진 곳에 초록색의 남루한 옷을 입은 한 남자가 눈에 띄었네. 바위 사이를 기어다니며 약초라도 찾는 모양이었어.

내가 가까이 다가가자 그는 인기척을 느끼고 내 쪽을 힐끗 돌아보았네. 나는 그 남자의 얼굴을 보고 흥미를 느끼게 되었네. 얼굴 전체에서 고요한 슬픔이 풍기고 있었으며 아울러 선량한 인간미도 엿볼 수 있었다네. 검은 머리는 두 다발로 둥그렇게 말아 핀을 꽂고 남은 부분은 굵게 땋아 등에 늘어뜨리고 있었지. 옷차림으로 보아 신분이 낮은 사람임을 짐작할 수 있었네. 내가 그의 일에 참견해도 못마땅하게 여기지 않을 듯싶어 무엇을 찾느냐고 물어보았다네.

"꽃을 찾고 있습니다. 그런데 좀처럼 눈에 띄지 않는군요."

그는 한숨을 쉬며 이렇게 대답했네.

"그야 꽃철이 다 지나갔으니 그럴 수밖에요."

나는 미소를 지으며 말했네.

"꽃은 많이 피어 있거든요."

그는 말을 하며 내가 서 있는 곳으로 성큼 내려왔네.

"우리 집 뜰에는 장미하고 인동덩굴 두 가지가 있어요. 하나는 아버지가 주셨는데 둘 다 잡초처럼 우거졌어요. 벌써 이틀째 찾아다니는 데 찾을 도리가 없군요. 이 근처에는 언제나 꽃이 피어 있었어요. 노란 꽃, 파란 꽃, 붉은 꽃들이 말이에요. 그리고 용담초도 예쁜 꽃인데 하나도 보이지 않네요."

나는 그의 말투에서 어쩐지 꺼림칙한 느낌이 들어 넌지시 떠보았네.

"그런데 꽃을 찾아서 무엇에 쓰려는 거요?"

그의 얼굴이 야릇하게 실룩거리는 미소 때문에 약간 일그러졌네.

"비밀을 지켜야 합니다."

그는 대답을 하면서 손가락을 입에 갖다대었네.

"애인에게 꽃다발을 만들어주기로 약속했거든요."

"그것 참 멋지군요."

내가 대꾸했네.

"제 애인은 다른 것은 얼마든지 가지고 있어요. 그녀는 부자니까요."

"그래도 당신이 손수 만들어주는 꽃다발이라면 기쁘게 받을 거예요."

"아아……!"

그는 말을 계속했네.

"그런데 말이에요, 보석도 있고 또 관(冠)도 갖고 있어요."

"대관절 그 사람의 이름이 뭐죠?"

"네덜란드 정부에서 저에게 봉급만 지불해 주었더라면…… ."

그는 딴전을 부리면서 계속 말을 이었네.

"저도 이런 사람이 되지 않았을 겁니다. 한때는 정말 좋았어요. 그러나 이젠 글렀어요. 지금 나는…… ."

그는 먼 하늘을 쳐다보며 눈물을 글썽거렸네. 이슬 맺힌 그의 눈동자가 모든 것을 말해 주었다네.

"그렇다면 전에는 꽤 행복했겠군요?"

"아무렴요. 그런 날이 다시 돌아온다면 얼마나 좋겠습니까! 그땐 참 좋았어요. 물 만난 고기처럼 즐겁고 재미있었지요."

"하인리히!"

그때 마침 그를 부르는 듯한 소리와 함께 한 노파가 우리 쪽으로 왔네.

"하인리히, 여기에 있었구나? 사방으로 찾아다녔단다. 어서 밥 먹으러 가자."

"아드님이신가요?"

나는 노파에게 다가서며 물어보았네.

"네, 불쌍한 아이랍니다. 하나님께서 저희 모자에게 아주 무거운 십자가를 지워주셨지요."

노파가 대답했다네.

"아드님이 이렇게 된 지는 얼마나 되었나요?"

"지금처럼 얌전해진 것은 반 년 전부터예요. 이만하니 다행이지요. 그전에는 꼬박 한 해 동안을 미쳐 날뛰었으니까요. 정신병원에 가두고 사슬로 묶어두었답니다. 지금은 아무한테도 행패를 부리지 않아요. 말끝마다 왕과 황제를 찾아서 탈이지만요. 전에는 정말 상냥하고 온순한 아이였어요. 살림도 제법 잘 도와주곤 했었지요. 글씨도 잘 쓰고요. 그런데 난데없이 우울증이 생기더니 지독한 열병 끝에 그만 미쳐버리더군요. 그러나 지금은 보시는 바와 같이 그만한 편이에요. 말씀을 드리자면 그렇다는 게지요."

나는 물 흐르듯 쏟아지는 노파의 말을 가로막고 물어보았네.

"그런데 아드님의 말을 들어보니 한때는 매우 행복하고 즐겁게 지냈던 모양인데, 그건 어느 때의 이야기인가요?"

"그게 다 실없는 소리예요."

노파는 민망한 듯이 미소를 머금고 말했네.

"미쳤을 때 이야기를 한 거예요. 글쎄 그걸 언제나 자랑삼아 얘기하지 뭐예요. 정신병원에 들어가 있어서 자신에 관한 일은 아무것도 알지 못하는데 말이에요."

노파의 말에 나는 벼락을 맞은 듯한 충격을 받았다네. 나는 지폐 한 장을 노파의 손에 쥐어주고 총총히 그곳을 떠났어.

"내가 행복했던 시절이라!"

나는 입 속으로 중얼거리며 곧장 시내로 발걸음을 재촉했네.

"그때는 정말 물 만난 고기처럼 즐거웠었지!"

하늘에 계신 아버지! 당신은 인간으로 하여금 지각(知覺)을 얻기 전이나 얻었던 지각을 잃어버린 후가 아니면 행복할 수 없도록 우리의 운명을 결정해 놓으셨나요?

가엾은 사나이여! 나는 차라리 그대의 슬픔과 그대를 괴롭히는 정신착란을 부러워하노라! 그대는 희망에 넘쳐 그대가 사랑하는 여왕을 위하여 꽃을 꺾으러 다니는구나. 이 추운 겨울철에 꽃이 피어 있지 않다고 슬퍼하면서도 왜 꽃이 없는가는 이해하지 못한다. 그런데 나는 희망도 목적도 없이 외출했다가 다시 마찬가지 꼴을 하고 집으로 되돌아갈 뿐이다. 그러나 그대는 네덜란드 정부에서 봉급만 지불해 주었다면 훌륭한 사람이 될 수 있었다고 상상하고 있구나. 그대는 행복한 인간이다! 자기가 불행하게 된 것을 세상 탓으로 돌릴 수 있다니 말이다. 그대는 깨닫지 못하고 있다. 그대가 불행하게 된 원인은 파괴된 그대의 황폐한 마음과 착란을 일으킨 머릿속에 있기 때문에 이 지상의 어떤 왕도 그 불행으로부터 그대를 구원할 수 없다는 사실을 깨닫지 못하는 것이다.

병을 고치려고 영험한 샘을 찾아 먼 길을 떠났다가 오히려 그것 때문에 병이 도져 고통을 받게 되었다고 해서 이를 비웃는 인간이나, 혹은 마음의 상처를 입고 양심의 가책에서 벗어날 양으로 그리스도의 무덤을 찾아 순례의 길을 떠난 사람을 보고 비웃는 인간이 있다면 그 인간은 어떤 위안도 받지 못하고 비참하게 죽어도 마땅할 걸세.

발바닥이 찢기면서도 길 아닌 길을 더듬어 개척하는 한 걸음 한 걸음은 고뇌하는 영혼을 쓰다듬어 주는 한 방울의 영약(靈藥)이 되며, 괴로운 하루의 나그네 길을 견뎌낼 때마다 마음의 괴로움은 가벼워져 잠자리의 안식을 누릴 수 있게 된다네. 그것을 어찌 감히 망상이라고 단정하겠나?

그대들, 편안한 자리에 도사리고 앉아 입만 나불거리는 자들이여! 망상! 아아, 하나님이시여! 당신께는 제 눈물이 보이겠지요. 당신은 우리 인간을 이렇게 불쌍하게 만드시고도 모자라 이 보잘것없는 인간이 당신께 품고 있는 쥐꼬리만한 신뢰마저 앗아 가려는 동포들을 덤으로 보내주셔야 했습니까!

만물을 사랑하는 하나님이시여! 우리가 병을 고치는 약초나 포도즙의 효능을 믿는 것은 우리를 에워싼 삼라만상 속에 우리가 그때그때 필요로 하는 힘, 병을 낫게 하고 진정시키는 힘을 당신께서 숨겨두셨다는 것을 믿음이 아니고 무엇이겠습니까?

하나님 아버지시여! 저는 당신을 모릅니다. 한때 저의 마음을 즐거움으로 가득 채워주시더니, 이젠 저를 외면하시는 아버지시여! 하나님 아버지시여! 저를 불러들이소서! 더 이상 침묵하지 마소서! 당신의 침묵에 목마른 이 영혼은 참을 도리가 없나이다.

"아버지! 제가 다시 돌아왔습니다. 여행을 도중에 그만두었다고 책망하지 마십시오. 아버지의 뜻을 받아 좀 더 참고 견뎌야 했을 터이지만 이렇게 되돌아왔습니다. 세상은 어디를 가나 마찬가지더군요. 고생하고 일하면 보수와 즐거움이 따르겠지만 그러나 저에게 그것이 무슨 소용이 있겠습니까? 저는 아버지가 계신 곳이 제일 좋아요. 저는 아버지가 보시는 앞에서 괴로움과 즐거움을 나누렵니다."

생각지도 않았던 아들이 뜻밖의 여행에서 돌아와 그 아버지의 목에 매달려 이렇게 부르짖을 때, 인간이라면 그리고 아버지라면 어찌 그 아들을 탓할 수 있겠나이까? 하늘에 계신 사랑하는 아버지시여! 그런데도 이 아들을 쫓아내려고 하시겠나이까?

12월 1일

빌헬름, 내가 요전 편지에 써보낸 그 행복하고도 불행한 남자
는 로테 아버지의 서기였다네. 남몰래 로테를 사모하여 혼자 냉
가슴을 앓던 끝에 그녀에게 고백했다가 그 일로 쫓겨나 결국 미
치고 말았다는 걸세.

그 이야기를 듣고 나는 얼마나 큰 충격을 받았는지 모르겠네.
그 충격의 정도가 어땠을 것인가는 다만 이 무미건조한 글로써
나마 짐작해 주기 바라네.

알베르트는 아무렇지도 않다는 듯 태연하게 내게 그 이야기
를 해주었다네. 아마 자네도 태연스럽게 이 편지를 읽어 나갈
테지.

12월 4일

제발 부탁이니 나를 이해해 주게. 친구여, 나는 이제 끝장이라
네. 나는 더 이상 참을 수 없네! 나는 오늘 로테의 곁에 앉아 있
었네. 앉아 있었단 말일세. 그녀는 피아노를 치고 있었네. 다채
로운 멜로디에 온갖 감정을 담아서! 가능한 한! 가능한 한 모든
정성을 다해서! 자네는 어떻게 생각하는가? 그녀의 어린 여동생
은 내 무릎 위에 앉아 인형에게 옷을 입혀주고 있었네. 나의 눈
에 눈물이 글썽거렸어. 나는 고개를 숙여버렸지. 그녀의 결혼반
지가 눈에 들어왔고 내 눈에서는 눈물이 마구 쏟아져 내렸다네.

그때 그녀가 갑자기 꿈결같이 감미로운 옛 곡조를 치기 시작했어. 그것은 실로 갑작스런 일이었네. 내 마음을 쓰다듬어 주는 위로와 아련한 추억이 내 가슴속에 스며들기 시작했네. 그리고 지난날 몇 번이고 이 곡조를 들었던 때의 일이나 그 밖의 우울했던 시기와 뜨거운 분노 그리고 물거품으로 돌아갔던 희망에 대한 추억들이 주마등처럼 머릿속에 하나 둘 떠올랐네.

나는 방 안을 왔다 갔다 했었네. 서러움에 복받쳐 가슴이 미어질 것만 같았어.

"제발……!"

나는 격렬한 감정의 폭발을 이기지 못하고 그녀 곁으로 다가가 말했네.

"제발 그만둬 주십시오!"

"베르테르!"

그녀는 곧 손을 멈추고 내 마음속에 사무치도록 깊이 스며드는 미소를 지으며 말했네.

"몸이 안 좋으신가 보군요. 평소에 그렇게 좋아하시던 곡도 마음에 안 들어 하시니……. 그만 댁으로 돌아가 주세요! 부탁이에요. 제발 마음을 진정시키세요."

나는 그 자리를 뿌리치다시피 하고 밖으로 나와버렸네.

오오, 하나님이시여! 당신은 저의 비참한 꼴을 알고 계실 것이오니 이제 그만 끝을 보게 해주십시오.

12월 6일

로테의 모습이 눈앞에서 영 떠나지를 않네. 눈을 뜨고 있을 때나 꿈을 꾸고 있을 때나 한결같이 그녀의 그림자가 내 영혼 구석구석을 차지하고 있어. 눈을 감으면 이마 속 마음의 눈길이 쏠리는 곳에 그녀의 검은 눈동자가 나타나곤 한다네. 바로 여기에 말일세! 자네에게 어떻게 표현해야 할지 알 수가 없네. 눈을 감으면 다시 그녀의 모습이 나타나. 그녀의 눈은 흡사 바다와 같이 혹은 깊은 호수와 같이 내 앞에 나타나서 내 머릿속의 모든 감각을 사로잡아 버린다네.

흔히 반신이라고 일컫는 인간이란 과연 어떤 존재인가? 어느 때보다도 가장 힘을 필요로 하는 순간에 그 힘을 잃고는 하지 않는가? 기뻐서 하늘로 날아오를 듯싶을 때나 슬픔에 못 이겨 땅바닥에 주저앉고 싶을 때나, 어느 경우에도 바로 그때에 좌절하지 않는가? 널리 존재하는 무한 절대자의 품속으로 녹아들기를 바라는 바로 그 순간에 뒷덜미를 잡혀 무겁고 냉철한 의식 속으로 다시 끌려 들어가는 것이 아니던가?

독자에게 드리는 엮은이의 말

나는 우리 친구 베르테르의 생애 마지막 며칠에 대해 그의 자필 기록이 많이 남아 있길 얼마나 바랐는지 모릅니다. 그렇다면 그 기록들을 그대로 나열해 엮을 수 있지만 그렇지 않다면 나의 기술(記述)로 인해 그가 써온 편지의 맥이 끊어지기 때문입니다. 그래서 나는 그의 신상에 대해 알 만한 사람들을 만나 상세하고도 정확한 이야기를 직접 수집해 보려고 애썼습니다. 신상에 관한 내용이라야 알고 보면 간단한 것이기에 몇 가지 사소한 점을 제외하면 모두 이구동성으로 일치했습니다. 다만 그와 밀접한 관계에 있던 사람들의 심정은 의견도 구구했고 판단도 각양각색이었습니다.

결국 내가 엮은이로서 취해야 할 태도는 지금까지 애써 수집한 이야기들을 양심적으로 기술하고, 고인이 죽기 전에 남기고 간 편지를 중간 중간의 적절한 위치에 집어넣으며 비록 몇 줄 안 되는 종이쪽지라도 소중히 취급하는 것밖에는 없습니다. 겉보기에는 단순한 행위라 할지라도 그것이 비범한 사람의 행위라면 그 본래의 독특하고 진정한 동기를 찾아내기가 더욱 어려운 일이므로 그렇게 하는 수밖에 없습니다.

그동안 베르테르의 가슴에 쌓이고 또 쌓인 욕구불만과 불쾌감은 점점 깊게 뿌리박히고 얽히고설켜서 나중에는 그의 존재 전체를 사로잡고 말았습니다. 그의 정신 상태는 균형을 유지하지 못한 채 파괴되었고 마음의 흥분과 격정은 타고 난 그의 본성이 지녔던 힘을 모조리 허물어뜨려 불행한 결과를 초래했습니다. 일종의 허탈감만이 그에게 남았습니다. 그는 온갖 고뇌와 싸워왔습니다. 그리하여 그는 그 허탈감에서 벗어나려고 이제껏 어떤 불행에 맞서 싸울 때보다도 더욱더 안간힘을 썼습니다. 그러나 가슴속 깊이 도사렸던 불안은 그의 정신력 즉 쾌활한 성격이나 예리한 감수성 그리고 밝은 통찰력까지 좀먹어 갔습니다.

남들과 즐겁게 어울려야 할 자리에서도 우울한 표정을 지었으며 자기 처지가 점점 더 비참하고 불행해짐에 따라 불필요한 고집과 무례한 말, 억지스러운 행동이 늘어나게 되었습니다. 알베르트의 친구들은 한결같이 이렇게 이야기했습니다. 그들은 알베르트와 베르테르에 대해 이렇게 주장합니다.

"알베르트는 오랫동안 갈망해 온 행복을 드디어 손에 넣었고 앞으로도 계속 그 행복을 유지해 나가려고 노력해 왔습니다. 그런데 베르테르는 그렇게 순수하고 침착한 알베르트의 인물 됨됨이와 태도 그리고 의중을 제대로 판별하지도 못한 것입니다. 이를 테면 베르테르는 날마다 자기의 전 재산을 탕진해 저녁이 되었을 때는 굶주림으로 괴로워하는 그런 부류의 인간이었던 것입니다."

그들은 또 이렇게도 이야기합니다.

"알베르트의 인품이 그렇듯 단시일 내에 변할 리가 없습니다. 알베르트는 베르테르가 존경해 마지않던 그런 꿋꿋한 성격의 소유자입니다. 그는 누구보다도 로테를 사랑하고 로테를 자랑스럽게 여겼으며 로테가 더할 바 없이 훌륭한 여자라는 것을 누구에게나 인정받고 싶어 했습니다. 그러므로 그가 조금이라도 의혹의 눈으로 아내를 바라보게 되는 일을 미연에 방지하려 했다고 해서, 만일 그럴 위험이 예상될 경우 아무리 순수한 방법이라 하더라도 자기의 그 소중한 보물을 누구와도 나누어 가지려

하지 않았다고 해서 알베르트를 탓할 수는 없는 것입니다."

알베르트의 친구들도 간혹 베르테르가 로테와 함께 있을 때면 알베르트가 스스로 아내의 방에서 나왔다는 사실을 인정하고 있습니다. 그것은 친구인 베르테르가 싫거나 미워서가 아니며, 오로지 자기가 그 자리에 있으면 베르테르가 조금이라도 거북해할 것 같았기 때문이라고 말했습니다.

로테의 아버지는 병석에 누워 있었습니다. 그래서 로테가 보고 싶을 때면 그녀에게 마차를 보내곤 했습니다. 어느 날 로테는 그 마차를 타고 아버지께로 떠났습니다. 첫눈이 소복하게 쌓여 세상이 온통 은빛으로 빛나는 아름다운 겨울날이었습니다.

이튿날 아침에 베르테르는 로테를 뒤쫓아 그곳에 갔습니다. 혹시라도 알베르트가 그녀를 데리러 가지 않는다면 자신이 집까지 데려다 줄 생각이었습니다. 활짝 갠 날씨도 그의 어두운 마음을 밝게 해줄 수는 없었습니다. 그의 마음은 무겁게 억눌려 있었고 슬픈 환영이 그에게서 떠나지 않았습니다. 그의 생각은 끊임없이 이 괴로움에서 저 괴로움을 좇아 비참하게 맴돌 따름이었습니다.

그는 언제나 끝 모를 불만을 품고 살아왔기 때문에 다른 사람들도 언제나 위험하고 혼란스러운 상태일 것이라고 생각했습니다. 그래서 자신이 알베르트와 로테의 사이에 끼어들어 원만한 부부를 망쳐놓았다고 생각하며 자책하고 있었습니다. 동시에 그 자책에는 알베르트에 대한 반감도 어렴풋하게 내포되어 있었습니다.

그는 길을 가면서도 그 생각을 놓치 않았습니다.

"그렇지, 그럴 거야."

그는 입 속으로 중얼거리며 이를 갈았습니다.

"그것이 정답고 부드러우며 매사에 애정이 깃든 부부 사이란 말이지! 그것이 언제나 변함이 없이 차분하고 안정된 부부의 신의라는 것이로구나! 싫증이 난 거야! 그리하여 무관심해진 거야! 알베르트는 소중한 아내보다 보잘것없고 하찮은 일이란 것에 정신이 팔려 있지 않은가? 그는 자기가 누리고 있는 행복을 제대로 평가하고 있을까? 그는 로테에게 그녀가 지닌 가치에 합당한 존경을 바치고 있을까? 그러면서도 그는 로테를 소유하고 있다. 암, 소유하고 있고말고. 그것은 더 말할 필요도 없는 것이다. 말하지 않아도 벌써 알고도 남는 사실이다. 그런 생각은 이제 익숙해져 있다.

그럼에도 불구하고 그 생각을 하면 미칠 것만 같다. 죽을 것만 같다. 그런데 왜 알베르트는 나와의 우정을 유지하는 것일까? 로테를 좋아하는 나의 마음이 자기 권리를 침해한다고 생각하지나 않을까? 그리하여 로테에 대한 나의 애정을 자기에 대한 무언의 비난이라고 생각하지는 않을까? 나는 분명히 잘 알고 있다. 나는 그것을 절실히 느끼고 있다. 그는 나와 만나기를 꺼려한다. 내가 멀리 떠나버리면 좋겠다고 생각하는 것이며 이곳에 있는 나라는 존재가 눈엣가시처럼 거슬리는 것이다."

그는 빨라지는 걸음을 몇 번이고 늦추거나 멈추었습니다. 때로는 오던 길을 되돌아가려고도 했습니다. 그러나 그럴 때마다 역시 발걸음을 앞으로 내딛으며 깊은 생각에 잠겨 혼잣말을 중얼거리다가 결국에는 자신의 의지와 달리 로테 아버지의 수렵 별장에 도착하고 말았습니다.

현관에 들어선 베르테르는 그 집 어른과 로테의 안부를 물었습니다. 웬일인지 집 안의 분위기가 평소와는 다르게 뒤숭숭해 보였습니다. 로테의 가장 큰 남동생이 발하임에서 농부 한 명이 살해당했다는 이야기를 해주었습니다! 그러나 그 소식은 베르테르에게 그다지 큰 자극을 주지 않았습니다.

그가 방문을 열고 들어섰을 때 로테는 아버지를 열심히 설득하고 있었습니다. 노인은 자신이 환자라는 것도 망각하고 범행 현장으로 가 직접 조사하겠다고 고집을 피웠기 때문이었습니다. 범인은 아직 밝혀지지 않았고 타살당한 피해자의 시신은 이른 아침에 그곳 주점 앞에서 발견되어 여러 가지 억측을 불러일으키고 있었습니다. 피살자는 어느 미망인의 집에서 일하는 머슴이었습니다. 그 미망인은 전에도 다른 머슴을 고용했었는데, 예전 그 머슴이 해고를 당하는 바람에 불만을 품고 그 집에서 나갔다는 것이었습니다. 그런 이야기를 듣자마자 베르테르는 자리에서 벌떡 일어나 큰 소리로 외쳤습니다.

"그런 일이 일어나다니……! 제가 가봐야겠습니다. 한시도 지체할 수 없는 일입니다!"

그는 발하임을 향해 급히 출발했습니다. 그는 자기와 몇 번 이야기를 나누었던 그 머슴이 범행을 저지른 것이라고 단정한 것이었습니다.

시체를 발견한 주점으로 가려면 예의 보리수나무 사이를 지나가야 했는데, 이전에는 그렇게 좋은 느낌을 주었던 그 장소가 소름 끼칠 정도로 무섭게 느껴졌습니다. 이웃 아이들이 곧잘 모여 떠들고 놀았던 그 주점의 문 앞은 피로 물들어 있었습니다. 인간의 가장 아름다운 감정이라고 할 수 있는 사랑과 진심이 폭력과 살인으로 돌변한 것입니다. 커다란 보리수는 잎이 모두 떨어진 채 서리에 덮여 있었습니다. 교회 묘지의 야트막한 담을 에워쌌던 무성한 생울타리도 벌거숭이가 되었고 앙상한 나뭇가지 사이로 눈 덮힌 묘석이 보였습니다.

주점 앞에는 마을 사람들이 모두 모여서 웅성거리고 있었는데 베르테르가 가까이 다가갈 즈음 별안간 소란스러워지기 시작했습니다. 멀리서 다가오는 무장 경관 무리가 보였기 때문이었습니다. 모두들 범인이 잡혀온다고 소리치고 야단법석이었습니다. 베르테르도 그쪽을 향해 머리를 돌렸습니다. 역시 그의 예상이 들어맞았던 것입니다. 범인은 그 미망인을 끔찍이 사랑한 바로 그 머슴이었습니다. 베르테르는 불과 얼마 전에도 분노와 절망에 싸여 방황했던 그를 만난 일이 있었습니다.

"어떻게 그런 끔찍한 일을 저질렀나, 이 불쌍한 사람아!"

베르테르는 소리를 치며 붙잡혀오는 그 남자에게 다가갔습니다. 그 남자는 베르테르를 조용히 바라보기만 할 뿐 입을 열지 않았습니다. 이윽고 착 가라앉은 어조로 이렇게 말했습니다.

"아무도 그 여자를 차지할 수 없습니다. 누구도 그 여자를 손에 넣을 수 없습니다."

범인이 주점 안으로 끌려 들어가자 베르테르는 서둘러 그 자리를 떠났습니다. 이 끔찍하고 충격적인 사건으로 베르테르의 마음은 뿌리부터 뒤흔들렸고, 모든 것이 뒤죽박죽되어 극도의 혼란에 빠졌습니다. 지금까지 그를 괴롭히던 슬픔과 불만, 허탈과 자포자기의 상태에서 일순간 벗어날 수 있었습니다. 그 대신 그 남자에 대한 뿌리칠 수 없는 동정심에 사로잡혀 그 남자를 구해 주고 싶다는 강렬한 욕구가 밀려왔습니다. 그 남자의 불행이 뼛속까지 느껴져 사람을 죽이긴 했지만 죄가 없다고 생각했습니다. 자기가 그 남자의 처지였더라도 그런 일을 저질렀을지 모른다고 생각했기 때문에, 다른 사람들에게도 그렇게 납득시킬 수 있으리라 믿었습니다. 범인을 변호해 주고 싶은 마음이 불같이 일어 당장에라도 열렬한 변론이 튀어나올 것처럼 입 안에서 맴돌았습니다. 그는 즉시 수렵 별장을 향해 발길을 재촉하며 법무관에게 할 이야기를 처음부터 끝까지 되뇌어보지 않고서는 견딜 수가 없었습니다.

방 안에 들어가 보니 그사이에 알베르트가 와 있었습니다. 베르테르는 그를 보고 기분이 상했지만 곧 마음을 진정시키고 법무관에게 범인을 옹호하려는 자기 생각을 불을 뿜듯이 토로하였습니다. 법무관은 머리를 옆으로 두세 번 저었습니다.

베르테르는 모든 힘과 정열과 열성을 기울여 인간이 인간을 변호할 수 있는 모든 어휘를 총동원하여 자기 소신을 피력했지만, 말할 필요도 없이 법무관의 마음은 조금도 움직이지 않았습니다. 뿐만 아니라 법무관은 베르테르의 말이 끝나기를 기다리지도 않고 그 말을 가로막으며 강경한 반론을 펴기 시작했습니다. 살인범을 옹호하다니 될 말이냐며 베르테르를 책망하는 것이었습니다. 이어서 그는 베르테르의 말이 받아들여진다면 모든 법률은 무효화되고 국가의 질서도 완전히 파괴될 것이라고 덧붙였습니다. 끝으로 자신은 이러한 사건의 최고 책임자로서 모든 처리 절차가 법에 따라 엄정히 집행되도록 힘쓸 것이라고 말했습니다.

그래도 베르테르는 단념하지 않고 혹시 그 남자가 도망칠 수 있도록 도와주는 사람이 있다면 너그러이 선처해 달라고 법무관에게 거듭 간청했습니다. 그러나 법무관은 그것마저도 당연히 거절했습니다.

드디어 알베르트도 대화에 끼어들어 법무관의 편에서 말하기 시작했습니다. 베르테르는 자기의 생각을 납득시키는 데 실패하고 말았습니다.

"안 될 말이네. 그런 자는 살려둘 수 없네!"

결국 그는 두세 번 거듭하는 법무관의 말을 듣고 말할 수 없이 괴로운 표정을 지으며 그곳을 떠났습니다. 법무관의 말이 그에게 얼마나 사무치는 충격을 주었는지 모릅니다. 그것은 그의 서류 가운데에서 발견된 다음과 같은 쪽지를 보아도 짐작할 수 있습니다. 이 쪽지는 분명히 그날 썼던 것으로 보입니다.

불쌍한 인간이여! 그대는 끝내 구원받을 수 없다. 나는 우리가 구원받지 못할 것이라는 사실을 잘 알고 있다.

알베르트가 나중에 법무관의 면전에서 범인에 대하여 했던 마지막 말은 베르테르의 귀에 몹시 거슬렸습니다. 그 말 속에서 자기에 대한 반감을 은연중에 내비쳤다고 느꼈기 때문입니다. 하기는 명석한 베르테르가 곰곰 생각해 보면 법무관과 알베르트의 주장이 지당하다는 사실을 모를 리 없었습니다. 그러나 막상 승복하고 인정한다면 자기의 존재를 뿌리째 부정해야 될 것 같은 생각이 들었던 것입니다.

그의 서류 속에서 이와 관련된 쪽지도 발견하였는데 이것은 그와 알베르트의 관계를 단적으로 보여주고 있습니다.

그는 훌륭하고 선량한 사람이다. 그러나 이런 말을 되풀이하여 나 자신에게 아무리 말해 본들 무슨 소용이 있겠는가! 다만 내 애간장을 갈기갈기 찢어놓을 따름이다. 나는 결코 공정한 입장에 설 수가 없는 것이다.

그날 저녁은 눈이 녹기 시작할 만큼 포근한 날씨였기에 로테와 알베르트는 함께 집으로 걸어왔습니다. 돌아오는 길에 그녀는 가끔 뒤를 돌아보았습니다. 아마 베르테르가 동행하지 않아 못내 서운했던 모양입니다.

알베르트는 베르테르에 관한 이야기를 끄집어내고는 객관적인 시각에서 베르테르를 비난했습니다. 베르테르의 불행한 정열에 대해 언급하면서 될 수 있는 대로 그를 멀리하고 싶다고 말했습니다.

"나는 우리 두 사람을 위해서도 그렇게 하길 바라오. 제발 부탁이오. 당신에 대한 그의 태도가 달라지도록 또 그가 너무 자주 찾아오지 않도록 해주구려. 남들의 눈도 있지 않소? 벌써 여기저기 소문이 돌기 시작했다는 걸 알고 있다오."

로테는 잠자코 듣기만 했습니다. 알베르트는 로테의 침묵이 못마땅했던지 그 후로는 일절 베르테르의 이야기를 입 밖에 내지 않았습니다. 그리고 간혹 로테가 베르테르의 이야기를 하면 애써 침묵을 지키거나 다른 곳으로 화제를 돌렸습니다.

베르테르가 그 불쌍한 남자를 구해 보려 했던 헛된 노력은 꺼져 가는 등불의 마지막 불꽃이었다고 할 수 있습니다. 그는 날이 갈수록 고뇌와 절망 속에 빠져 들어가 아무것도 할 수 없을 따름이었습니다. 게다가 범인은 범행을 완강히 부인하고 있었으므로, 경우에 따라서 베르테르 자신이 반대 증인으로 소환될지도 모른다는 말을 들었을 때는 거의 실신할 만큼 허탈한 상태에 빠졌습니다.

베르테르가 직장생활을 하면서 겪었던 모든 불쾌한 일들−공사와의 불화에서 싹튼 불만과 불평, 그가 저지른 모든 과오, 비위를 상하게 하던 여러 가지 모욕 등이 그의 마음속에 명멸했습니다. 그 모든 우여곡절을 겪었기 때문에 일이 손에 잡히지 않고 허송세월하게 된 것도 당연하다고 생각하였습니다.

그는 자신이 사회활동을 하려고 해도 좀처럼 실마리를 찾을 수 없는 무력한 사람이기 때문에 장래의 모든 희망이 끊어지고 말았다는 생각을 했습니다. 그리하여 그는 자신의 평범하지 않는 감정이나 사고방식 그리고 끝없는 정열에 완전히 몸을 내맡겼고, 사랑하는 여자와의 슬픈 교제를 언제까지나 끊지 못하다가 그녀의 안정된 생활마저 교란시키고 희망도 목적도 없는 일에 무리하게 정력을 허비해 버려 날로 비참한 종말을 향해 줄달음쳤던 것입니다.

그의 정신적 혼란과 정열, 그칠 줄 모르는 몸부림과 줄기찬 노력, 삶에 대한 권태. 이 모든 것은 그가 남긴 몇 통의 편지가 가장 확실한 증거가 될 것이므로 여기에 수록하려고 합니다.

12월 12일

친애하는 빌헬름! 나는 지금 악령에 사로잡힌 것이라고 믿어졌던 불행한 사람들과 같은 상태에 놓여 있네. 때때로 무엇인가 내게 달려들어 사정없이 나를 포박한다네. 그것은 불안도 아니고 욕망도 아니라네. 영문을 알 수 없는 그 무엇이 내 마음속에서 미친 듯한 난동을 부리고 있어. 그것이 내 가슴을 갈기갈기 찢어놓고 내 목을 조른다네. 괴롭다! 정말 못 견디도록 괴롭다! 그럴 때면 나는 하릴없이 인간을 적대시하는 이 계절의 처참한 밤 풍경 속을 홀로 방황한다네.

어제 저녁에도 나는 밖으로 나가지 않고는 배길 수가 없었다네. 갑자기 풀린 날씨로 눈이 녹아내려 강물이 범람하고 개울도 넘쳐흘러 발하임 아래쪽 그 골짜기까지 물에 잠겨버렸다는 이야기를 들었어.

밤 11시가 넘어서 나는 밖으로 뛰쳐나갔네. 눈앞에 어마어마한 광경이 펼쳐졌다네. 바위 위에서 아래를 내려다보았더니 사나운 물줄기가 달빛 속에 소용돌이치면서 밭이고 목장이고 생울타리고 할 것 없이 모두 뒤덮어버렸더군. 그 널따란 골짜기는 이리저리 휘몰아치는 폭풍 속에 위에서부터 아래까지 온통 거세게 물결치는 성난 바다가 되어 있었네! 이윽고 숨어 있던 달이 먹장구름을 뚫고 나타나자 내 눈앞에 가로놓인 물바다가 달빛을 반사하며 소름 끼칠 정도로 장엄하게 소용돌이쳐 흘러 내려가는 광경이 보였다네. 나도 모르게 온몸이 떨리면서 억제할 길 없는 그리움에 사로잡혔어.

아아, 그때 나는 두 팔을 활짝 벌리고 심연을 향해 서서 깊고 깊은 숨을 들이마셨네. 그리고 나의 모든 고뇌와 슬픔을 그 거센 폭풍과 함께 성난 파도에 흘려보낼 수 있다는 환희에 싸여 나는 그만 넋을 잃고 말았다네.

아아, 그러나 나는 이 대지에서 발을 떼고 몸을 날려 이 모든 괴로움에 종지부를 찍고 깨끗이 지워버리지는 못했네. 내 생명의 모래시계에서 모래가 아직 다 흘러내리지 않았다는 것이 느껴졌네.

아아, 빌헬름! 저 몰아치는 바람으로 구름을 갈기갈기 찢고 나의 슬픔과 고통을 휘몰아 갈 대홍수를 일으킬 수만 있다면 나라는 인간의 존재쯤은 얼마든지 내던질 수 있었다네.

아아! 이렇게 얽매여 있는 이 몸에도 머지않아 그런 환희가 주어지지 않겠는가?

언젠가 무더운 여름날 산책 중간에 로테와 함께 앉아 쉬었던 버드나무 그늘 쪽을 슬픈 마음으로 내려다보았네. 그곳 역시 물에 잠겨 그 버드나무가 있던 곳이 어디인지 분간할 수도 없었네. 빌헬름, 로테네 목장과 수렵 별장 근처는 어찌 되었을까 하고 나는 생각했어. 우리의 추억이 서린 정자도 지금쯤 사나운 물결에 휩쓸려 엉망이 되었을 것이라는 생각도 들었네. 그러자 마치 감옥에 갇힌 죄수들이 자기 집, 가축, 목장 혹은 높은 지위로 출세하는 꿈을 꾸듯 지난날의 감미로운 햇살이 따사롭게 비추며 내 안으로 들어왔다네. 나는 그대로 그 자리에 서 있었어. 나는 나 자신을 나무라지 않겠네. 나에게는 스스로의 목숨을 끊을 만한 용기가 있다네. 그럴 마음만 먹는다면……

그렇지만 나는 지금 여기에 앉아 있네. 죽음이 가까워 오는, 기쁨도 보람도 없이 이어지는 불쌍한 목숨을 단 한순간이라도 더 연장하고 편히 지내려고 생울타리에서 땔감을 긁어모으며 남의 집 문 앞에서 빵을 구걸하는 노파처럼 말일세.

12월 14일

이것이 대체 어찌된 영문일까? 친애하는 친구여! 나는 나 자신이 두려워 스스로에게 놀라고 있네. 로테에 대한 나의 사랑은 어디까지나 신성하고 순결하여 마치 오누이 사이와 같은 우애가 아니겠나? 일찍이 내가 그녀에게 마음으로나마 바랄 수 없는 소원이나 더러운 욕정을 품은 일이 한 번이라도 있었던가? 물론 맹세를 할 수는 없네. 그런데도 그런 꿈을 꾸다니!

아아, 그렇기 때문에 이토록 모순되는 갖가지 작용을 어떤 불가사의한 힘의 조화 탓으로 돌리는 사람들의 마음이 진실하다는 것일세.

지난밤에 일어난 일이었네. 입에 올릴 생각만 해도 전신이 떨린다네. 나는 그녀를 두 팔로 꼭 껴안고 가슴에 품은 채 사랑을 속삭이는 그녀의 입술에 뜨거운 키스를 수없이 퍼부었네. 내 눈은 황홀한 빛을 띤 그녀의 눈동자 속을 정신없이 헤매었네. 신이시여, 지금도 제가 그 벅찬 환희를 가슴 가득한 그리움으로 되살려 생각하고 말할 수 없는 행복감에 잠긴다면, 과연 저는 벌을 받아 마땅한 죄를 짓는 것입니까?

로테! 로테! 나는 이제 막바지에 달했네! 나의 감각은 천 갈래 만 갈래로 흩어져 혼란에 빠지고 벌써 일주일 전부터 사고력을 상실했다네. 내 눈에서는 눈물이 넘쳐흐르고 낙담을 하다가도 갑자기 기분이 좋아지기도 해. 어떤 장소에 가도 아무 상관이 없네. 나는 아무것도 기대하지 않으며 또 아무것도 바라지 않네. 그러니 역시 나는 떠나는 편이 좋을 것 같네.

세상을 떠나려는 베르테르의 결심은 이 무렵 점점 굳어져 간 것으로 보입니다. 로테의 곁으로 돌아온 이후 죽음은 언제나 그의 마지막 기대이자 희망이었습니다. 그러나 그는 지나치게 서둘러서 일을 저지르면 안 된다고 생각했습니다. 확신을 가지고 냉철한 결단을 내려 마지막 행동을 실천에 옮겨야 한다고 자신에게 타일렀습니다. 그의 회의나 마음의 갈등은 빌헬름에게 보내는 편지의 서두로 짐작되는 한 장의 종이쪽지에 잘 나타나고 있습니다. 이것도 역시 그의 서류 속에서 발견되었는데 작성된 날짜는 씌어 있지 않았습니다.

그녀의 현재 생활, 그녀의 운명 그리고 내 운명에 대한 그녀의 동정심은 이미 잿더미가 된 내 머릿속에서 아직도 최후의 눈물을 자아내고 있네.

장막을 들추고 그 안쪽에 발을 들여놓으면 된다! 그러면 모든

게 끝나는 것이다! 그런데 어찌하여 이렇게 주저하고 머뭇거리며 겁을 내는 것일까? 그 안이 어떤 곳인지 몰라서? 아니면 한 번 가면 다시 돌아올 수 없는 길이기 때문에? 어쨌든 확실한 정체를 알 수 없는 곳에는 혼란과 암흑만이 있다고 짐작하게 되는 법이지. 그것이 우리 인간 정신의 특성이란 것 아니겠는가?

이처럼 베르테르는 마지막까지 슬픈 상념에 점점 더 빠져들어 돌이킬 수 없는 확고부동한 결심을 하게 되었습니다. 그 점에 대해서는 그가 친구에게 보냈던 다음과 같은 두 가지의 뜻이 담긴 편지가 증언을 해줄 뿐입니다.

12월 20일

빌헬름, 그 말을 그렇게 해석해 주다니 자네의 우정을 고맙게 생각하네. 자네의 말이 확실히 옳음을 인정하겠네. 나는 이제 떠나는 것이 좋을 것 같네. 그러나 자네들에게 돌아오라는 제안을 그대로 받아들일 수는 없네. 적어도 나는 우회하는 길을 택하고 싶네.

이제부터 무섭게 계속되는 추위에 길이 단단히 얼어 여행하기에 좋을 것 같군. 자네가 나를 데리러온다는 것도 대단히 고마운 일이네. 하지만 2주일만 연기해 주게. 그사이에 내가 편지로 자세한 것을 알려주겠네. 무엇이든 완전히 무르익기 전에는 따지 않는 것이 좋겠지. 그런 점에서 2주일 전과 후는 상당한 차이가 있다네.

우리 어머니께는 아들을 위해 계속 기도해 달라고 말씀드려 주게. 아울러 내가 어머니께 여러 가지 걱정을 끼쳐드려 죄송하게 생각한다는 말도 전해 주게. 기쁘게 해주어야 할 사람들을 도리어 슬퍼하게 만들고 말았으니 그것도 나의 운명인가 보네.

그럼 잘 있게나, 나의 친애하는 친구여! 하늘의 모든 축복이 자네에게 내려지기를!

그 무렵 로테의 심경에 어떤 변화가 일어났는지, 남편에 대하여 그리고 가엾은 베르테르에 대하여 어떻게 생각하고 있었는지 그것을 말로 표현하기는 어려울 것 같습니다. 그러나 그녀의 성격으로 미루어 보아 어느 정도 짐작이 가지 않는 바도 아닙니다. 아름다운 영혼을 가진 여성이라면 그녀의 영혼을 추측하여 그녀와 거의 똑같이 느낄 수도 있을 것입니다.

어쨌든 이것만은 분명한 사실입니다. 그녀는 베르테르를 멀리할 수 있는 모든 조치를 취해야겠다고 마음속으로 굳게 결심했으리라는 것 말입니다. 때때로 그녀가 그렇게 하기를 망설였던 것은 오직 진정으로 베르테르를 아끼는 마음에서였습니다. 자신의 그러한 결심이 베르테르에게는 얼마나 괴로운 희생을 요구하는 일이며 또한 거의 불가능한 일을 바라는 것과 같다는 것을 그녀는 잘 알고 있었습니다.

그러나 그 무렵 그녀는 좀 더 단호한 태도를 취해야 할 처지에 몰렸던 것입니다. 그녀는 베르테르와의 관계에 대하여 언제나 침묵을 지켜왔으며 알베르트 역시 그 일에 대해 입을 떼려 하지 않았습니다. 그렇기 때문에 그녀는 자신의 마음가짐이 남편 못 지않다는 것을 행동으로써 증명해 보여야 한다고 생각했던 것입니다.

베르테르가 여기에 싣는 편지를 친구에게 마지막으로 썼던 그날은 크리스마스를 앞둔 일요일로 그날 저녁에 그는 로테를 찾아갔습니다. 그녀는 마침 집에 혼자 있었으며, 어린 동생들을 위해 크리스마스 선물로 사온 몇 가지 장난감들을 정리하고 있었습니다.

베르테르는 그녀에게 아이들이 그 선물에 많이 기뻐할 것이라고 말하고, 갑자기 문이 열리면서 색색 가지 양초와 과자와 사과 등으로 장식된 크리스마스트리가 나타나면 천국에라도 간 듯이 황홀해졌던 어린 시절을 이야기했습니다.

"당신도……."

그러면서 로테는 아름다운 미소로 당황스러운 표정을 지워버리는 것이었습니다.

"당신도 얌전히 계시면 선물을 받게 되실 거예요. 양초와 그 밖의 다른 것들도……."

"얌전하게 있으라니 그게 무슨 말입니까?"

베르테르는 커다란 소리로 반문했습니다.

"제가 어찌하면 되겠습니까? 대관절 어떻게 하라는 것인가요? 로테!"

"목요일 저녁이 바로 크리스마스이브예요. 그때 아버지와 동생들이 한자리에 모여 각각 선물을 받는답니다. 선생님도 그때 오세요. 하지만 그 전에는 오지 마세요."

베르테르는 그만 가슴이 철렁했습니다.

"제발 부탁이에요. 달리 어쩔 도리가 없어요. 제 마음이 안정되기를 원한다면 부디 그렇게 해주세요. 이대로는 안 돼요. 그냥 이대로 가다가는 아무래도 안 되겠어요!"

그는 로테에게서 시선을 돌리고 한동안 방 안을 이리저리 왔다 갔다 하면서 가만히 중얼거렸습니다.

"이대로 가다가는 안 된다……?"

로테는 그의 말투에서 자신이 베르테르를 얼마나 무서운 상태로 몰아넣었는지 곧 알아차리고, 여러 가지 질문을 던져 그의 관심을 다른 방향으로 돌리려 했습니다. 그러나 소용이 없었습니다.

"좋아요, 로테!"

베르테르는 큰 소리로 외쳤습니다.

"앞으로는 두 번 다시 당신을 만나지 않겠습니다!"

"왜 그렇게 말씀하세요?"

로테는 말했습니다.

"베르테르! 당신은 앞으로도 저와 만날 수 있고 또 만나주셔야 해요. 다만 정도가 지나치지 않았으면 좋겠다는 것뿐이에요. 당신은 왜 그렇게 격렬한 성격과 무엇이든 한 번 시작한 것은 뿌리를 뽑고야 말겠다는 정열을 갖고 태어났을까요? 제발 부탁이에요."

그녀는 이렇게 말하면서 베르테르의 손을 잡았습니다.

"제발 조금만 자제해 주세요! 당신이 지닌 정신이나 학식이나 재능이라면 여러 가지 기쁨을 찾을 수 있을 거예요. 남자답게 행동해 주세요. 당신을 딱하게 여기며 동정하는 것이 고작인 저 같은 여자에 대한 애착이나 생각일랑 거두어주세요."

베르테르는 이를 악물고 처참한 얼굴로 그녀를 쳐다보았습니다. 그녀는 여전히 베르테르의 손을 잡은 채 말을 이었습니다.

"얼마 동안이라도 좋으니 마음을 진정시키세요. 당신은 자기 자신을 속이며 스스로 파멸을 자초하고 있어요. 왜 하필이면 저를……. 베르테르, 왜 이미 다른 남자의 아내가 된 저를……? 저는 두려워요. 저를 가질 수 없다는 사실 자체가 당신의 욕망에 부채질하는 것이 아닌가 싶어서 더욱 두려워지는 거예요."

베르테르는 너무나도 큰 충격을 받아 정신이 나간 듯하면서도 매우 못마땅한 눈초리로 로테를 쳐다보며 그녀의 손에서 자기 손을 슬그머니 빼냈습니다.

"역시 현명하시군요!"

베르테르는 외쳤습니다.

"아주 빈틈없이 현명합니다. 알베르트가 그렇게 말하라고 일러 준 모양이지요? 대단한 전략이로군요!"

"그런 말은 누구라도 할 수 있어요."

로테는 대꾸했습니다.

"이 넓은 세상에 왜 당신 마음에 드는 여성이 한 사람도 없겠어요? 마음먹고 열심히 찾아보세요. 반드시 찾아낼 수 있을 거예요. 우리는 벌써 오래 전부터 비좁고 답답한 틀 속에 자신을 가둬놓고 스스로를 결박하는 당신의 모습을 보며, 당신을 위해서도 우리를 위해서도 얼마나 걱정을 해왔는지 몰라요. 마음을 추슬러 용단을 내리세요. 어디 여행이라도 다녀오시면 틀림없이 기분이 나아질 거예요. 정말이에요. 당신에게 어울리는 훌륭한 상대를 찾아 데리고 오세요. 그렇게 되어 우리가 진정한 우정에서 우러나는 행복을 함께 누린다면 얼마나 좋겠어요?"

"그런 이야기는……."

베르테르는 싸늘한 미소를 입가에 올리며 말했습니다.

"그대로 인쇄하여 가정교사들에게 배부해 주며 권장해도 좋을 듯하군요! 로테! 조금만 더 나를 이대로 내버려두십시오. 곧 만사가 해결될 테니까……."

"베르테르, 제발 크리스마스이브까지는 제게 오지 말아주세요, 네?"

베르테르가 그 말에 대꾸를 하려는데 마침 알베르트가 방으로 들어섰습니다. 두 남자는 서로 냉랭한 인사를 나누고 어색한 분위기를 무마하려는 듯 방 안을 이리저리 서성였습니다.

베르테르는 싱거운 이야기를 몇 마디 던지다가 그만두어 버렸습니다. 알베르트 역시 마찬가지였습니다. 그는 아내에게 부탁해 두었던 일에 대해 몇 마디 물어보고 로테가 아직 그 일을 처리하지 못했다고 말하자 한두 마디 더 말을 건넸습니다. 그 말투가 베르테르에게는 차디차게 아니, 매우 냉혹하게 들렸습니다.

그는 그 방에서 나오려고 했으나 우물쭈물 망설이며 있다 보니 어느새 8시가 되어 있었습니다. 그동안에도 그의 불쾌감과 불만감은 점점 심하게 상승되었습니다. 결국 식사 준비가 다 되었을 때 베르테르는 모자와 단장을 집어들었습니다. 알베르트가 함께 식사하자고 붙잡았으나 베르테르의 귀에는 겉치레 인사에 불과했기에 고맙다는 쌀쌀한 말 한마디를 던지고 밖으로 나와버렸습니다.

그는 곧바로 집에 돌아왔습니다. 젊은 하인이 등불을 켜들고 안내하려 했으나 베르테르는 그의 손에서 등불을 받아들고 혼자 자기 방으로 들어가 소리 내어 울음을 터뜨리고 말았습니다. 그러고는 흥분한 채 혼잣말을 중얼거리며 방 안을 왔다 갔다 하다가 옷을 입은 그대로 침대에 쓰러졌습니다.

11시쯤 하인이 구두를 벗기려고 조심조심 방 안에 들어가 보았을 때에도 그는 여전히 같은 모습으로 침대 위에 아무렇게나 쓰러진 채였습니다. 베르테르는 하인에게 구두를 벗기게 한 다음, 다음 날 아침에 자기가 부를 때까지는 절대로 방에 들어오지 말라고 일렀습니다.

12월 21일 월요일 아침, 베르테르는 로테에게 다음과 같은 편지를 썼습니다. 이 편지는 그가 죽은 뒤 그의 책상 위에서 발견되어 로테에게 전해졌습니다.

그는 여러 가지 사정으로 그 편지를 단번에 내려쓰지 않고 중간 중간 쓰기를 멈추었다가 다시 쓴 것이 확실합니다. 그 순서에 따라 군데군데 삽입하여 소개하겠습니다.

로테여, 드디어 결심했습니다. 나는 죽을 것입니다. 나는 이 편지를 일체의 낭만적인 과장을 배제하고 냉정한 마음으로 당신을 마지막으로 만나게 될 바로 그날 아침에 쓰고 있습니다.

사랑하는 로테여! 당신이 이 편지를 읽을 무렵 이미 차디찬 무덤이 이 불안하고 불행했던 남자의 **빳빳하게** 굳어버린 시체를 덮고 있을 것입니다. 나는 살아 있는 날의 마지막 순간마저도 당신과 이야기를 나누는 것보다 더 큰 즐거움을 알지 못했습니다.

어젯밤에는 한없이 무서운 시간을 보냈습니다. 아아, 그러나 그 밤은 고마운 밤이기도 했습니다. 죽으려는 나의 결의를 굳혀 행동으로 옮기겠다는 결정을 내린 밤이었기 때문입니다. 어제 내가 흥분한 나머지 당신을 뿌리치다시피 하고 집으로 돌아왔을 때, 그 모든 일이 내 마음속에서 고개를 들었습니다. 그리하여 당신 곁에 있으면서도 아무런 희망이나 기쁨도 맛볼 수 없게 된 나의 존재가 나의 심장에 싸늘한 비수를 들이대는 것을 느끼면서, 나는 내 방에 들어가 정신없이 무릎을 꿇었습니다.

오오! 신이시여, 당신은 저에게 쓰디쓴 눈물을 마지막 위안으로 주셨습니다. 수많은 계획과 무한한 희망이 내 마음속에서 미친 듯이 소용돌이쳤습니다. 그리하여 마침내 죽어야겠다는 최후의 결단이 확고부동하게 내 마음을 차지하게 되었습니다. 그대로 자리에 누웠습니다. 아침에 잠에서 깨어나 맑은 정신으로 다시 생각해 보아도 그 생각은 변함없이 내 가슴에 단단히 뿌리 박혀 있었습니다. 죽자! 이것은 결코 절망이 아닙니다. 확신입니다. 지금까지 내가 참고 견디다가 당신을 위해 스스로 목숨을 바친다는 확신입니다.

그렇습니다, 로테! 내가 어떻게 잠자코 있을 수만 있겠습니까? 우리 세 사람 가운데 누군가 한 사람은 없어져야 합니다. 내가 그 한 사람이 되려는 것입니다.

오오, 사랑하는 로테여! 천 갈래 만 갈래로 흐트러진 나의 가

습속에서는 이따금 미친 생각이 떠오르기도 했습니다. 죽이겠다
는 그 생각 – 당신의 남편을! 당신을! 나를! 아니, 나 스스로를 죽
여 사라지게 하자! – 은 이제 그 마지막 결심으로 굳어졌습니다.

혹시 어느 아름다운 여름날 해질 무렵에 산에 오르게 된다면
부디 나를 생각해 주십시오. 아무쪼록 내가 즐거이 골짜기를 거
쳐서 그 언덕에 자주 오르던 일을 추억해 주십시오. 그리고 내
무덤가에 무성하게 자란 풀들이 노을빛 속에서 쓸쓸히 바람에
나부끼는 광경을 건너다보아 주십시오.

이 편지를 쓰기 시작했을 때는 침착했었는데 지금은 어린애
처럼 울고 있습니다. 내가 떠나고 난 뒤의 그 모든 정경이 머릿
속에 생생히 떠오르는 까닭입니다.

베르테르는 오전 10시 무렵에 하인을 불렀습니다. 그는 옷을
입으면서 이삼일 후에 여행을 떠날 터이니 옷을 손질하고 필요
한 짐을 꾸릴 수 있도록 준비해 놓으라고 일렀습니다. 그리고 돈
을 지불해야 할 곳에는 잊지 말고 청구서를 요청하고, 빌려줬던
책 몇 권도 찾아오도록 시켰습니다. 끝으로 매주 약간씩 생활 보
조금을 보태주던 몇몇 가난한 사람들에게는 두 달 치를 한꺼번
에 미리 지불하라고 지시했습니다.

그는 자기 방으로 식사를 가져오도록 해 식사를 마치고는 곧
말을 몰아 법무관을 찾아갔으나 공교롭게도 법무관은 마침 외
출 중이었습니다. 그는 깊은 상념에 잠긴 채 정원을 이리저리 거
닐었습니다. 죽기 전까지 모든 추억을 가슴 깊이 간직하려는 듯
이 보였습니다.

늘상 그랬던 것처럼 로테의 동생들이 베르테르를 가만히 놔둘 리가 없었습니다. 그의 꽁무니를 쫓아다니고 매달리면서 내일하고 그다음 내일 그리고 다시 또 한 밤만 자면 크리스마스 선물을 받으러 로테에게 갈 것이라고 즐겁게 재잘댔습니다. 그러면서 어린아이다운 상상력을 마음껏 펼쳐 '얼마나 멋진 선물을 받게 될까?' 하고 기대하는 것이었습니다.

"내일하고 그다음 내일 그리고 다시 또 한 밤만 자면⋯⋯!"

베르테르는 큰 소리로 아이들의 말을 되풀이하며 아이들에게 정성 어린 입맞춤을 해주었습니다. 이윽고 그가 떠나려 하자 작은 꼬마 아이가 무슨 비밀 얘기를 하듯 베르테르의 귀에다 입을 대고 소곤거렸습니다.

"형들이 연하장을 썼어요. 아주 커다란 걸로요! 아버지에게 한 장, 로테 누나와 매형에게 한 장 그리고 아저씨에게도 한 장 썼어요. 형들은 설날 아침에 그걸 드릴 거래요."

꼬마 아이가 고백했습니다. 그 말을 들은 베르테르는 더 이상 참을 수가 없어서 아이들에게 돈을 얼마씩 쥐어주고는 아버지께 인사를 전해 달라고 부탁한 다음, 말 등에 뛰어올라 눈물을 흘리며 그 자리에서 떠났습니다.

그는 오후 5시쯤에 집으로 돌아왔습니다. 그는 하녀에게 난롯불을 잘 살펴서 밤중까지 꺼지지 않도록 하라고 당부하고, 하인에게는 아래층에 있는 책이나 속옷을 트렁크에 넣고 옷가지는 자루에 넣어 입구 쪽을 꿰매두라고 일렀습니다. 그러고 나서 얼마 후에 로테에게 보내는 마지막 편지에 다음과 같은 구절을 쓴 것으로 보입니다.

당신은 내가 찾아가리라고는 미처 생각지 못하고 있을 것입니다. 당신의 말대로 크리스마스이브에나 만날 수 있으려니 생각했겠지요. 오오, 로테! 그러나 오늘이 아니면 우리는 영원히 만날 기회가 없습니다. 크리스마스이브에 당신은 이 편지를 손에 들고 와들와들 떨며 뜨거운 눈물로 이것을 적실 것입니다. 나는 단행하겠습니다. 그렇게 하지 않을 수 없습니다. 아아, 결심을 하고 나니 얼마나 마음이 후련한지 모르겠습니다.

한편 로테는 아주 이상한 기분에 사로잡혀 있었습니다. 베르테르와 마지막 이야기를 나눈 후, 그녀는 그와 헤어지는 것이 자신에게 얼마나 어려운 일이며 동시에 베르테르도 자기와 헤어지는 것이 얼마나 가슴 아플지 절실히 느끼게 되었습니다. 로테는 알베르트에게 크리스마스이브가 되기 전에는 베르테르가 오지 않을 것이라고 넌지시 말해 두었습니다.

때마침 알베르트는 예정에 없던 볼일이 생겨 근처에 사는 어떤 관리의 집으로 가 그날 밤을 그곳에서 묵게 되었습니다.

로테는 집에 혼자 있었습니다. 곁에는 동생도 없었습니다. 그녀는 자신의 입장을 곰곰이 생각해 보았습니다. 그녀는 자신이 남편과 영원한 인연으로 굳게 결합되어 있다는 사실을 새삼스럽게 깨달았습니다. 그녀는 남편의 사랑과 성실성을 잘 알고 있을 뿐만 아니라 자신도 그를 진심으로 존경하며 사랑하고 있다는 것을 깨달았습니다. 남편의 침착하고 믿음직스러운 인품은 그것을 바탕으로 아내로서 행복을 쌓아올리도록 하늘이 정해 준 것이라고 느껴졌습니다. 그녀는 남편이 자기 자신에게는 물론 앞으로 낳을 아이들에게도 언제까지나 소중한 존재임을 절실히 깨닫게 된 것입니다.

그러나 한편으로 베르테르 역시 그녀에게 소중한 존재가 아닐 수 없었습니다. 처음 만난 그 순간부터 두 사람의 마음은 아름답게 일치하여 조화를 이루었고, 오랫동안 교제하며 겪었던 여러 가지 일들이 그녀 가슴에 지울 수 없는 추억으로 아로새겨진 것입니다. 그녀가 흥미롭게 느끼거나 생각한 것을 모두 베르테르와 함께 나누던 버릇이 몸에 배어, 만일 그가 영원히 자기 곁에서 떠나버린다면 자신의 마음속에는 무엇으로도 메울 수 없는 구멍이 뚫릴 것 같았습니다.

아아, 이럴 때 베르테르를 오빠로 삼을 수 있다면 그녀는 얼마나 행복할 것인가! 아니, 그와 자기의 친구 중 한 사람과 결혼시킬 수만 있어도 그와 알베르트의 관계를 종전대로 회복시킬 수 있으련만! 로테는 주변의 친구들을 하나하나 짚어보았습니다. 그러나 저마다 어딘가 결점이 있어서 베르테르의 배필로서 어울릴 만한 친구는 하나도 찾아낼 수 없었습니다.

이렇게 여러 모로 생각해 보는 동안에 그녀는 뚜렷하게 의식한 것은 아니었지만, 베르테르를 자기 곁에 머물게 하는 것이 자신의 은밀한 소망이라는 것을 처음으로 느꼈습니다. 동시에 그녀는 그를 자기 곁에 붙잡아둘 수는 없는 일이며 또 그렇게 해서는 안 된다고 자기 자신에게 타일렀습니다. 그토록 순결하고 아름다운 마음씨로 언제나 쾌활하고 거리낌 없던 로테의 마음이 이제는 행복의 희망마저 잃은 듯 우울한 그림자에 덮여 그녀는 가슴이 답답해지는 것을 느끼게 되었습니다.

그럭저럭 6시 30분쯤 되었을 때 로테는 누군가 계단을 올라오는 발소리를 들었습니다. 그녀는 그 발소리와 자기를 찾는 목소리로 베르테르가 찾아왔다는 것을 대번에 알 수 있었습니다. 그녀의 가슴이 거세게 두근거렸습니다. 그를 맞이하면서 이토록 가슴이 두근거린 일은 처음이었습니다. 그녀는 그를 만나지 않는 편이 좋을 것 같다는 생각을 했습니다. 그래서 그가 방 안에 들어서자 그녀는 방망이질 치는 가슴 때문에 당황스럽고 흥분한 목소리로 외쳤습니다.

"약속을 어기시는군요."

"나는 약속을 한 적이 없습니다."

베르테르는 대답했습니다.

"약속은 하지 않았더라도 저의 청을 들어주셨더라면 좋았을 텐데……."

그녀는 말했습니다.

"저는 우리 두 사람의 평온을 지키기 위해 그런 청을 드렸던 거예요."

그녀는 이렇게 말하면서도 자기가 무슨 말을 하는 것인지조차 분명히 알 수가 없었습니다. 그리고 베르테르와 단둘이 있는 것을 피하려고 하녀를 시켜 자기 친구 두어 명을 부르러 보냈을 때에도 대체 자기가 무슨 짓을 하고 있는지 분간할 수가 없었습니다.

베르테르는 가지고 온 책 몇 권을 내려놓으며 다른 식구들이 집에 있느냐고 물었습니다. 그녀는 친구들이 어서 와주었으면 싶기도 하고 아예 오지 않았으면 싶기도 했습니다.

이윽고 하녀가 돌아와 두 친구들에게 모두 볼일이 있어서 올 수 없다는 전갈을 가져왔습니다. 로테는 하녀에게 뭔가 일을 시켜 바로 옆방에 있도록 하려는 생각도 했지만, 다시 생각해 보고 그만두었습니다.

베르테르는 방 안을 서성거리고 있었습니다. 로테는 피아노 앞에 앉아 미뉴에트를 치기 시작했습니다. 그러나 어쩐지 제대로 연주할 수가 없었습니다. 그녀는 마음을 가다듬고 여느 때와 마찬가지로 긴 의자에 앉아 있는 베르테르의 곁으로 가 태연스럽게 걸터앉았습니다.

"뭐라도 읽을거리가 없으세요?"

그녀는 물었습니다. 베르테르의 손에 아무것도 들려 있지 않았기 때문입니다.

"그렇다면 저기 저 서랍 안에……."

그녀가 다시 입을 열었습니다.

"왜, 당신이 번역한 오시안의 시가 몇 편 있잖아요? 저는 아직 읽어보지 않았어요. 당신이 읽어주었으면 하고 늘상 생각했는데……. 그러나 좀처럼 그 기회를 가질 수도 만들 수도 없었네요."

베르테르는 미소를 지으면서 그 원고를 꺼냈습니다. 그것을 손에 들었을 때 베르테르의 온몸은 전율하고 있었습니다. 원고를 펴들고 가만히 들여다보는 그의 눈에서 눈물이 먼저 주르륵 흘러내렸습니다. 이윽고 그는 자리에 앉아 그 원고를 읽기 시작했습니다.

저물어 가는 밤하늘의 별이여! 그대는 서녘에서 찬란히 반짝이며 구름 사이로 빛나는 얼굴을 들고 의연하게 언덕을 넘어가누나. 그대는 무엇을 찾기에 저 거친 벌판을 눈여겨보는가? 휘몰아치던 바람은 잦아들고 멀리서 골짜기의 물 흐르는 속삭임이 들려오도다. 아득히 출렁거리는 물결은 바위를 희롱하고 저녁 날벌레들은 무리지어 붕붕거리며 들판 위로 날아가는데, 눈부신 빛이여! 그대는 무엇을 찾는가? 하지만 조용히 웃음 지으며 지나가는 그대를 반기는 듯 물결은 기꺼이 그대를 안고 사랑스런 그대의 머리칼을 감겨주도다. 잘 가라, 고요한 별빛이여! 어서 나타나라, 오시안의 장려한 영혼의 빛이여!

그 빛은 힘차게 나타났도다. 세상을 떠난 벗들이 지난날처럼 로라의 황야에 모여드는 것을 보노라. 핑갈[36]은 안개에 젖은 기둥처럼 나타나고 용사들이 그를 에워싸고 있나니, 보라! 노래하는 시인들을. 백발이 성성한 울린! 체구도 당당한 리노! 사랑스러운 가인(歌人) 알핀! 그리고 그대 고요히 탄식하는 미노나여! 그대들 나의 친구여! 셀마[37] 성의 축제일 이후 그대들은 얼마나 변하였는가? 그날 산들거리는 봄바람이 언덕을 넘어와 가녀리게 속삭이는 풀잎을 번갈아 어루만지듯 우리는 서로 노래의 영광을 겨루지 않았던가!

그때 마침 어여쁜 미노나가 나타났으니, 내리감은 눈에 눈물을 머금은 그녀의 머리카락은 언덕에서 불어오는 심술궂은 바람결에 물결치고 있었노라. 그녀가 아름다운 노래를 부르자 용사들의 가슴은 슬픔에 젖었노라. 그것은 그들이 벌써 몇 번이고 살가르[38]

---

36) 오시안의 아버지이다 – 옮긴이
37) 스코틀랜드 북부의 산이다 – 옮긴이
38) 콜마의 연인으로 콜마의 오빠와 결투하다가 함께 죽었다 – 옮긴이

의 무덤과 하얀 콜마의 어두운 집을 보아왔기 때문이노라.

아아, 슬프도다! 아름다운 노래를 부르던 콜마가 그 언덕 위에서 버림을 받았도다. 살가르는 돌아오겠다고 약속했으나 사방은 이미 어두운 밤의 장막으로 둘러싸이고 말았도다. 들어보라, 언덕 위에 홀로 앉아 있는 콜마의 저 노랫소리를!

콜마

밤이 왔어요! 나는 비바람이 몰아치는 여기 이 언덕에 버림받아 홀로 있어요. 바람은 산 속에서 울고 물줄기는 울부짖으며 바위 위를 흘러내려요. 이 언덕에 버림을 받은 나에게는 비를 피할 움막조차도 없어요. 아아, 달님이여! 어서 구름을 헤치고 나오세요. 밤하늘의 별님이여! 그 빛을 보여주세요. 그대들의 빛으로 그리운 나의 사람이 있는 곳으로 나를 데려다 주세요. 지금쯤 그이는 시위를 푼 활을 곁에 놓아둔 채, 거센 입김을 내뿜으며 끙끙거리는 개들에게 에워싸여 사냥에 지친 몸을 쉬고 있을 거예요. 그러나 나는 여기 수풀 우거진 개울가 바위 위에 홀로 앉아 있어야만 한답니다. 강물은 소용돌이치고 비바람 소리는 요란한데, 내 사랑하는 사람의 목소리는 들려오지 않네요!

어찌하여 나의 살가르는 주저하고 있는 것인가요? 벌써 약속의 말을 잊었단 말인가요? 저기에는 바위와 나무가 있고 여기엔 콸콸 흐르는 물살이 있는데, 밤이 내려오면 이곳으로 오겠다던 그대는 어디에 계신 건가요? 아아, 나의 살가르가 길이라도 잘못 들었단 말입니까? 그이가 오시면 저 오만한 아버지와 오라버니를 버리고 함께 도망치려 했건만! 오랜 세월을 두고 그이와 우리 집안은 원수 사이였지만 우리 두 사람은 결코 원수가 아니었지요. 아아, 살가르여!

오오, 바람이여! 잠시 멈추어줘요. 오오, 강물이여! 내 목소리가 골짜기에 울려 퍼져 길을 잃고 헤매는 살가르에게 들리도록 잠시만 숨죽여줘요! 살가르여! 여기 나무와 바위가 있는 곳에서 이렇게 외치고 있는 사람은 바로 당신의 여인이랍니다. 살가르여! 그리운 나의 님이여! 나 여기에 있어요. 어이하여 그대는 오시지 않는 것인가요?

보세요! 저기 달이 나타났어요. 냇물은 골짜기에서 빛나고, 잿빛 바위는 언덕 위에 우뚝 솟아 있어요. 그러나 높은 산봉우리에도 그이의 모습은 보이지 않고, 앞장서서 꼬리 치며 그이가 온다고 알려줄 사냥개 한 마리 보이지 않으니, 나만 홀로 여기 앉아 기다려야 하는군요! 저 아래 벌판에 누워 있는 사람은 누구인가요? 혹시 내가 사랑하는 그이일까요? 아니면 내 오라버니일까요? 오오, 그리운 친구들이여, 말해 줘요. 그대들이 대답을 하지 않으니 내 가슴만 불안에 떨고 있잖아요! 아아, 그대들이 이미 죽은 자들이 되었다니요! 그대들의 칼이 결투로 흘린 피에 젖어 빨갛게 물들었군요! 오오, 오라버니여, 오라버니여! 어찌하여 나의 살가르를 죽였나요? 오오, 살가르여! 어찌하여 나의 오라버니를 죽였나요? 내게는 두 사람 모두 소중한 분이었건만. 오오, 오라버니는 언덕 위의 수많은 사람들 중에서도 뛰어나게 아름다웠고, 살가르는 전쟁에서 얼마나 용감했던지요! 대답해 주세요. 내 목소리를 들어주세요. 그리운 사람들이여! 아아 그러나 두 사람 다 말이 없군요! 영원토록 이어질 침묵인가요? 어쩌면 그토록 흙덩이처럼 차가운 가슴을 지녔나요?

아아, 언덕의 바위에서, 비바람 몰아치는 산봉우리에서······ 말해 주세요. 죽은 자들의 영혼이여! 이야기해 주세요. 나는 조금도 두렵지 않아요. 휴식을 찾아 어디로 가신 건가요? 산 속 어느 동굴에 가면 그대들을 찾을 수 있는 건가요? 바람결에 귀를 기울여도 가냘픈 소리조차 들리지 않네요. 언덕 위에서 불어오는 비바람에 찢기어 희미한 대답조차 들을 수 없네요.

나는 탄식하며 여기 앉아 있어요. 나는 눈물을 머금고 아침을 기다리고 있어요. 죽은 자의 벗들이여! 어서 무덤을 파헤쳐주세요. 그리고 내가 갈 때까지 도로 덮어버리지 말아요. 꿈같이 사위어 가는 덧없는 이 목숨. 어찌 나 혼자 살아남겠어요? 나는 여기 바위에 부딪쳐 울부짖으며 흐르는 개울가에서 친구와 함께 살겠어요. 언덕 위에 밤이 깃들고 벌판에 바람이 몰아칠 때, 나의 넋은 그 바람의 일부가 되어 그리운 친구들의 죽음을 서러워할 거예요. 사냥꾼들은 움막에서 내 목소리를 듣고 두려워하면서도 귀를 기울이겠지요. 그리운 친구들을 애도하는 내 목소리가 감미롭고 아름답게 울리므로. 두 사람 모두를 사랑했어요. 내게는 몹시도 소중한 분들이었어요.

오오, 미노나여! 이것이 그대의 노래였노라. 토르만의 딸, 상냥하고 수줍은 아가씨여! 우리는 콜마를 위해 눈물을 흘렸고 마음은 어둠 속을 헤매었노라.

울린은 하프를 손에 들고 알핀의 노래를 불러주었노라. 그 노랫소리는 그리움에 떨고 리노의 가슴에선 불꽃이 튀었노라. 그러나 그들은 이미 좁은 무덤 속에서 잠들고 그들의 목소리는 셀마 성에서 더 이상 울려 퍼지지 못하였노라. 일찍이 그 두 용사들이 숨 지기 전에 울린은 사냥에서 돌아와 언덕 위에서 그들이 다투어 부 르던 부드럽고 서러운 노래를 들었노라. 용사 중의 용사인 모라르[39] 의 죽음을 슬퍼하는 노래를. 그의 영혼은 핑갈의 그것과 같았고 그 의 칼은 오스카르[40]의 그것과 같았노라. 그러나 모라르는 싸우다 쓰러졌노라. 그의 아버지는 비탄에 잠겼고 용감한 모라르의 누이 동생 미노나의 눈에서는 눈물이 비오듯 하였노라. 미노나는 비바 람을 예측하고 아름다운 얼굴을 구름 속에 감추는 서녘 하늘의 달 과도 같이 울린의 노래가 들려오기 전에 미리 물러갔던 것이라. 나 (오시안)는 그 슬픈 노랫소리에 맞춰 울린과 함께 하프를 탔노라.

리노

사납던 바람은 자고 몰아치던 비도 멈추어 하늘이 맑게 개고 구름은 흩어졌도다. 구름 사이에 숨었다가 다시 나온 태양은 언덕 위를 비추어주고, 산 속의 거센 계곡물은 빨갛게 물들어 골짜기를 내달리는도다. 흐르는 계곡물이여! 그대의 속삭임이 감미롭구나, 하지만 내 귀에 들려오는 저 목소리는 더욱 아름답구나. 그것은 죽 은 자들을 슬퍼하는 알핀의 목소리로다. 나이 들어 등이 굽었고 눈 물로 짓무른 눈두덩이 불그스레하구나. 알핀이여! 그대 뛰어난 가 인이여! 그대는 어찌하여 말 없는 언덕 위에 홀로 서 있는가? 숲 속 을 스쳐 가는 바람결처럼 아득히 먼 기슭에 밀려드는 물결처럼 어 찌하여 그대는 슬피 한탄하는가?

---

39) 미노나의 오빠이다 — 옮긴이
40) 오시안의 죽은 아들이다 — 옮긴이

알핀

　리노여! 나의 눈물은 죽은 자들을 애도하고 나의 노래는 무덤 속에 잠든 자들을 서러워하노라. 언덕 위에 서 있는 그대의 모습은 미끈하기가 이를 데 없고 황야의 아들들이 에워싼 그대 얼굴은 아름답기 짝이 없도다. 그러나 그대도 모라르처럼 쓰러지고 말 것이다. 그대의 무덤가에는 애도하는 벗들이 모여 앉을 것이며 언덕은 그대를 잊을 것이다. 그대의 활은 시위가 풀린 채 바닥에 쓰러져 있을 것이다.

　오오, 모라르여! 그대는 언덕 위의 노루처럼 재빠르고, 밤하늘에 타오르는 불길처럼 용감했도다. 그대의 노여움은 폭풍우 같았고, 전쟁터에서 그대의 칼은 황야를 내달리는 번갯불과 같았도다. 그대의 목소리는 비 그친 후의 산 여울이었고 아득한 언덕 위의 우레 소리였도다. 수많은 전사들이 그대의 손에 쓰러졌고 그대 노여움의 불길은 그들을 태워버렸도다. 그러나 그대가 전쟁에서 돌아왔을 때 그대의 이마에는 평화가 깃들어 있었도다. 그대의 얼굴은 비바람 그친 후의 태양과 같았고 고요한 밤하늘의 달과 같았도다. 그대의 가슴은 광풍이 그친 뒤의 호수처럼 고요했도다.

　이제 그대의 집은 비좁기 그지없고 그대의 잠자리는 어둡기 한이 없구나. 나는 단지 세 걸음으로 그대의 무덤을 잴 수 있노라. 오오, 지난날에 그토록 위대했던 그대련만, 지금은 오직 이끼 긴 네 개의 돌덩이만이 유일하게 그대가 있었음을 말해 주는구나! 잎사귀 떨어진 나무 한 그루와 바람에 나부끼는 키 큰 풀잎들이 그곳이 용감했던 모라르의 무덤이라는 것을 사냥꾼들에게 알려주고 있을 뿐이로다. 그대의 죽음을 슬퍼하는 어머니도 없고 사랑의 뜨거운 눈물을 뿌릴 애인도 없나니, 그대를 낳은 이는 이미 세상을 떠났고 모르그란의 딸도 숨진 자의 대열에 속했기 때문이로다.

저기 지팡이에 몸을 의지하고 있는 저 사람은 누구인가? 백발이 성성한 머리를 이고 눈물로 눈자위가 붉게 짓물렀구나. 오오, 모라르여! 저이는 바로 그대의 아버지, 그대 이외에는 누구의 아버지도 아니로다! 그는 전쟁에서 용감했던 그대의 명성을 들었고 적이 그대에게 쫓겨 사방으로 흩어져 갔다는 소문을 들었노라. 아아 그러나 그대의 상처에 대해서는 미처 못 들었던가? 통곡하라! 모라르의 아버지여, 통곡을 하라! 그러나 당신의 아들은 그 통곡 소리를 듣지 못하리라. 죽은 자의 잠은 깊고 그 티끌로 된 베개는 얕으니라. 산 사람의 외침은 그의 귀에 들리지 않고 당신이 부르는 소리에도 눈을 뜨지 않으리라. 오오, 무덤 속에도 밝은 아침이 찾아와 잠든 자에게 '어서 잠에서 깨어나라! 고 소리칠 날이 있겠는가?

잘 있거라, 이 세상에서 가장 고귀한 자여! 그대 전쟁의 정복자여! 그러나 이제 그 전쟁은 그대를 다시 볼 수 없고 그대의 칼 빛이 우거진 숲 속을 비추는 일도 없으리라. 그대는 자손을 남기지 않았건만 노래가 있어 그대의 이름을 길이 전할 것이로다. 그리하여 후세 사람들은 전쟁에서 쓰러진 그대 모라르의 이야기를 듣게 되리라.

용사들은 소리 내어 슬피 울었노라. 그 가운데에서도 아르민의 찢어질 듯한 통곡 소리가 가장 컸노라. 젊은 나이에 전쟁터에서 쓰러진 자신의 아들을 생각했기 때문이리라. 그 이름을 사방에 떨친 갈말의 영주 카르모르도 용사 아르민의 곁에 앉아 있었노라.

"아르민은 어찌하여 슬피 우는가?" 하고 그는 말을 이었노라. "그대가 울어야 할 까닭이 무엇인가? 마음을 녹여주는 즐거운 노랫소리가 들려오지 않는가? 그것은 호수에서 피어올라 산골짜기에 퍼지는 안개와 같고, 그 이슬은 능히 꽃봉오리를 피어나게 하리라. 그러나 태양이 다시 솟아오르면 안개는 걷히게 마련이니…… 아르민이여! 호수로 둘러싸인 콜마의 지배자여! 어찌하여 그대는 그토록 깊은 슬픔에 잠겨 있는가?"

나더러 슬픔에 잠겨 있다고? 그래, 나는 슬프도다. 내 괴로움의 뿌리는 결코 얕지 않노라. 카르모르여! 그대는 아들을 잃은 적이 없고 꽃처럼 피어나는 딸을 잃은 적도 없도다. 용감무쌍한 그대의 아들 콜가르와 처녀들 중 가장 아름다운 그대의 딸 아닐라도 그대 곁에 살아 있지 않는가? 그대 집안의 나무에는 잎이 무성하도다. 오오, 카르모르여! 그러나 아르민은 내 집안의 마지막 자손이노라. 오오, 내 딸 다우라여! 너의 잠자리는 캄캄하기만 하구나! 무덤 속에서 이어지는 너의 잠은 무겁고 답답하리라! 너는 어느 세월에 잠에서 깨어나 고운 목소리로 아름다운 노래를 들려줄 것인가? 일어나라, 가을바람이여! 어두운 벌판에 휘몰아쳐라! 숲 속을 흐르는 거센 물결이여, 줄기차게 흘러라! 비바람이여, 울부짖어라 떡갈나무 가지 끝에서! 오오, 달이여, 구름장을 헤치고 너의 창백한 얼굴을 보여주어라! 나의 자식들이 죽어 간 그 무서운 밤을 나에게 생각나게 하여라. 용감한 아린달이 쓰러지고 귀여운 다우라가 숨진 그 밤을 나에게 상기시켜 다오.

다우라, 나의 귀여운 딸아! 너는 아름다웠노라! 푸라의 언덕을 비추는 달처럼 아름답고 쌓인 눈처럼 희고 들이마시는 산들바람처럼 향기로웠노라! 나의 아들 아린달아! 너의 활은 억셌고 너의 창은 날쌨으며 너의 눈초리는 물결 위의 안개와 같았고 너의 방패는 폭풍 속의 불기둥이었노라.

전쟁터에서 이름을 떨친 아르마르가 찾아와서 다우라에게 사랑을 구했노라. 다우라는 오래 거절하지 못하였도다. 그들의 미래를 염려해 주는 벗들의 소망은 아름다웠도다.

그러나 오드갈의 아들 에라트는 제 형이 아르마르의 손에 죽임을 당했기에 원한을 품고 뱃사공으로 변장하여 찾아왔노라. 파도를 헤치며 가는 그의 배는 아름답기 그지없었고 백발을 인 위엄 있는 그의 얼굴엔 위엄이 감돌았도다. "아름다운 아가씨 가운데 가장 아름다운 아가씨여! 아르민의 귀여운 딸이여! 멀지 않는 바다 한가운데 저기 저 바위 기슭 나무의 붉은 열매가 반짝이는 곳, 거기서 아르마르가 그대 다우라를 기다리고 있다오. 그의 애인을 인도하려고 거친 바다를 건너 내가 왔소이다."

다우라는 에라트를 따라나서 아르마르의 이름을 소리 높여 불렀건만 대답하는 것은 오직 바위에 부딪쳐 부서지는 물결 소리뿐이었더라. "아르마르여! 그리운 사람이여! 어찌하여 그대는 나를 이토록 근심케 하시나요? 아르나르트의 아들이여, 들어주세요! 다우라가 그대를 부르고 있어요."

배신자 에라트는 비웃으며 뭍으로 도망쳤도다. 다우라는 목청껏 아버지와 오라버니를 불렀노라. "아린달! 아르민! 다우라를 구해 줄 사람은 어디에도 없는 건가요?" 그녀의 목소리는 바다를 건너 울려 퍼졌도다. 그때 풍성한 사냥 노획물에 신이 나 언덕을 뛰어내려온 나의 아들 아린달의 허리춤에서는 화살이 덜그럭거리고 손에는 활이 쥐어져 있었으며 그의 주위에는 흑회색 사냥개 다섯 마리가 꼬리를 치며 따르고 있었도다. 그는 바닷가에서 에라트를 발견하자마자 곧 덜미를 잡아 떡갈나무에 얽어매고 허리를 칭칭 동여맸도다. 에라트의 신음 소리는 바람을 타고 공중에 가득 찼더라.

아린달은 다우라를 데려오려고 조각배를 바다에 띄웠도다. 그때 격분한 아르마르가 달려와 회색빛 살깃이 달린 화살을 쏘았노라. 분노의 신음 소리를 울리며 날아간 화살이…… 오오, 아린달이여! 나의 아들이여! 너의 가슴에 박힐 줄이야! 쓰러진 것은 배신자 에라트가 아니라 바로 너였구나! 조각배는 바위에 닿았지만 아린달은 그만 숨을 거두고 말았도다. 오오, 다우라여! 너의 발밑을 오라버니의 피가 적시었구나! 너의 원통함과 슬픔을 그 무엇에 비할 것인가?

거센 파도는 아린달의 조각배를 산산이 부숴버렸도다. 아르마르는 너를 구하든지 스스로 죽을 작정으로 바다에 뛰어들었도다. 그때 언덕에서 돌개바람이 물결 위로 휘몰아쳐 아르마르는 물 속으로 가라앉아 버리고 다시는 떠오르지 않았도다.

나는 파도에 씻기는 바위 위에 홀로 서서 내 딸의 슬픈 울음소리를 들었노라. 처절하게 몸부림치며 외치는 그 소리를 듣고서도 이 아비에게는 딸을 구할 기력이 없었도다. 나는 밤새도록 바닷가 기슭에 서서 어슴푸레한 달빛 아래 딸의 모습을 지켜보며 딸의 울부짖는 소리를 들었노라. 바람 소리는 거세고 빗줄기는 산허리를 때리더라. 동이 채 트기도 전에 딸의 울음소리가 잦아들더니 바위 틈의 풀숲을 스치고 지나가는 저녁 바람처럼 다우라는 숨져 갔노라. 애절한 슬픔을 안은 채 딸은 죽어 갔노라. 이 아르민만 홀로 남겨 두고서!

전쟁터에서 용사라 칭송받던 나의 아들 아린달과 모든 처녀들 사이에서 단연 빛나던 나의 딸 다우라는 그렇게 죽고 말았노라.

산에서 비바람이 불어닥칠 때나 북풍이 거센 파도를 말아올릴 때, 나는 울부짖는 바닷가에 하염없이 앉아 그 무서운 바위를 바라보노라. 저기 저 기울어 가는 달빛 속에서 내 자식들의 영혼이 서성거리는 모습을 바라본 것이 무릇 그 얼마였던가! 그들은 슬프고도 다정한 모습으로 어울려 어스름한 달빛 속을 그렇게 헤매며 다니고 있노라.

로테의 눈에서는 눈물이 줄줄 흘러내렸습니다. 그녀의 억눌린 가슴을 시원하게 열어주는 그 눈물은 베르테르의 시 낭독을 중단시키고 말았습니다. 그는 원고를 집어던지고 로테의 한 손을 부여잡고 몹시 흐느껴 울었습니다. 로테는 남은 손으로 손수건을 꺼내 눈을 가렸습니다. 두 사람이 함께 느낀 감동은 무섬증을 일으킬 정도였습니다. 그들은 노래에 등장하는 그 고귀한 사람들의 운명 속에서 자신들의 불행을 느끼고 서로 공감했던 것입니다.

두 사람의 눈물은 한데 섞여 흘러내렸습니다. 베르테르의 입술과 눈은 로테의 팔 안에서 불타올랐습니다. 로테는 온몸으로 전율을 느끼며 몸을 피하려 했으나 순간적인 괴로움과 동정심이 납덩이처럼 그녀를 휩싸 꼼짝도 할 수가 없었습니다.

그녀는 한숨을 몰아쉬며 정신을 차린 다음, 여전히 흐느끼면서 그다음을 계속 읽어 달라고 부탁했습니다. 그 애원하는 음성은 이 세상에서는 들을 수 없는 천상의 목소리인 듯했습니다.

베르테르는 온몸이 부들부들 떨리고 가슴이 터질 것 같아 제 정신을 차릴 수 없었습니다. 그는 원고를 다시 집어들고 더듬거리며 읽기 시작했습니다.

봄바람이여! 어찌하여 그대는 나를 깨우는가? 그대는 내게 유혹하여 이르기를 '나는 천상의 이슬방울로 그대를 적시노라.' 라고 하지만, 나는 벌써 여위고 시들어버릴 때가 가까웠노라. 나의 잎사귀들을 휘감아 떨어뜨릴 비바람도 이제 가까이 왔노라. 지난날 나의 젊고 아름답던 모습을 보았던 나그네가 내일이면 찾아오리라. 그는 온 들판을 헤매며 나를 찾을 것이로다. 그러나 끝내 나를 찾아내지는 못하리라.

이 시구가 지닌 커다란 힘이 불행한 베르테르의 마음을 압도하고 말았습니다. 그는 극도의 절망감에 사로잡힌 채 로테 앞에 무릎 꿇으며 몸을 내던졌습니다. 그리고 그녀의 두 손을 잡아 자기의 눈과 이마에 차례로 갖다대고 꼭꼭 눌렀습니다.

그러자 베르테르가 무서운 짓을 하지나 않을까 하는 예감이 그녀의 머리를 번개처럼 스치고 지나갔습니다. 그녀의 감각은 완전히 혼란한 상태에 빠졌습니다. 그녀는 베르테르의 두 손을 꼭 잡아 자기 가슴에 가져다 지그시 누르고 슬픈 감동에 겨워하며 그에게로 상체를 구부렸습니다. 불같이 달아올라 빨개진 두 사람의 뺨과 뺨이 맞닿았습니다. 이미 그들에게서 이 세계는 멀리 사라져버렸습니다. 베르테르는 두 팔로 그녀를 휘감아 꼭 껴안고 떨며 무슨 말인가를 더듬거리는 그녀의 입술에 미친 듯이 키스를 퍼부었습니다.

"베르테르!"

그녀는 얼굴을 돌려 베르테르의 입술에서 벗어나 숨이 막히는 듯한 외마디 소리로 외쳤습니다.

"베르테르!"

그녀는 맥이 빠진 가냘픈 손으로 자신의 가슴에 밀착했던 그의 가슴을 밀어냈습니다.

"베르테르!"

그녀는 기품 있는 감정에서 흘러나오는 침착한 목소리로 외쳤습니다. 베르테르는 거역할 수 없어 그녀를 팔에서 풀어주고 힘없이 그녀 앞에 쓰러졌습니다. 그녀는 뿌리치듯 벌떡 일어나 애정인지 분노인지 분간할 수 없는 혼란스러운 마음으로 온몸을 떨면서 말했습니다.

"베르테르, 이것이 우리의 마지막이에요. 이제 다시는 당신을 만나지 않겠어요."

그리고 나서 로테는 애정이 넘치는 눈길로 불쌍한 베르테르를 바라보다가 옆방으로 뛰어 들어가 문을 잠가버렸습니다.

베르테르는 그녀의 등 뒤에서 두 팔을 내밀었으나 차마 그녀를 붙잡지는 못했습니다. 그는 긴 의자에 머리를 기대고 바닥에 쓰러진 채 실신한 사람처럼 30분이나 그대로 있었습니다.

이윽고 인기척이 나는 바람에 그는 다시 정신을 차렸습니다. 하녀가 식사 준비를 하려고 들어왔던 것입니다. 베르테르는 일어나서 방 안을 이리저리 서성이다가 하녀가 사라지자 옆방 문

앞에 가서 나직한 목소리로 로테를 불렀습니다.

"로테, 로테! 꼭 한마디만 하겠습니다. 작별 인사만이라도……!"

그녀는 아무런 대꾸도 하지 않았습니다. 베르테르는 한동안 기다렸습니다. 그는 거듭 간청을 하고 다시 기다렸습니다. 마침내 그는 문 앞을 떠나면서 소리쳤습니다.

"안녕, 로테! 영원히 안녕!"

그는 도시의 성문에 이르렀습니다. 문지기는 베르테르를 전부터 보아서 얼굴을 아는 처지라 아무 말 없이 그를 문 밖으로 통과시켜 주었습니다. 그는 진눈깨비가 쏟아지는 거리를 방황하다가 11시쯤이 되어서야 집으로 돌아와 문을 두드렸습니다.

그가 집에 돌아왔을 때 하인은 주인이 모자를 쓰지 않고 왔다는 것을 알아차렸습니다. 그러나 감히 참견할 처지가 아니었으므로 잠자코 주인이 벗은 옷을 받기만 하였습니다. 옷은 흠뻑 젖어 있었습니다. 모자는 그로부터 며칠 후 골짜기가 내려다보이는 언덕의 바위에서 발견되었습니다. 진눈깨비가 쏟아지는 캄캄한 밤에 그가 굴러 떨어지지 않고 어떻게 그 바위까지 올라갈 수 있었는지는 알 수 없는 일입니다.

베르테르는 잠자리에 들자마자 깊은 잠에 빠져들어 오랫동안 잤습니다. 이튿날 아침에 하인이 커피를 가지고 방 안으로 들어갔을 때, 그는 무엇인가 글을 쓰고 있었습니다. 그는 로테에게 보낼 편지의 다음 부분을 쓰고 있던 것이었습니다.

드디어 마지막 순간이 다가왔습니다. 아침에 눈을 뜨는 것도 이것이 마지막입니다. 이 눈은 아아, 이제 다시는 태양을 볼 수 없을 것입니다. 오늘은 날씨가 흐리고 안개까지 자욱해 태양을 볼 수 없습니다.

자, 자연이여, 그대도 슬퍼해 다오! 그대의 아들, 그대의 친구, 그대가 사랑하는 연인이었던 나는 지금 그 마지막 순간에 이르고 있다.

로테, 이것이 이 땅에서의 마지막 아침이라고 스스로에게 다짐해 보는 기분은 정말 뭐라고 표현할 수가 없습니다. 어렴풋한 꿈을 꾸고 있는 것에 가깝다고나 할까요? 마지막 아침! 로테, 나는 이 마지막이라는 말의 진정한 의미를 알 수 없습니다. 나는 지금 기운이 넘쳐 여기에 이렇게 있지 않습니까? 그러나 내일이면 사지를 축 늘어뜨린 채 마룻바닥에 누워 있을 것입니다.

죽음! 그것은 무엇을 의미할까요? 죽음에 대해 어떤 설명을 하더라도 그것은 한낱 잠꼬대에 불과합니다. 나는 사람이 죽는 것을 여러 번 보았습니다. 인간의 능력이란 극히 제한적이기에, 자기 삶의 처음과 끝에 대해서는 전혀 알 도리가 없습니다. 아직까지 나는 나의 것입니다. 아니, 당신의 것입니다. 그렇습니다. 당신의 것이지요.

아아, 사랑하는 로테여! 그런데 그것이 눈 깜짝할 사이에 헤어지고 떨어져버리다니! 그것도 아마 영원히? 그런 일…… 로테! 그런 일이 있을 수 있을까요? 어떻게 내가 없어져버릴 수가 있단 말입니까? 그리고 어떻게 당신이 내 시야에서 사라질 수 있겠습니까? 우리는 이렇게 엄연히 존재하고 있지 않나요? 그런데 사라져버리다니 그것은 대체 무엇을 의미하는 것일까요? 그것도 어디까지나 말에 불과합니다. 하나의 공허한 메아리에 불과

하지요. 그러므로 나에게는 아무런 느낌도 주지 않습니다.

　죽음! 로테여, 내가 차디찬 흙 속에 묻히게 된다, 그 갑갑한 곳에, 그 어두운 곳에……. 나에게는 여자친구 한 사람이 있었습니다. 그녀는 의지할 곳 없이 고독하던 소년 시절의 내게 이 세상 그 무엇과도 비할 수 없이 소중한 존재였습니다. 그런데 그녀가 죽었습니다. 나는 유해를 따라 묘지까지 갔습니다. 무덤 구덩이에 관을 내려놓고 밑에서 묶였던 밧줄을 빼 위로 당겨 올렸습니다. 그러고는 첫 번째 삽이 흙을 던져 넣자 관 뚜껑이 불안한 듯 탁한 소리를 내었습니다. 그러나 계속하여 삽질을 하는 동안 그 탁한 소리는 점점 작아지다가 결국에는 흙으로 완전히 묻혀버렸습니다. 나는 그 무덤가에 쓰러져 버렸습니다. 가장 깊은 나의 내면 세계가 덜미를 잡혀 휘청거리고 슬프고 무서웠으며 갈가리 찢기는 것 같았습니다. 그래도 나는 어떤 일이 일어났는지 또 앞으로 어떤 일이 일어날는지 전혀 알 수 없었습니다. 죽음! 그리고 무덤! 이런 말들을 나는 이해할 도리가 없었습니다.

　아아, 용서하십시오! 부디 어제의 일일랑 용서하십시오! 어제 그때가 내 인생의 마지막 순간이었더라면 좋았을 것입니다! 오오, 나의 천사여! 처음으로, 생전 처음으로 조금도 의심할 여지 없이 당신이 나를 사랑한다! 로테가 나를 사랑한다는 기쁨의 감정이 내 마음의 가장 깊숙한 곳으로부터 활활 타올랐습니다. 당신의 입술에서 흘러나온 그 거룩한 불꽃은 아직도 내 입술에서 불타고 있습니다. 새롭고 뜨거운 환희가 내 가슴에 넘쳐흐르고 있습니다. 용서하십시오! 나를 용서해 주십시오!

아아, 나는 당신이 나를 사랑하고 있다는 것을 우리가 처음 만났던 그 순간부터 분명히 알고 있었습니다. 진심이 가득 담긴 그 첫 눈길에서, 정성 어린 악수에서 나는 그것을 알게 되었습니다. 그러나 내가 당신과 떨어져 있을 때나 알베르트가 당신 곁에 있는 것을 보았을 때, 나는 다시 자신감을 잃고 열병과 같은 의혹에 빠져버렸던 것입니다.

언젠가 그 끔찍한 모임에서 당신이 나에게 말을 건넬 수도 손을 내밀어 악수를 할 수도 없었을 때, 당신이 나에게 꽃 한 송이를 보내주셨던 일을 기억하십니까? 아아, 나는 그 꽃송이 앞에 무릎을 꿇고 밤새도록 묵묵히 앉아 있었습니다. 나에 대한 당신의 사랑을 입증해 주는 꽃이었으니까요. 그러나 아아, 그렇게 마음속에 아로새겼던 기쁨의 감명도 이제는 사라져버리고 말았습니다. 마치 눈에 보이는 증거로 확인하고 신의 은총을 믿음이 두터워졌던 신자의 마음에서 신의 은총에 대해 감사하는 마음이 점점 희미해지듯 말입니다.

이 모든 것은 참으로 덧없습니다. 그러나 어제 내가 당신 입술에서 느꼈고 지금도 내 가슴속에서 불타오르는 이 생명의 숨결은 영원히 사라지지 않을 것입니다. 그녀는 나를 사랑하고 있다! 나는 이 팔로 그녀를 껴안았고 나의 이 입술이 그녀의 입술에 부딪쳐 바르르 떨렸으며 내 입은 그녀의 입에 맞닿은 채 속삭였던 것이다. 그녀는 나의 것이다! 그렇습니다. 로테! 당신은 영원히 내 것입니다!

알베르트가 당신의 남편이라는 것, 그게 대체 무엇이란 말입니까? 남편! 그것은 다만 이 세상의 이야기가 아닐까요? 이 세상에서 내가 당신을 사랑하고, 알베르트의 품에서 당신을 빼앗아 온다면 그것은 죄가 될 테지요. 죄라고요? 좋습니다. 나는 그 형벌을 나 자신에게 내리려고 합니다. 나는 그 죄가 가져다주는 천국의 기쁨을 남김없이 맛보고 생명의 향기와 힘을 내 가슴속에 들이켰습니다. 당신은 이 순간부터 나의 것입니다. 암, 그렇고말고요!

오오, 로테여! 나는 먼저 갑니다. 하늘에 계신 나의 아버지 곁으로, 우리 아버지 곁으로 가서 호소하렵니다. 그러면 그분은 당신이 올 때까지 나를 위로해 주실 겁니다. 당신이 오면 나는 뛰어가 반갑게 당신을 맞이하여 당신의 손을 잡고 무한한 신께서 굽어보시는 가운데 영원히 당신을 포옹하며 당신 곁을 떠나지 않을 것입니다.

나는 꿈을 꾸고 있는 것이 아닙니다. 망상에 빠져 있는 것도 아닙니다. 무덤에 가까이 닿을수록 내 마음은 더욱 밝아지고 사고력은 점점 더 명료해집니다. 우리는 그곳에 존재할 것입니다. 저세상에 가서 다시 만나게 될 것입니다! 나는 당신의 어머니도 만날 겁니다. 당신의 어머니를 만나 내 심정을 모조리 털어놓으렵니다! 당신의 어머니, 당신과 꼭 닮은 그분께 말입니다!

베르테르는 밤 11시 정도에 알베르트가 돌아왔는지 하인에게 물었습니다. 하인은 그가 말을 끌고 가는 것을 보았노라고 대답했습니다. 그러자 베르테르는 다음과 같은 내용의 쪽지를 봉하지 않는 채 하인에게 주었습니다.

여행을 떠나려 하는데, 당신의 권총을 빌려주실 수 있을까요?

그럼 안녕히 계십시오.

로테는 전날 밤을 거의 뜬눈으로 보냈습니다. 그녀가 두려워하던 일이 실제로 일어나고 말았기 때문입니다. 그것도 예견할 수도, 대처할 수도 없는 상황에서 일어났던 것입니다. 평소에는 그렇게 맑고 홀가분하게 흐르던 그녀의 피가 마치 열병이라도 걸린 듯이 부글부글 끓어오르고, 오만 가지 생각이 아름다운 그녀의 마음을 뒤죽박죽으로 흔들어놓았습니다.

그녀가 가슴 깊이 느끼고 있는 것은 베르테르와의 포옹이 가져다준 뜨거운 불길이었을까요? 아니면 앞뒤 생각 없이 저지르는 그의 불손한 행동에 대한 불쾌감과 분노였을까요? 이도 저도 아니라면 자신이 놓인 현재 상태와 근심 걱정 없이 순진하게 살아오던 지난날을 비교해 보고 느끼는 불만이었을까요?

그녀는 남편을 어떤 얼굴로 대해야 할까 생각해 보았습니다. 남편에게 있는 그대로 고백해도 마음에 꺼릴 것은 없지만 그렇다고 해서 사실 그대로 이야기할 용기가 생기지 않는 그 장면을 어떻게 고백해야 할까요? 게다가 그들 부부는 베르테르에 대해 상당히 오랜 시간 침묵해 왔습니다. 그런 침묵을 그녀 쪽에서 먼저 깨뜨리고 하필이면 지금처럼 적당치 못한 시기에 어처구니없는 이야기를 고백해도 좋은 것일까요? 베르테르가 찾아왔다는 사실 하나만으로도 불쾌해지는 것 아닐까 싶어 걱정이 되는데, 하물며 상상도 못할 불상사가 벌어졌다는 말을 어떻게 할 수 있을까요? 남편이 올바른 눈으로 조금의 편견도 갖지 않고 이해해 줄 것이라고 과연 기대할 수 있을까요? 여지껏 남편에게 수정과 같이, 투명한 유리와 같이 모든 것을 숨김없이 이야기해 왔고, 그녀가 느꼈던 기분이나 감정도 무엇 하나 숨기지도 않았고 숨길 수도 없었는데, 이제 와서 남편에게 거짓말을 할 수 있을까요?

로테는 생각을 거듭할수록 갈피를 잡을 수 없어 괴로웠고 자신이 처한 상황이 당혹스럽기만 했습니다. 한편으로는 베르테르 생각이 지워지지 않았습니다. 베르테르는 로테에게 이미 잃어버린 존재나 다름이 없었습니다. 그를 잃는 것은 그녀에게도 견디기 괴로운 일이었지만 애석하게도 그렇게 흘러가는 대로 볼 수밖에 없었습니다. 그녀를 잃는다면 베르테르에게는 이 세상에서 아무것도 남는 것이 없다는 것도 너무나 잘 알기에 그녀의 고민은 더욱 깊었습니다.

그동안 로테가 뚜렷하게 의식하지는 못했지만 이 순간 남편과의 사이에 뿌리 깊게 자리한 갈등이 그녀의 가슴을 얼마나 무겁게 억눌렀는지 모릅니다. 그렇게 분별 있고 선량한 사람들이 눈에 보이지 않는 견해 차이로 피차 침묵을 지키며, 서로 자기가 옳고 상대가 잘못되었다고 생각해 왔던 것입니다. 이러한 상태는 날이 갈수록 더욱 얽히고설켜 결정적인 순간에 그 매듭을 풀 수 없게 되었던 것입니다. 두 사람이 마음의 문을 열고 원래대로 돌아갈 수만 있었다면, 서로가 사랑과 관용을 발휘해 속 시원히 흉금을 털어놓을 수만 있었다면 아마 베르테르를 살릴 수 있었을지도 모릅니다.

게다가 또 한 가지 특별한 사정이 있었습니다. 베르테르의 편지를 읽어보면 알 수 있듯, 그는 이 세상을 떠나고 싶다는 소망을 전혀 비밀로 하지 않았습니다. 알베르트는 베르테르의 이러한 생각에 몇 번이나 반박을 했었습니다. 로테도 그 점에 대하여 가끔 남편과 이야기를 나눈 일이 있었습니다. 그러나 알베르트는 자살을 철저한 혐오하기 때문에 평소의 그답지 않게 신경질을 부리면서 자기는 그러한 의도가 진지한 것인지 대단히 의심스럽다고 매번 말했던 것입니다. 심지어 베르테르의 자살 의도를 농담으로 여기고 자기는 결코 그 말을 믿지 않는다는 말까지 했던 것입니다.

남편의 이런 말은 로테가 만약 일어날지도 모르는 끔찍한 광경을 상상할 때 어느 정도 마음을 가라앉혀 주기도 했습니다. 그러나 이제는 남편의 그런 태도가 그녀를 괴롭히는 걱정을 남편에게 털어놓기 더욱 어렵게 만들었다고 느꼈습니다.

알베르트가 돌아왔을 때 로테는 뒤숭숭한 상태에서 서둘러 남편을 맞았습니다. 알베르트는 기분이 별로 좋지 않은 듯 어두운 표정을 짓고 있었습니다. 처리하고자 했던 일이 뜻대로 마무리되지 않았던 데다 근처에 사는 관리가 완고하고 소심한 위인이었기 때문이었습니다. 게다가 오고 가는 도로 사정이 나빴던 것도 그를 불쾌하게 만든 원인 가운데 하나였습니다.

별일 없었느냐고 남편이 물어보자 로테는 얼떨결에 어제 저녁에 베르테르가 다녀갔다고 대답했습니다. 그는 다시 편지 온 것은 없느냐고 물었습니다. 편지 한 통과 소포 몇 개를 서재에 갖다놓았다는 대답을 듣고 그는 곧장 서재로 들어갔습니다. 그래서 그녀는 혼자 남게 되었습니다. 사랑하고 존경하는 남편이 돌아와 곁에 있다는 사실이 그녀에게 새로운 느낌을 주었습니다. 남편의 고결한 마음씨와 애정과 친절을 생각하자 마음이 한결 진정되는 것 같았습니다.

그녀는 문득 남편과 함께 있고 싶다는 마음이 일어 평소와 같이 일감을 챙겨들고 알베르트의 서재로 갔습니다. 그는 소포를 풀어 동봉된 편지를 읽고 있었습니다. 편지 내용에는 비위에 거슬리는 대목도 있는 눈치였습니다. 로테의 몇 가지 질문에 그는 간단히 대꾸하고 책상 앞에 앉아 무언가를 쓰기 시작했습니다.

두 사람이 그렇게 한 시간쯤 같이 있는 동안 로테의 마음은 점점 더 무거워졌습니다. 설령 남편의 기분이 좋더라도 자기 마음을 억누르고 있는 그 일을 남편에게 고백한다는 것은 여간 어려운 일이 아니라고 느꼈던 것입니다. 그녀는 괴롭고 슬펐습니다. 그 슬픔을 감추고 흘러내리는 눈물을 억제하려 할수록 더욱 안절부절못하게 될 따름이었습니다.

그때 베르테르가 보낸 하인이 찾아왔습니다. 로테는 몹시 당황하고 어쩔 줄을 몰라 쩔쩔맸습니다. 하인은 가지고 온 쪽지를 알베르트에게 전했습니다. 알베르트는 아무 생각이 없다는 듯 태연스럽게 로테에게 말했습니다.

"이 사람에게 권총을 내주구려."

그러고는 하인에게 말했습니다.

"주인에게 잘 다녀오시라고 전해 주게."

로테는 벼락을 맞은 듯한 충격을 받고 자리에서 일어서려다 비틀거렸습니다. 자신이 무엇을 하고 있는지 알 수도 없었습니다. 그녀는 천천히 벽 쪽으로 걸어가 덜덜 떨리는 손으로 권총을 집어 내리고 먼지를 닦았지만 그다음은 어찌해야 좋을지 몰라 머뭇거리고 있었습니다. 만약 알베르트가 의아하게 바라보며 재촉하지만 않았더라면 더 오래 머뭇거렸을 것입니다.

로테는 말 한마디 못하고 하인에게 그 불길한 무기를 내주었습니다. 그리고 베르테르의 하인이 집에서 나가자 그녀는 일감을 거두어 자기 방으로 돌아왔습니다. 이루 말할 수 없는 불안감이 그녀의 가슴을 옥죄었습니다. 끔찍한 일이 일어날 것 같은 예감으로 숨조차 제대로 쉴 수 없는 지경이었습니다. 차라리 남편의 발밑에 엎드려 어젯밤에 있었던 일과 자신의 잘못 그리고 좋지 않는 일이 일어날 것 같아 걱정이 된다는 사실을 모조리 고백하려는 생각도 해보았습니다. 그러나 그렇게 한다 해도 별 소용이 있을 성싶지 않았습니다. 더군다나 베르테르에게 가보도록 남편을 설득한다는 것은 기대할 수조차 없는 일이라고 생각했습니다.

식사 준비가 다 되었을 때 마침 로테의 친구 한 명이 잠깐 물어볼 것이 있다며 들렀습니다. 곧 돌아갈 듯하던 그녀가 그대로 주저앉는 바람에 식사 분위기가 한결 부드러워질 수 있었습니다. 식사하는 동안 로테는 의식적으로 이런저런 화제를 꺼내 불안감을 잊으려고 애썼습니다.

권총을 받은 하인이 베르테르에게 돌아왔습니다. 베르테르는 로테가 직접 권총을 내주었다는 말을 듣고 자못 기쁘다는 듯이 그것을 받아들었습니다.

"빵과 포도주를 가져다주게. 그리고 자네는 이제 그만 식사를 하게나."

베르테르 하인에게 이른 뒤 자리에 앉아 편지를 쓰기 시작했습니다.

권총은 당신의 손을 거쳐 내 손에 들어왔습니다. 당신이 권총의 먼지를 닦아주셨다지요? 당신의 손이 닿았던 물건이기에 나는 천 번 만 번 이 권총에 입을 맞췄답니다. 하늘의 정령이시여! 당신은 이렇듯 제 결심을 북돋아주셨습니다. 그리고 로테여! 이 무기는 당신이 내게 주신 것입니다. 나는 당신의 손에서 죽음을 건네받길 소원해 왔습니다. 그런데 아아, 이제 이렇게 소원대로 받게 되었군요. 나는 심부름했던 하인에게 꼬치꼬치 물어보았습니다. 당신은 권총을 내줄 때 떨고 있었다지요? 잘 가라는 말은 한마디도 하지 않았습니다! 야속하여 슬픕니다. 참으로 슬픕니다! 마지막 인사가 없었다니! 설마 나를 당신과 영원히 결합시킨 그때 그 순간의 일로 내게 마음의 문을 닫아버린 것은 아니겠지요? 로테, 수천 년이 지난다 해도 그때의 감명은 고스란히 남아 있을 것입니다! 그리고 나는 당신을 위해 이렇게까지 마음을 불사르는 이 사나이를 당신은 결코 미워할 수 없음을 영혼에 사무치게 느끼고 있습니다.

식사가 끝나자 베르테르는 하인에게 모든 짐을 남김없이 꾸리게 하고 많은 서류를 찢어버렸습니다. 그 후 외출하여 아직까지 남아 있던 자질구레한 빚을 깨끗이 갚아버렸습니다. 그는 일단 집으로 돌아왔다가 비가 오는데도 불구하고 성문을 지나 백작의 정원과 그 주변을 돌아다녔습니다. 그리고 어둠이 찾아들 무렵 집으로 돌아와 친구에게 다음과 같은 편지를 썼습니다.

빌헬름, 마지막으로 들과 숲과 하늘을 보고 돌아왔네. 부디 잘 있게! 어머니, 용서해 주세요! 빌헬름, 반드시 우리 어머니를 위로해 주게! 하나님께서 그대들 모두에게 축복을 내리시길! 내 물건은 전부 정리해 놓았네. 부디 안녕히! 우리는 저 세상에서 더욱 기쁜 얼굴로 다시 만나게 될 걸세.

알베르트! 나는 당신의 호의를 악으로 갚았습니다. 아무쪼록 용서해 주십시오. 나는 당신 가정의 평화를 방해하였고 당신들 부부 사이에 불신과 의혹의 씨를 뿌렸습니다. 안녕히 계십시오. 나는 이제 끝을 보려 합니다. 오오, 부디 내가 죽음으로써 그대들이 행복해지기를 바랍니다. 알베르트, 알베르트! 제발 그 천사를 행복하게 해주십시오! 하나님의 축복이 당신에게 내리시기를!

베르테르는 그날 밤에도 다시금 서류 더미를 뒤적여 많은 서류를 난로에 집어넣고 남은 서류 보따리 몇 개는 빌헬름 앞으로 봉해 두었습니다. 그 속에는 짤막한 논문과 단편적인 감상문이 들어 있었습니다. 그중 몇 가지는 이 책을 엮는 나도 볼 수 있었습니다.

밤 10시쯤 베르테르는 하인에게 난로에 불을 더 지피게 하고 포도주 한 병을 가져오게 한 다음, 자러 가라고 보냈습니다. 하인의 방은 이 집 문지기의 방과 같이 뒤쪽에 있었습니다. 그 하인은 다음 날 아침에 일어나는 대로 베르테르의 시중을 들기 위해서 옷을 입은 채로 잠자리에 누웠습니다. 왜냐하면 우편 마차가 아침 6시 전에 집 앞으로 올 것이라고 베르테르가 일러주었기 때문입니다.

11시가 지나

주위는 적막에 잠겨 있습니다. 내 마음도 그지없이 조용합니다. 하나님! 마지막 순간에 이런 따스한 기분과 솟아오르는 힘을 베풀어주셔서 감사합니다.

그리운 그대여! 나는 창가에 다가가서 밤하늘을 바라봅니다. 휘몰아치듯 빠르게 지나가는 구름 사이로 영원한 하늘에서 반짝이는 별들을 봅니다! 별들이여, 그대들은 결코 지상에 떨어지는 일이 없으리라! 영원하신 분이 그대들을 품안에 안아주시리라. 그리고 나까지도…….

큰곰자리의 북두칠성이 보입니다. 모든 별들 가운데 내가 가장 좋아하던 별입니다. 밤늦게 당신과 헤어져 당신의 집 문을 나설 때면 언제나 저 별이 하늘에서 반짝이며 나를 마주 바라보고 있었습니다. 나는 그때마다 그 별을 쳐다보며 얼마나 황홀했었는지 모릅니다. 그리고 얼마나 자주 두 손을 들어 그 별을 가리키며 지금 내가 누리고 있는 행복의 거룩한 표석으로 삼았는지 모릅니다. 그리고 지금도 역시 나에게는……

오오, 로테여! 무엇을 보아도 어느 소리를 들어도 당신 생각이

나지 않는 것은 하나도 없습니다! 당신은 언제나 나를 에워싸고 있습니다. 나는 신성한 당신의 눈과 손이 닿았던 것이라면 아무리 보잘것없는 것이라도 마치 어린아이처럼 남김없이 수집하고 간직해 왔기 때문입니다.

당신을 그린 정든 실루엣! 나는 이것을 당신에게 남겨두고 가겠습니다. 로테, 아무쪼록 이것을 소중히 간직해 주십시오. 외출할 때나 귀가했을 때, 나는 수도 없이 그 그림에 입을 맞추었고 수도 없이 눈인사를 보냈답니다.

나는 당신의 아버지께 편지를 보내 나의 유해를 거두어 달라고 부탁드렸습니다. 교회 묘지에 보리수 두 그루가 서 있는 곳이 있습니다. 안쪽 구석의 들판을 향한 곳입니다. 그곳에 묻히는 것이 나의 소원입니다. 당신의 아버지께서는 나의 이런 부탁을 들어주실 수 있으며 반드시 그렇게 해주시리라 믿습니다. 당신도 아버지께 부탁드려 주십시오. 믿음이 두터운 기독교 신자들이라면 이 불행한 사람 곁에 묻히기를 꺼려 할 것이니 나로서도 무리한 청을 고집할 생각은 없습니다. 나는 당신네들의 손으로 길가나 쓸쓸한 골짜기에 묻어주기를 바라고 있습니다. 그리하여 목사나 레위인들이 나의 묘소 앞에서 성호를 그으며 지나가고, 사마리아 사람이 한 방울의 눈물이라도 뿌려준다면 더 이상 바랄 것이 없습니다.[41]

자아, 로테여! 나는 죽음의 도취를 위해 들이킬 이 차디차고 무서운 잔을 겁내지 않고 손에 들겠습니다. 당신이 손수 내게 준 잔입니다. 나는 주저하지 않겠습니다. 모든 것이, 내 인생의

41) 〈누가복음〉 10:30 이하 – 옮긴이

모든 소원과 희망이 이것으로 채워졌습니다. 죽음의 청동 문을 두드리면서도 나는 이렇게 냉정하고 담담합니다!

할 수만 있다면 나는 당신을 위해서 목숨을 바치고 싶었습니다. 로테여! 당신을 위해서 이 몸을 바치는 행복을 누릴 수만 있다면! 당신의 생활에 평화와 기쁨을 돌려줄 수 있다면 나는 아무런 미련 없이 용감하게 기꺼이 죽겠습니다. 그러나 아아, 사랑하는 사람들을 위해 피 흘리고 죽음으로써 친구들에게 몇 백 갑절 새로운 생명의 불길이 타오르게 하는 것은 극히 소수의 숭고한 사람들만이 할 수 있었던 일입니다.

로테, 나는 이 옷을 입은 채로 묻히고 싶습니다. 당신의 손이 닿아 정결해지고 성스러워진 옷이니까요. 당신의 아버지께 그것도 부탁드렸습니다. 나의 영혼은 벌써 관 위를 떠돌고 있습니다. 아무도 내 호주머니를 뒤지지 못하도록 해주십시오. 이 분홍색 리본은 내가 당신을 처음 보았을 때 당신이 가슴에 달고 있던 것입니다. 그때 당신은 동생들에게 둘러싸여 있었지요.

오오, 그 아이들에게 천 번이라도 입맞춤을 해주십시오. 그리고 이 불행한 친구의 운명에 대해서도 이야기해 주십시오. 정말로 귀여운 아이들이니까요! 그 아이들은 언제나 나를 중심으로 빙 둘러싸고 놀기를 좋아했습니다!

아아, 나는 얼마나 당신과 굳게 결합되어 있었던가요? 처음 만난 순간부터 나는 당신을 놓을 수가 없었습니다! 이 리본을 내 몸과 함께 묻어주십시오. 당신이 내 생일에 선물로 준 것입니다. 내가 얼마나 목마른 마음으로 그런 물건들을 모아 간직했는지 모릅니다.

아아, 그 길이 나를 여기까지 이끌어 올 줄은 정녕코 몰랐습니다. 하지만 걱정하지 말아주십시오! 제발 부탁입니다! 진정해 주십시오!

탄환은 재어놓았습니다. 시계가 12시를 치고 있습니다. 자, 이제 됐습니다. 로테! 로테! 잘 있어요! 안녕! 안녕!

이웃 사람 하나가 화약이 작렬하는 섬광을 보았고 총소리도 들었습니다. 그러나 곧 조용해졌으므로 더 이상 관심을 갖지 않았습니다.

이튿날 아침 6시에 하인이 불을 켜들고 주인의 방으로 들어갔습니다. 주인은 방바닥에 쓰러져 있었고 그 옆에 권총이 떨어져 있었으며 피가 흥건히 고여 있었습니다. 그는 외마디 소리를 지르며 주인의 몸을 부둥켜안아 올렸습니다. 그러나 목 안에서 골골 하는 소리만 들릴 뿐 아무런 반응도 없었습니다. 하인은 급히 의사를 부르러 뛰어나갔습니다. 그 길로 알베르트에게도 달려갔습니다.

로테는 초인종 소리를 듣고 전신에 소름이 오싹 끼쳤습니다. 그녀는 허겁지겁 남편을 깨우고 함께 침실에서 나왔습니다. 하인은 소리 높여 울면서 떠듬떠듬 사건의 내용을 전했습니다. 로테는 정신을 잃고 남편 앞에 쓰러졌습니다.

의사가 왔을 때 가엾은 베르테르는 마룻바닥에 그대로 쓰러진 상태였고 살아날 가망이 없었습니다. 맥박은 간신히 뛰고 있었지만 벌써 사지가 마비되었습니다. 탄환이 오른쪽 눈 위의 이마를 관통했기 때문에 뇌수가 흘러나와 있었습니다. 소용없는 줄 알면서도 팔뚝 정맥을 베어 방혈(放血)을 했습니다. 피가 흘러나왔고 베르테르는 겨우겨우 숨을 쉬고 있었습니다.

의자 등받이에 피가 묻은 것으로 보아 아마도 베르테르는 책상 앞에 앉은 자세로 권총 방아쇠를 당겼던 것 같았습니다. 그리고 그는 방바닥으로 굴러떨어져 몸부림을 치면서 의자 주위를 뒹군 듯싶었습니다.

그는 맥이 풀린 채 창문 쪽을 향해 고개를 돌리고 반듯이 누워 있었습니다. 장화를 신고 푸른색 프록코트에 노란 조끼를 입은 단정한 옷차림이었습니다.

집 안은 물론 이웃과 온 시내가 발칵 뒤집혔습니다. 알베르트가 그 방으로 들어섰습니다. 베르테르는 침대 위에 눕혀져 있었습니다. 이마에 붕대를 감고 있는 그의 낯빛은 이미 죽은 사람 같았습니다. 손과 발은 전혀 움직이지 않았습니다. 오직 허파만이 아직도 미약하게 들썩이며 때로는 높게 때로는 낮게 듣기 무섭고 거슬리는 숨소리를 내고 있었습니다. 임종을 기다리는 수밖에 다른 도리가 없었습니다.

그는 포도주 한 잔만을 마셨던 것으로 보입니다. 책상 위에는 《에밀리아 갈로티》[42]가 펼쳐져 있었습니다.

여기에서 알베르트의 놀라움과 로테의 슬픔에 대해서는 아무 말도 하지 않기로 하겠습니다.

늙은 법무관이 소식을 듣자마자 말을 몰아 달려왔습니다. 그는 뜨거운 눈물을 흘리면서 죽어 가는 베르테르에게 입을 맞추었습니다. 그의 아이들도 아버지의 뒤를 쫓아 곧바로 달려왔습

---

42) Emilia Galotti, 극작가 G. 레싱의 희곡. 거룩한 자살로 막을 내리는 비극이다 - 옮긴이

니다. 그들은 슬픔을 참지 못해 침대 옆에 무릎 꿇고 엎드려 베르테르의 손과 입에 입맞춤을 했습니다. 베르테르의 사랑을 가장 많이 받았던 맏아들은 언제까지고 베르테르에게 매달려 떨어지지 않으려 했습니다. 그래서 베르테르가 숨을 거둔 뒤, 여러 사람이 억지로 그 애를 떼어놓아야 했습니다.

낮 12시에 그는 숨을 거두었습니다. 법무관이 그 자리에 남아서 여러 가지 조처를 직접 해주었기 때문에 별 소동은 일어나지 않았습니다. 법무관은 밤 11시쯤 베르테르가 미리 정해 둔 장소에 시신을 매장하도록 했습니다. 유해를 뒤따른 것은 그 노쇠한 법무관과 그의 아들들뿐이었습니다. 알베르트는 따라갈 수가 없었습니다. 로테에게 무슨 일이 생길지 몰랐기 때문입니다. 유해는 일꾼들에 의해 운반되었으며 성직자는 한 사람도 동행하지 않았습니다.

〈젊은 베르테르의 슬픔〉은 스물다섯 살의 괴테가 자신의 연애 체험을 바탕으로 쓴 작품이다. 괴테의 작품 대부분이 그러하듯 이 작품 또한 체험 문학이라 할 수 있다.

주인공과 달리 자살하지 않고 작가로서 성장을 이룩한 괴테는 1749년 8월 28일 독일의 프랑크푸르트에서 태어났다.

괴테는 황실 고문관인 아버지 카스파르Caspar로부터 오성悟性과 실천적 기질을, 명문가 출신 어머니 엘리자베트로부터는 섬세한 감수성과 문학적 재능을 물려받았다.

칠 년 전쟁(1756~1763)이 벌어지는 동안 미술과 연극 등에 눈을 뜨게 되었고, 라이프치히 대학교 생활을 통해 구습과 신조류가 혼돈된 문학의 혼란기를 서서히 벗어나 〈아네테〉와 〈신시집〉 등 참신

한 서정시집을 발표하였다.

괴테의 문학 세계에 일대 변화를 가져온 것은 1786년 이탈리아 여행에서였다. 그는 여행 중 희곡 〈에그몬트〉와 산문 〈이피게니〉 등을 완성하였는데, 이는 어두운 충동과 정열 과잉의 시인 생활에서 밝고 우아한 고전적 작가 세계로 올라가는 계기가 된 작품이었다.

젊은 괴테가 최초로 접촉했던 당시 독일 문단은 계몽주의 일색이었다. 더구나 고도로 발달한 프랑스 고전주의의 영향이 독일에서는 공허한 형식미와 미사여구를 논하는 기교로 변모해 있었다. 이것은 독일 문학계의 필연적인 시대의 흐름이라고도 할 수 있었다. 과거의 무미건조한 형식과 외면적 도덕률을 타파하고 진실로 독일적인 생명과 인간 감정의 본질을 회복하려는 새로운 운동이 일어난 것이다.

이러한 문학조류의 급격한 변화와 더불어 괴테의 문학에 커다란 영향을 끼친 존재는 바로 신진 평론가 헤르더였다. 괴테는 헤르더의 도움으로 이제 막 침체기에서 벗어난 독일 문학계의 새로운 움직임을 꿰뚫을 수 있었으며, 프랑스 문학의 영향하에 있는 계몽적 구문학과 완전히 인연을 끊고 독일 문학 혁명의 선두에 서게 되었다.

세련미보다는 소박한 내용, 근원의 추구, 독일의 민족적 요소 발굴이 괴테의 주된 관심사가 되어 작품 세계에 반영되었다. 그 당시의 작품들은 복잡한 기교에서 벗어난 솔직한 감정이 신선한 자연 감각과 조화를 이루고 있다. 괴테에 의해 새롭게 완성된 문학의 신조류는 감정을 중요시하고 개인의 자유분방한 행동을 존중하는, 이른 바 '질풍노도(슈트룸 운트 드랑)의 시대'를 맞이하게 하였다.

〈파우스트〉와 더불어 괴테를 대표하는 〈젊은 베르테르의 슬픔〉은 질풍노도적 요소, 자연을 향한 뜨거운 열정, 문학의 형식과 법칙에서 벗어난 분방한 태도를 잘 반영한 괴테 최초의 성공작이다. 괴테는 이 작품을 통해 자기 자신의 감정적 질곡에서 벗어날 수 있었으며, 작가로서 명성을 얻게 되었다. 또한 베르테르는 구사회의 인습에서 벗어나려는 젊은이들에게 새로운 상징이 되었다. 베르테르의 푸른색 프록코트가 유럽을 휩쓸었고, 사회적으로 출구를 찾지 못한 젊은이들 사이에 모방 자살이 성행하였다. 결국 발표 이듬해, 이 작품은 판금되기에 이르렀다.

〈젊은 베르테르의 슬픔〉의 사상적 원류는 루소의 '자연으로 돌아가라'에서 출발한다. 이 작품은 질풍노도 운동의 대표작으로 프랑스 대혁명의 독일적 표현이라고 불리기도 한다.

서간체 형식으로 쓰인 이 작품은 2부로 구성되어 있다.

제1부는 베르테르가 작은 지방 소도시에 머물기 시작한 무렵 어느 무도회에서 로테를 만나면서 시작된다.

시골의 조용하고 안온한 분위기, 봄의 무한함에 환희를 느끼던

베르테르에게 한 여인을 사랑한다는 것은 그의 인생에 새로운 의미를 부여한다. 그러나 그가 달콤한 환상에 젖어 이 운명적인 사랑에 깊이 빠져 있을 때 로테의 약혼자 알베르트가 돌아온다. 베르테르는 끝없는 사랑에의 열정과 그 사랑이 이루어질 수 없는 비극적인 현실 사이에서 방황하게 되고 끝내는 로테에게서 떠나간다.

제2부는 베르테르는 로테를 떠난 후에 공직 생활을 하는 것에서 시작된다.

그러나 공직 생활이란 베르테르가 꿈꾸어 오던 순수한 세계와는 너무나도 거리가 먼, 관료주의가 뿌리 깊게 물들어 있는 부패한 사회였다. 결국 베르테르는 환멸만 안은 채 공직에서 떠나 고향을 찾았다가 다시 로테가 있는 곳으로 돌아간다. 하지만 로테는 이미 알베르트의 아내가 되었고, 베르테르는 어느 곳에서도 사랑의 실현 가능성을 찾을 수 없었다. 결국 세상 모든 것에 좌절을 느낀 베르테르가 마지막으로 선택한 것은 자살이었다. 베르테르는 1772년 12월 22일 밤 권총으로 자신의 짧은 생애를 마감한다.

이 작품은 1772년에 괴테가 베츨라로 사랑의 도피를 했을 당시에 있었던 실화(친구 예루잘렘의 자살)를 구체적으로 형상화한 작품이다.

기성 사회의 낡은 전통에 대한 도전이라는 점에서는 가히 기념비적이라고 할 수 있으나, 단 4주일 만에 이 글이 완성되었다는 점에서도 느낄 수 있듯이 젊은 청년의 감정과 열정을 너무 조급하게 처리한 아쉬움이 남는다. 그러나 여하한 결점을 내재하고 있더라도 이 작품은 우리가 삶을 살아가면서 한 번쯤은 반드시 겪게 될 사랑의 갈등 요소를 심리적으로 묘사함으로써 젊은 사람에게는 교과서적인 역할을 담당할 훌륭한 고전이다.

◉J. W. 괴테
생애와 연보

■1749년 8월 28일, 프랑크푸르트 암 마인에서 출생. 요한 볼프강이라고 명명
됨. 아버지는 명목상의 황실 고문관인 요한 카스파르 괴테(1710~1782),
어머니는 카타리나 엘리자베트(1731~1808).

■1750년 누이동생 코르넬리아 출생(괴테는 8남매의 장남이었으나, 본인과
코르넬리아만이 장성하고 모두 일찍 세상을 떠남).

■1757년 텍스토어 가의 외조부모께 신년시를 보냄. 괴테의 시작(詩作) 가운데
가장 오래된 것임.

■1759년 프랑스군이 프랑크푸르트를 점령함. 군정장관인 토랑 백작이 이때
로부터 약 1년간 괴테의 집에서 머무름.

■1765년 9월 말, 라이프치히 대학에 입학. 화가 외저에게 스케치와 판화를 배

움. 〈그리스도의 지옥행에 관한 시상(詩想)〉을 씀.

■1766년 쉰코프 주점에 출입. 4월, 그 집의 딸 캐트헨에게 사랑을 고백. 친구 베리쉬가 괴테의 처녀 시집 〈아네테〉를 정서하여 보존함. 당시 이 작품은 출판되지 않음.

■1768년 3월, 캐트헨과의 관계가 우정으로 끝남. 그리스 연구가 빙켈만이 살해된 것에 큰 충격을 받음. 6월, 중병을 얻어 학업을 중단. 8월 말, 라이프치히를 떠나 귀향함. 괴테 자신이 라이프치히에서 쓴 대부분의 작품을 파기해, 시 〈아네테〉와 희곡 〈연인의 변덕〉 정도만이 남아 있음. 〈공범자들〉은 귀향 후에 완성. 경건주의자인 클레텐베르크 양과 교제. 신비주의를 연구. 화학과 연금술에도 관심을 가짐.

■1769년 〈라이프치히 소곡집〉이 처음으로 출판됨. 괴테의 시에 브라이트코프가 곡을 붙임.

■1770년 3월 말, 슈트라스부르크 대학 입학. 슈트라스부르크의 고딕 대성당에 강한 인상을 받아 〈독일 건축술에 대하여〉(1772년)를 집필함. 10월, 제젠하임으로 목사 브리온 일가를 방문하여 그의 딸 프리데리케(1752~1813)를 사랑함. 헤르더(1744~1803)를 사우(師友)로 하여 민요나 문학관에 대해 큰 감화를 받음.

■1771년 계속 제젠하임으로 가서 프리데리케에 관련된 서정시를 잇달아 씀. 희곡 〈괴츠〉와 〈파우스트〉를 구상함. 8월 중순, 프리데리케와 헤어져 귀향. 변호사 개업. 10월, 셰익스피어 기념제에서 예찬 연설을 함. 고대 아일랜드의 영웅 시인 오시안을 번역. 〈괴츠〉의 초고 완성.

■1772년 샤를로테 부프(1753~1828)를 알게 되어 사랑하게 됨. 베츨라에서 도

피. 라인 강으로 떠나 여류 작가인 로시 부인을 방문하고, 그의 딸 볼프강 막시밀리아네를 알게 됨. 프랑크푸르트로 돌아감. 친구 예루잘렘의 자살 소식을 듣고 베츨라로 돌아감.

■1773년 4월, 당시 괴테가 짝사랑하던 로테가 괴테의 친구인 케스트너가 로테와 결혼을 함. 6월, 〈괴츠〉 출간. 〈마호메트〉, 〈프로메테우스〉 등의 시를 〈프랑크푸르트 학예신보〉에 기고.

■1774년 1월, 괴테가 짝사랑하던 막시밀리아네가 브렌타노와 결혼함. 2월에, 당시 삼각관계에 빠졌던 괴테는 이 일에 자극을 받아 〈젊은 베르테르의 슬픔〉을 단숨에 집필함. 가을에 희곡 〈클라비고〉와 소설 〈젊은 베르테르의 슬픔〉 출간.

■1775년 1월, 릴리 쇠네만(1758~1817)과 사랑에 빠져 4월에 약혼함. 가을, 릴리와 약혼 취소. 샤를로테 폰 슈타인 부인을 알게 됨. 희곡 〈슈텔라〉 집필.

■1776년 1월 7일, 샤를로테 폰 슈타인 부인에게 최초의 편지를 보냄. 부인과의 애정이 시작됨. 일메나우 광산의 감독관직을 맡음. 이를 기화로 광물학을 연구함.

■1777년 6월, 누이동생 코르넬리아 사망. 12월, 하르츠 여행. 전년부터 〈빌헬름 마이스터의 연극적 사명〉에 착수. 〈공범자들〉과 〈에르빈과 엘미레〉가 상연됨.

■1778년 전년도 해에 집필한 〈감상(感傷)의 승리〉가 상연됨. 〈달에 붙임〉 등을 집필함.

■1779년 3월 말, 희곡 〈이피게니〉를 완성해 4월에 상연함. 12월, 추밀 고문관

에 임명됨.

■ 1780년 희곡 〈타소〉를 구상함. 9월에 〈파우스트〉의 원고를 아우구스트 공 앞에서 낭독함. 일메나우의 키켈 강가에서 〈나그네와 밤의 노래〉를 지음.

■ 1782년 2월, 〈에그몬트〉를 집필함. 5월, 부친 카스파르 괴테가 사망함. 황제 로부터 귀족의 칭호를 받음. 〈빌헬름 마이스터의 수업 시대〉 집필을 시작함. 〈젊은 베르테르의 슬픔〉을 개작함.

■ 1785년 보헤미아 지방의 카를스바트를 처음으로 여행함. 모차르트가 괴테 의 시 〈제비꽃〉에 곡을 붙임. 〈동경하는 자〉 등의 서정시를 발표함. 〈빌헬름 마이스터의 연극적 사명〉을 완성함.

■ 1787년 운문형으로 개작한 〈이피게니〉를 헤르더에게 보냄. 〈에그몬트〉를 완성함. 〈파우스트〉를 집필함.

■ 1788년 샤를로테 폰 슈타인 부인과의 관계가 소원해짐. 평민 출신의 크리스 티아네 불피우스와 만나 동거를 시작(후에 괴테의 정식 부인이 됨). 9월, 쉴러를 처음으로 만남. 〈로마의 애가〉를 집필함.

■ 1789년 8월, 〈타소〉를 완성함. 크리스티아네와 사이에서 아들 아우구스트 가 태어남. 당대의 저명한 학자 빌헬름 폰 훔볼트와 친교를 맺음.

■ 1790년 이탈리아 베네치아로 여행을 떠남. 이탈리아에 환멸을 느끼고 자연 과학에 경도됨. 6월, 바이마르로 돌아옴. 괴셴 출판사의 괴테 전집에 〈파우스트, 프라그멘트〉를 수록함. 〈색채론〉을 집필하며 비교해부 학 연구에 몰두함.

■ 1791년 바이마르 궁정 극장의 감독직을 맡음. 〈에그몬트〉를 초연함.

■1792년 카를 아우구스트 공작을 수행하여 프러시아군에 소속되어 프랑스 베르탱 전투와 베를린 전투에 종군함. 12월, 바이마르로 귀환함.

■1793년 8월, 연합군의 일원으로 프랑스군의 점령지인 마인츠 포위전에 참가하였다가 귀환함. 희곡 〈흥분한 사람들〉을 비롯하여 〈라이네케 여우〉, 〈시민 장군〉, 〈독일 피난민의 대화〉 등 혁명에서 취재한 작품을 집필함.

■1794년 더욱 가깝게 지내게 된 쉴러가 괴테의 집에 머물기 시작함. 〈빌헬름 마이스터의 수업 시대〉를 개작하기 시작함. 시인 프리드리히 횔덜린과 처음으로 만남.

■1795년 훔볼트 형제와 교제하며 해부학 이론에 관심을 쏟음. 〈독일 피난민의 대화〉를 출간함. 쉴러와 함께 풍자적 단시 〈크세니엔〉의 공동 집필을 시작함.

■1796년 서사시 〈헤르만과 도로테아〉를 쓰기 시작함. 〈빌헬름 마이스터의 수업 시대〉를 출간함.

■1797년 서사시 〈헤르만과 도로테아〉를 완성함. 쉴러의 격려와 권유로 〈파우스트〉의 테마 〈헌사〉, 〈천상의 서곡〉 그리고 〈발푸르기스의 밤〉을 집필함.

■1799년 장 파울, 슐레겔, 티크 등이 내방함. 쉴러, 바이마르에 정착함. 〈사생아〉를 집필함(1830년 완성).

■1803년 〈사생아〉를 완성하여 초연함. 절친했던 친구 헤르디가 사망함.

■1804년 칸트가 사망함. 〈빙켈만론(論)〉을 집필함.

■1805년 신장염을 계속 앓음. 5월 9일, 쉴러 사망. 괴테는 '내 존재의 절반을

잃었다'라고 비탄에 빠짐. 8월, 〈쉴러의 종에 대한 에필로그〉로써 쉴러의 죽음을 애도함.

- 1806년 4월 13일, 〈파우스트〉 제1부를 완성. 나폴레옹의 군대가 바이마르를 점령함. 크리스티아네와 정식으로 결혼함.

- 1807년 5월, 〈빌헬름 마이스터의 편력 시대〉의 집필을 시작함. 〈판도라〉를 착수 시작함. 아우구스트 공의 모친의 사망, 추도문 작성. 11월, 가깝게 지내던 프로만 가의 양녀 민나 헤르츨리프를 짝사랑함. 〈소네트〉를 집필함.

- 1808년 9월 13일, 모친 카타리나 엘리자베트 괴테가 사망함. 10월, 나폴레옹과 회견함. 〈파우스트〉 제1부가 출간됨. 소설 〈친화력〉을 구상하고 집필을 시작함.

- 1809년 〈친화력〉이 출간됨.

- 1810년 여름, 카를스바트와 드레스덴 여행 중 그림에 대한 최후의 시도로써 22장의 풍경 스케치를 그림. 〈색채론〉을 완성함. 〈괴테 작품집〉(전 13권)을 출간함.

- 1812년 7월 19일, 베토벤과 만남. 괴테의 비극 〈에그몬트〉를 주제로 한 베토벤의 〈에그몬트 서곡〉을 초연함. 12월 15일, 나폴레옹이 러시아에서 패퇴하는 도중 바이마르를 지나며 괴테에게 인사를 보냄. 〈시와 진실〉 제2부가 출간됨.

- 1813년 〈시와 진실〉 제3부를 완성함. 쇼펜하우어와 친분을 쌓음.

- 1814년 베르카에서 온천 치료를 받음. 페르시아 시인 하피즈의 시집 〈디반〉에 자극을 받아 〈서동시집〉 집필을 착수함. 평화 축전극 〈에피메니

데스의 각성〉을 완성함. 〈시와 진실〉 제3부가 출간됨.

■ 1815년 아내 크리스티아네가 중병에 걸림. 12월, 국무대신이 됨. 〈서동시집〉
과 〈온순한 크세니엔〉을 완성함.

■ 1816년 아내 크리스티아네가 사망함. 〈예술과 고대〉 제1호(이후 1833년까지
제6호까지 출간됨)와 〈이탈리아 기행〉 제1부가 출간됨.

■ 1817년 궁정 극장 감독직에서 물러남. 〈이탈리아 기행〉 제2부가 출간됨. 영
국 시인 바이런의 시를 탐독함.

■ 1819년 〈서동시집〉을 출판함.

■ 1821년 〈시와 진실〉 제4권을 구술함. 5월, 나폴레옹 사망. 〈빌헬름 마이스터
의 편력 시대〉 제부가 출간됨.

■ 1822년 만초니의 〈나폴레옹 찬가〉를 번역함. 이 해부터 1835년까지 베를린
대학에서 매 여름 학기마다 괴테의 색채론에 관한 강의가 행해짐.
울리케 폰 레베초프를 사랑함. 〈빌헬름 마이스터의 편력 시대〉의 위
작(僞作)이 나옴. 괴테의 집에서 매주 화요일마다 사교의 저녁이 열
림. 〈프랑스로의 출정〉, 〈마인츠 공방(攻防)〉을 출판함.

■ 1823년 1월 18일부터 약 3주간 심낭염을 앓음. 울리케에게 청혼함. 울리케를
그리워하며 〈마리엔바트의 애가(哀歌)〉를 지음. 괴테 숭배자 에커만
(〈만년의 괴테와 대화〉의 저자)이 찾아와 조수가 됨.

■ 1824년 〈젊은 베르테르의 슬픔〉 출판 50주년 기념관을 위해 작시.

■ 1827년 1월 6일, 샤를로테 폰 슈타인 부인이 사망함. 수에즈 운하를 예견. 〈타
소〉의 영역과 〈파우스트〉의 불역을 허락함. 〈온순한 크세니엔〉이
속간됨. 〈괴테 작품 전집〉(40권)을 착수함.

- 1828년 6월, 아우구스트 공 사망. 〈파우스트〉가 파리에서 상연됨. 〈쉴러와의 서간문〉을 출판함.
- 1829년 〈이탈리아 기행〉 전편이 완성됨. 브라운슈바이크를 시작으로 5개 도시에서 〈파우스트〉 제1부가 상연됨. 〈빌헬름 마이스터의 편력 시대〉를 완성함.
- 1830년 네르발이 번역한 〈파우스트〉의 불역판을 받음. 아들 아우구스트와 에커만이 이탈리아로 여행을 떠남. 10월, 아들 아우구스트가 로마에서 객사함. 〈연대기〉를 출판함. 〈시와 진실〉 제4부에 착수함. 〈괴테 작품 전집〉(40권)이 완간됨. 폐결핵으로 각혈.
- 1831년 유언서를 작성함. 8월, 반쯤 완성한 〈파우스트〉 제2부를 봉인하고, 사후에 발표하도록 유언함. 82번째 생일을 일메나우에서 보냄.
- 1832년 3월 14일, 최후의 마차 산책을 함. 3월 22일 세상을 떠남.

젊은 베르테르의 슬픔

초판 1쇄 인쇄일 ▌2009년 12월 16일
초판 1쇄 발행일 ▌2009년 12월 24일

지은이 ▌요한 볼프강 폰 괴테
옮긴이 ▌김설아
발행처 ▌현대문화센타
발행인 ▌양장목
출판등록 ▌1992년 11월 19일
등록번호 ▌제3-448호
주소 ▌경기도 고양시 일산동구 백석동 1309
대표전화 ▌031-907-9690~1   팩시밀리 ▌031-813-0695
이메일 ▌hdpub@hanmail.net
ISBN 978-89-7428-363-6 (04840)

값 8,000원

**"빌레트! 빌레트! 읽어보셨나요?
〈제인 에어〉보다 훨씬 놀라운 책입니다.
불가사의한 힘이 느껴져요."**

샬럿 브론테의 마지막 소설 〈빌레트(Villette)〉를 읽은 영국 소설가 조지 엘리엇의 말이다. 버지니아 울프 또한 〈빌레트〉를 일컬어 "샬럿 브론테 의 가장 훌륭한 소설" 이라고 평하였다.

19세기의 사회적 제약 속에서 '여자가 한 남자의 아내로 살아가는 동시 에 자유로운 삶을 추구하는 것이 가능한가?' 라는 시대를 앞선 문제의식 을 던지는 이 작품은 샬럿 브론테의 자전적 소설인 동시에 탄탄한 줄거리 와 탁월한 심리묘사로 독자들을 매료시키는 걸작이다.